戲衣

XIYI

荆歌 著

GUANGXI NORMAL UNIVERSITY PRESS
广西师范大学出版社
·桂林·

图书在版编目（CIP）数据

戏衣 / 荆歌著. —桂林：广西师范大学出版社，
2019.4

ISBN 978-7-5598-1641-2

Ⅰ. ①戏… Ⅱ. ①荆… Ⅲ. ①中篇小说－小说集－中
国－当代②短篇小说－小说集－中国－当代 Ⅳ. ①I147.7

中国版本图书馆 CIP 数据核字（2019）第 038196 号

广西师范大学出版社出版发行

（广西桂林市五里店路 9 号　邮政编码：541004）

网址：http://www.bbtpress.com

出版人：张艺兵

全国新华书店经销

广西民族印刷包装集团有限公司印刷

（南宁市高新区高新三路 1 号　邮政编码：530007）

开本：787 mm × 1 092 mm　1/32

印张：10.5　　　字数：200 千字

2019 年 4 月第 1 版　　　2019 年 4 月第 1 次印刷

定价：52.00 元

如发现印装质量问题，影响阅读，请与出版社发行部门联系调换。

目　录

1

留学西班牙

上

儿子从来都不愿意去国外，他小小年纪，就说中国菜最好吃。他随父母去过一次新西兰，觉得风景不错，但是东西太难吃了！而他的爷爷奶奶外公外婆，也都反对把孩子送去国外。他们觉得中国是最好的国家，东方雄狮，大国崛起，事实上已经超过美国之外的所有国家。小孩子在父母身边就是好，到国外去，就会学坏了。你看看美国和欧洲，那么多恐怖分子，还有校园枪击案！

但是儿子实在令父母头大。他迷恋网游，一有空就玩，以种种理由玩，玩得头发都掉了一块块，露出新鲜的头皮。老人说这是"鬼剃头"，晚上睡觉的时候被小鬼悄悄来剃掉了几片头发，那当然是无稽之谈。医学上认为，这样的斑秃，就是精神紧张所致。他玩网游，自称已经到了很高的段位，有几十号人跟从他，他就像个将军，可以指挥三军。他梗着脖子说，只要家长允许他休学，让他发挥专长，专打网游,他是能够靠这个养活自己的。他还说,有几个公司邀请他,答应给他优厚的报酬。毛洪涛听着来火,他压根儿不相信世界上有一天到晚玩游戏就能赚钱的好事!他对儿子说,要是真能如你所说,可以凭网游赚钱,那你去呀!你去挣钱拿来给我看,你要是能拿到五千块钱放到我面前,我就信你!

后来他又说,他对学校的一切都不感兴趣,实在无聊,他说。他最近迷上了德国哲学家,他一直在读他们的著作。他觉得古往今来,只有哲学家才是他的知音,只有哲学家才理解他。

毛洪涛听儿子这么说,心里不由得一紧。这小子,是不是精神出问题了?德国哲学家?这是哪跟哪呀?他跟妻子商量,儿子要是真的脑子出了什么问题,那得提前做好准备,必须早早想好应对措施。妻子文素兰想多了,认真看着丈夫的脸,怯怯地说,是不是要再生一个?

老师也觉察到了毛鑫同学的思想新动向,认为他学哲学固然是好的,但是作为一名高中生,最主要的任务,还是要学好课堂上的内容,按时完成作业,争取顺利考上大学。班主任找到毛洪涛,向他汇报了毛鑫同学的近况,希望家长重视,配合学校教育,能让孩子向正确的方向健康发展。

毛洪涛说,是不是因为他课余都在读哲学类的书?

班主任说,课堂上也在读。

毛洪涛说,老师应该制止他!我们家长看到了,也要没收他的书!

班主任说,不不不,毛鑫同学爱读哲学类的书,这是一件大好事,不仅不应该制止,反而应该表扬,应该号召所有的学生向他学习!

毛洪涛说,你不是说影响学习吗?

班主任老师说,哲学类的书要读,其他功课确实也不能放松!

不久儿子就提出来,他想休学。这个破学校,我是一天都不想去了!他咬牙切齿地说。

不去怎么办?要不,要不换学校?

其实他已经换过一所学校了。高一在市十中上,上了一个学期,他就和语文老师打了起来。据说是老师先动的手,所以毛洪涛坚决站在儿子一边,他强烈要求学校处理老师。为人师表,怎么可以动手打学生?结果当然是转学。

我不读书了!儿子说,如果还一定要让他去上学,不管是什么学校,他都只有一个选择,那就是死!

不读书整天在家就是打网游。毛洪涛买了新房子,儿子却不肯搬过去住。他宁可一个人待在老房子里,也不跟父母一起去新家。毛洪涛把家搬了个空。毛鑫就在那张席梦思床垫上睡了一个月,躺着打网游。饿了就叫外卖,吃也是躺着。等他终于被他向来敬重的舅舅说动,同意离开这所空房子去新家时,他几乎站不直了。他走到楼下,身子发飘,在炫目的阳光下脸色惨白。毛洪涛开了车来接他,他却不能爽快地迈开腿。躺了一个月,他的脚都抬不起来了。

舅舅建议,像这样的情况,去国外留学比较好。舅舅能说会道,先是痛斥了一通现在的教育,说中国想要现代化,教育首先要现代化。他的言论,当然获得了外甥毛鑫的好感。可是当他提出留学建议,毛鑫一口回绝。逼问再三,其理由让所有人都啼笑皆非。他不愿留学的理由竟然是不喜欢国外的食物。

老人们都是毛鑫的支持者。他们都觉得,国外太乱,好端端的孩子去国外,一定会学坏。老人们还举出一些实例,比如,以前邻居的一个女儿,在国内还是团干部,去了新加坡一年不到,就有人看到她在夜总会做小姐。还有东旺服装公司老总的儿子,在美国读研究生,优秀的年轻人,回来要接其父的班,上市公司啊,谁料想,被两个黑人抢劫,抢不到钱,就把他杀了!还有,还有很多很多这样的例子。

他继续一个人在空空如也的老房子里住,还因为他谈了一个对象。这个女孩是他的网游团队的。聊了几句才知道,竟然就是邻居,就住在同一个小区里,两幢楼还挨着。他们在线下见面,一起去小区外面吃了顿肯德基。毛鑫说,我只能请你吃肯德基,因为我的钱全部充点卡了。女孩说,我不要你请,我请你好了,我有钱。女孩果然大方,每次吃饭都是她买单。她小小年纪,好像什么都懂。她到他家里,和他一起滚到了地上的席梦思床垫上。她竟然从牛仔裤口袋里掏出一枚安全套。她好像是他的老师,样样都能教会他。他很快就到了对她百依百顺的地步。他变得一天见不到她，就活不下去了。她三天没有出现，他就在家里用拳头敲击窗玻璃，把手打破，流很多血也不觉得痛。

后来女孩说，我介绍左青青给你，她比我漂亮多了，而且胸大。毛鑫说，我不要别人，我只要你！女孩说，你这个人怎么这样啊，真是死心眼，你老是跟我好有什么意思啊？毛鑫说，我就是喜欢你！女孩说，可是我不喜欢你了呀！咱们认识有两个月了吧？你怎么还缠着我呀？人家度蜜月也就一个月嘛。都两个月了，你腻不腻呀！

女孩退出了他的网游团队。打她电话不接，发微信也不回。后来就干脆把他拉黑了。没地方找她去了吗？去她家楼下问，说是上星期搬走了。

少年失恋，是非同小可的事，伤人伤心呀，伤得太深了，太厉害了！毛鑫就剩下一口气了，哲学也救不了他。他在几乎绝望的境地，突然就想远走高飞，出国留学，走得远远的，离开这个伤心地吧！

毛洪涛简直觉得是中了大奖，好事从天而降，没有艰苦的动员，没有任何威逼利诱，突然就主动回家了！是啊，之前，毛鑫夫妇就是认为儿子是离家出走了。虽然老房子还没有卖掉，还是他们的房子，但是搬进新居，那个就不算家了。儿子不肯搬过去住，执意一个人留在那里，让他们伤心失落，觉得儿子已经不是他们的了。现在他突然回来，还说他想出去留学，那是什么书上看来的？哲学类的书上有写吗？如果有，那真要感谢德国哲学家，拯救了他们的儿子，拯救了他们的家。

太好了！太好了儿子！中国的教育制度不适合你，你就应该去留学。西方发达国家的科技、教育毕竟比我们先进。去吧，好好学习，学好本领留在国外也是为人类做贡献。当然如果回来，报效祖国，那就更好啦！

作为母亲，文素兰禁不住哭了起来。一来是留恋，舍不得，儿行千里母担忧，不去澳大利亚、新西兰，也不去美国、加拿大，多半会去欧洲吧！那么遥远，山重水复，远隔重洋！当然更多的是激动，仿佛儿子突然懂事了，长大了，有责任心了，知道为自己的前途考虑了。仿佛已经要打点行李，去法国，或者德国、意大利。仿佛已经有很好的大学录取了他。他即将在有着各种肤色学生的国际性大学深造，从此有出息了，顺利拿到学位，然后读硕士、博士，茁壮成长，光宗耀祖。作为母亲，当然要为之骄傲。这份幸福来得太突然了！它像一夜之间绽放的花朵，令全世界芬芳。昔日的郁闷、担忧和无奈，一扫而空。

还是去西班牙吧！舅舅建议。这个国家好啊，环境、空气都是世界一流的。舅舅说，我在网上查了，西班牙的教育，在欧洲都是领先的。而西班牙语，虽然被称为小语种，其实是世界上使用最多的语言之一——是第二大语言吧！不光西班牙人讲西班牙语，墨西哥、阿根廷、秘鲁、玻利维亚、委内瑞拉，除了巴西，整个南美洲基本都讲西班牙语。去那里留学，至少能把语言学好了，熟练掌握西班牙语，那就是本事啊，是专长啊！再说了，西班牙还是特别美丽、特别文艺的国家，年轻人去那里，会学到很多东西。

毛鑫比较接受西班牙，是因为他听说那是个美食的国度。他喜欢吃，听说那里还有美味的油条，好感更是增加了不少。他还喜欢足球，皇马和巴萨都是他喜欢的球队。

文素兰的担心有很多，种种担心都是可以理解的，但也是多余的。好男儿志在四方，孩子大了，尤其是儿子，不会有什么问题的！西班牙虽然远，但现在是信息时代，有手机，有微信。虽然儿子从来不愿意和他们视频聊天，并且发朋友圈也经常是屏蔽家人的，但毕竟时代不同了，不同于以前了，有啥事微信里留言，总能看到。舅舅说，现在条件好，实在想家的话，一张机票就回来了。路是有点远，飞机直航也要十三个小时。但是上了飞机就睡觉嘛！睡一觉，看几部电影，吃几顿饭，就到了。"注意休息，不要打网游了！"文素兰叮咛道。毛洪涛说："飞机上没有网络，怎么打？"

舅舅见多识广，纠正他说，听说网络是可以有的，有的飞机上有 Wi-Fi，不过费用很高。

其实去西班牙，还早着呢！联系了留学中介，中介安排他在国内先读两个月西班牙语再出去。

中

毛鑫很幸运，刚到马德里，去了一次位于格兰大道的

7

赌场,赢了500欧元。这钱来得快,他非常兴奋。

开始他还忐忑,赢了人家钱,真能拿走吗?门口那两个全副武装的保安,会让他带着钱离开吗?他们只要轻轻一出手,就把他撂倒了。要把他弄死也易如反掌啊!

但是人家对他客客气气的,就像他是为赌场做出了巨大贡献似的。他们替他开门,跟他说谢谢,跟他说再见。

他在 Usera(马德里市区的"唐人街")租了一间房子。这个地方华人多,生活方便。问个路啊,买东西啊,都不会有语言障碍。特别是有许多中餐馆让他高兴。金谷、好运一村、皇朝,还有周家粥店、宏都大排档,中餐和中式点心都很好,很地道。尤其是宏都的油条、糯米饭、豆腐脑,比国内的还好吃。

他租住的房子是一个华人老太太的,每月250欧元,很不错的一个房间。里面有暖气,另外有空调。空调是单制冷的,但据说夏天一般也不用开,因为马德里夏天气温虽然也很高,但是晚上和上午都比较凉快。马德里的太阳比较毒,但是只要是照不到太阳的地方,就不算热。他的房间里放的是一张小铁床,上面的油漆已经剥落。

毛鑫问房东,这个床是不是死人睡过的啊?老太太其实不算老,在毛鑫这样年纪的人看来,三十岁以上都是老人了。房东听他这么问,感到非常诧异:"怎么会啊!西班牙人没有死在家里的,他们都是死在医院里。"她又说:"租给你之前,这张床一直是我自己睡的,睡在上面梦都不做！"

毛鑫有时候一个星期都不出门，窝在房间里打网游。他吃完了自己买的食物，喝完了可乐、橙汁之类的，就开冰箱，有什么吃什么。房东老太太说，你不能拿我的东西吃啊！毛鑫说，我付钱。老太太说，不是付钱的问题，你吃掉了我就没有吃的了！

老太太开始还帮他买些东西回来，后来就不买了。她对毛鑫说，你不能一天到晚在家里，你要站起来动动，出去走走，你一个年轻人这样十天半月地躲在家里一动不动，不是废了吗？

毛鑫说，你别管！

我是为你好，你到西班牙来，是来读书的吧？怎么不见你去学校呢？你还在读语言吧？申请大学了吗？你这样你爸爸妈妈知道了要伤心的！

毛鑫说，你烦死了！

他就扔下电脑出去了。不过他没有去学校，而是又钻进赌场去了。Usera 地铁口那个赌场，他去过好多次了。但是没有第一次那样的好运气了，每次都是输。他卡上的两万欧元和带过来的现金一万欧元，已经所剩无几了。

他让母亲再打钱，说他被小偷偷了，现金和手机都没了。马德里的小偷真厉害啊，他说，我的钱包放在包包的夹层里，拉链拉好的，还是被偷了。他说，幸亏银行卡和学生居留证是放在另外一层里的，没有被偷。手机没了比钱被偷还要着急，所以马上买了一个新手机。

自从儿子去西班牙留学后，毛洪涛夫妇的心情明显好了很多。世事难料，本来一直以为，这个儿子生得有点不够成功。虽然儿子长相不错，一表人才，但是从小学习不行，让他们感到沮丧。他天生跟老师有仇似的，从小学一年级起，直到临近高中毕业，就没有一个老师说他好的。当然他也从来都认为每个老师都很讨厌，天下乌鸦一般黑。他曾扬言要自制炸药包炸了学校，让他父母很长时间胆战心惊。凡是听到爆炸两字，他都会头皮发麻，以致听到雷声或者爆竹声，都会瞬间跳起来，以为儿子计划成功，把学校炸了。

现在他出国留学，就读于胡安卡洛斯国王大学经济管理系，真是让人做梦都没有想到的转变，世界突然阳光灿烂。他们逢人就要自夸，说自己的儿子多么优秀，胡卡是西班牙名牌大学，相当于中国的清华北大复旦同济，老师完全以西班牙语讲课，学生都是来自世界各地的杰出青年。真是想不到啊，自己年轻时上重点大学的梦想，在儿子身上实现了。青出于蓝而胜于蓝，长江后浪推前浪，中国有希望！

如果没人说这个话题，他们自然就要主动提起。比如，直接问人家，你们家孩子呢，在哪上学？如果人家说是国内的某个大学，他们就会说，为什么不让孩子出国？如果人家的儿子或女儿也正好在国外留学，那就更好了，共同话语更多了，可以滔滔不绝，说出国的各种好处：西方的教育，那叫一个先进，绝对不是应试教育，培养能力那是第一位的。中国人为什么素质差，就是因为没有真正意义的素质教育。孩子在家里，永远都是温室里的花朵，出去闯一闯，立刻就长大成人了！

儿子在马德里皇宫拍的照片，还有西班牙广场、阿尔卡拉门这些地方拍的照片，也会打开手机给人家看。你看，西班牙的风景好吧？天这么蓝，不像咱们国内，一年到头雾蒙蒙的。其实，就是要人家赞他们儿子帅。帅有什么用，又不能当饭吃！不是啊，你家儿子又帅又有出息啊！出息倒是还可以，胡安卡洛斯国王大学很难考的，小子不容易！

对毛鑫来说，西班牙语实在是太难了！他觉得每一个西班牙人，嘴巴里都是装了发动机的。他们说起话来，好像他们自己都控制不住，那么快，那么口若悬河，没有停顿，没有标点符号，也不换气。他听到他们说话，就会头晕。他特别害怕坐地铁，他觉得西班牙人一点都不文明，他们都是话痨，在公共场合喋喋不休。公交车也是这样！若是正巧座位后面是两个中年妇女，她们一路叽里呱啦可以把人嚷吐了。毛鑫开始还竖起耳朵想听清她们究竟在唠叨些什么，后来就放弃了，因为他的西语水平，简直就是等同于文盲。不，肯定不如文盲的，文盲只是没文化，平常的话总能听得懂。他放弃听他们的话，买了一副降噪耳机，只顾听音乐。

后来他出门，就干脆坐出租车。一来是怕那叽里呱啦的西班牙语；二来也是省心，免得搜什么谷歌地图。

有次他打车要去阿尔卡拉街，上了车瞌睡，就睡着了。司机却把他拉到了距马德里三十多公里的阿尔卡拉小镇。阿尔卡拉街，是在马德里市中心，一头是雄伟的阿尔卡拉门，另外一头与著名的格兰大道相交。而阿尔卡拉小镇，是阿尔卡拉大学所在地，是伟大的西班牙文学家塞万提斯的故乡。毛鑫睁开眼，发现到了这么一个奇怪的地方，知道错了，不肯付车钱。两下争执，各自有理。司机开了这么长的路，不给他钱自然不干；而毛鑫呢，他要去阿尔卡拉街会一个同学，你却把他拉到阿尔卡拉大学来，耽误了他的事，还要收他巨额车费，他不可能不来火。两个人吵起来，一个叽里呱啦说个不停，另一个用中文夹杂西语有一句没一句词不达意不知道说什么，两个人完全只是自顾自在发出声音，根本达不到交流的目的，也没了争吵的意义。西班牙人吵到后来，就不再坚持收钱，自认倒霉算了。但是毛鑫骂了一句傻×，用中国话骂的，可是西班牙司机听懂了。这下司机不干了，觉得受到了侮辱，马上报警。

警察觉得骂人是大事，把他带到警察局，录了口供。毛鑫看到他们全副武装的样子，腰里挂着手铐，还佩了手枪，不敢嚣张，老老实实地认错。但是司机不依不饶，又把他告上法庭，不仅要他道歉，还提出数额较大的赔偿。这事折腾了一个多月，法庭专门找了翻译和几个留学生，研究"傻×"这句骂人话侮辱程度到底如何。翻译说，相当于"傻瓜"，这样程度就比较轻。有一个留学生说,这句骂涉及女性生殖器,就有点严重。性别不重要,生殖器很重要。判决多少金额的罚款,取决于这句话的侮辱程度。

法庭开出来500欧元的罚单,让毛鑫大吃一惊!如果拒不履行,他将面临取消居留。

房东说,我从来不借钱给人,也从不问别人借钱。西班牙和国内不一样,一般不会借钱,要借也是问银行借。"但是我现在没有这么多钱,我想下个月再让家里打钱,这个月他们已经打了两次钱了!"毛鑫哀求她。

房东老太太说,我也没这么多钱。毛鑫不相信她,明摆着她就是不肯借。毛鑫就脱下腕上的手表,说,这是我刚来西班牙的时候1000多欧元买的,抵押给你,借500,可以吗?

房东说,手表买来虽然贵,但是十分之一的价钱都卖不出去的。

毛鑫感到绝望。老太太及时看到了他眼里的凶光,她害怕了,接过他的表,把钱借给了他。

语言学校大部分是中国学生,他们基本上都会翘课。老外的学校,老师就是不爱管学生。你爱来不来,那是你的自由。毛鑫也不知道自己多久没去上课了,学校在哪里他都差不多忘了。反正,学生签证期满后,可以到华人中介那里去买课时,不用再报语言学校,只要花钱买一学期,就可以续居留了。他的西语当然不行,不过生活语言倒进步很多，因为他交了几个朋友，里面既有华人，也有南美过来的移民的孩子。他们结伴在网吧玩网游，有时候也去赌场，总是赢少输多。他们还合伙为几个华人代购当买手，奥特莱斯打折村的名牌，有时候便宜到让你难以相信。还有路易·威登、施华洛世奇等，经常都会有打折。奶粉虽然不打折，但是安全呀，国内的需求量大，所以他们会帮代购去各个药妆店扫货，获取一点报酬。

董小和是重庆来西班牙留学的女孩，她和一位当地华侨亲戚合伙开了一家奶茶店"奶茶妹子"，每天没课的时候，她总是在店里。毛鑫去那里买过几次奶茶，一来二去就认识了。董小和追求他，微信问他喜欢重庆火锅吗，直接表示愿意天天做给他吃，还发了一个接吻的表情包。毛鑫不喜欢她，觉得她又矮又胖，而且性格泼辣，一点女孩子的魅力都没有。但是有一天，他把董小和带到住处，和她睡了。

睡了人家，又不跟人家在一起，董小和非常伤心，也很生气。她就对她的合伙人，也是她父亲的一个表弟说了自己的遭遇。这位表叔很是疼爱董小和，说是合伙，其实资金都是他的，但是给表侄女百分之四十的股份。虽然奶茶店并不太赚钱，总也有盈利。在西班牙要赚钱是很不容易的，这种地方就是大家都不富，但是大家有饭吃，大家都能过得不错。开店做生意，就是一个普通生计，发不了财。董小和课余过去卖奶茶，生活费用有了着落。表叔对她的好，似乎有些过分，他经常摸摸她的头，拍拍她的背，有一次还有意无意地摸了她的屁股。董小和不愿意多想,就觉得是长辈对晚辈的喜欢吧。

毛鑫睡了她,又不跟她好,她把这伤心事告诉了表叔。因为父母都在万里之外,跟他们说也只能让他们干着急。加上,她跟父母的关系其实一直都不怎么样,相比之下,表叔更亲,他对她显然是疼爱有加的。

表叔知道了,大为光火。一般来说,作为长辈,而且是远房亲戚,总是问问情况,如果男孩人还可以的话,就会想办法促成他们。但是他的第一反应就是暴跳如雷,大骂畜生,扬言要灭了他! 他代替董小和报警,说是侄女被强奸了,被那个畜生!

毛鑫二进警察局,虽说他的强奸罪名最后不能成立,但他被马德里警方定为不受欢迎的外国人,限令他一周内离开西班牙。

下

江南的冬天格外寒冷,阴湿难耐。毛鑫回国后,先是在上海住了几天,去迪士尼乐园逛了一天,其他时间都在快捷酒店里上网。他在迪士尼看到了熟人,一家三口,男的是他父亲一个单位的。幸亏他避得及时,没有被发现。

他似乎适应不了国内的气候,嗓子疼痛,四肢乏力,浑身都酸痛发冷。

他去虹桥枢纽，本想坐飞机去沈阳，一来他觉得东北离家足够远，一定很少熟人。二来他早就听说北方的冬天日子要好过得多，因为屋子里都有暖气。可是突然出现在他手机上的一条短信，使他立刻改变了主意。

两年多了，他一直保留着这个号码。这是一组让他万分留恋而又心碎的阿拉伯数字。没错，是她，那个和他亲密交往了两个月的邻家女孩，曾经让他迷恋得要死，后来又让他失魂落魄因而决定远赴西班牙留学。和她在一起的日子，是他生命里最繁花似锦的日子。她的绝情，伤他那么深！他曾经想到过要和她一起死，先把她杀死，然后再了结自己。但是事实上，要是真给他一把刀，要是她出现在他面前，他是不忍下手的。他喜欢她珍惜她，到了自己都瞧不起自己的程度。他曾经想，宁可杀了自己，也不会杀她。如果她再次来到他身边，对他说，我恨你，我要杀了你，他一定会说，好吧！然后看着她，把胸挺向她，让她手里的刀刺过来。

要是她当初不离开他，他怎么可能去西班牙呢？要是她杀了他，那么他就埋葬在苏州的某个公墓里，跟西班牙没有半毛钱关系。

她在短信里问他好吗，西班牙是不是也很冷。她说，她也想去西班牙，因为她跟家庭彻底决裂了。

他回复了一个"我很好"。

她说，你还记得我吗？

他说，记得。

她说，那你说我是谁？

他没有马上回复，他只觉得心怦怦乱跳，那张妩媚的脸和那具诱人的身体在他眼前浮现。

我不是左青青，我是来敏！她的短信又发过来。

他呆呆的，不知道应该对她说什么。

你为什么不要左青青？她挺好的呀，比我好！

我觉得你好！他写道。

那你就在西班牙等我吧！是马德里，还是巴塞罗那？

我在中国。

开什么玩笑你？！

真的，不骗你，我回来了，我现在在虹桥机场。

他们加上了微信。来敏发了位置给他，他就坐上一辆出租车，一个多小时，就赶到了她的身边。她变化很大，头发剪短了，脸色有点发黄。但是她的眼睛，依然那样亮，那么勾人。这个地方离他的家，离他们的小区很近呀，在窗口就能看到那个圆通寺的金顶。而他的家，就在圆通寺的对面。家，近在咫尺，他突然百感交集。看他手足无措的样子，来敏说，你发什么呆呀？你怕什么呀？

据她说，她住的这个房子，是她闺密的。闺密全家移民加拿大温哥华了。因为她离家出走了，跟父母断绝关系了，所以闺密把钥匙给了她。她住在这里已经半个多月了。但是，总不是长久之计，所以她想出国，"我想去西班牙找你的！"

你想不想家？她问他。

不想。他回答得不够爽快，因为他其实有点想。离开家也两年多了，现在家就在附近，他的心里，翻腾着各种滋味。来敏感觉到了他的恍惚，她捧住他的脸，问他，你是不是不喜欢我了？你在西班牙是不是有了喜欢的人了？

毛鑫没有告诉她真相，她并不知道他究竟是为什么回国了。他只是对她说他讨厌那个国家！在他看来，马德里，西班牙，没有一点是好的，他在那里，一天也待不下去了！

但是他也不愿意回家，他不能回家。如果他突然回到了家，他父母一定会气死。他们希望他待在西班牙，以为那里就是天堂，是他的阳关道。如果他们知道他回国了，会伤痛欲绝，父亲也可能打死他。

儿子，马德里也很冷吗？苏州这拨寒流真厉害啊，咱们家里开暖气了，你的屋子里有暖气吗？

有暖气，是电热的，很暖和，放心吧！

来敏说，毛鑫，你在跟谁聊天啊？

他说，我妈。

我不信，你给我看！她把毛鑫的手机抢过去。然后说，真的哎！你还挺会骗人，编得像真的一样。

他们大部分时间都是在屋子里，一人一台电脑，打网游。渴了饿了就叫外卖。肯德基、必胜客、宝岛便当、苏城食堂，各种外卖轮流叫。安全套用完了，只能自己出去买。你去，毛鑫说。

我一个姑娘家,去买这个,不被人笑话啊?人家以为我是小姐呢!来敏说,出门右转就有一家可的超市,你去买吧,不远。

毛鑫像做贼一样,慌里慌张地去买安全套。他去了一趟,却空手而归。

怎么啦你?

没找到。他说。

来敏说,没有套,你休想啊!

他从行李箱里翻出一条围巾,把自己的大半个脸蒙了起来。他像一个地下工作者,当然是为了不被熟人看见。

两个人在屋子里待得腻了,就商量着要去哪里逛逛。也不去西班牙了,咱们这样是不是就像被软禁了?来敏说,你打算接下来怎么办?

他们都没去过镇江,所以决定去玩一趟。大冬天的你戴什么墨镜呀?来敏知道他是不想被人发现,故意逗他。毛鑫答非所问地说,在马德里出门都要戴墨镜,紫外线太强了,容易得白内障。

白内障不是老年人才有吗?再说这儿也不是马德里!

他们在镇江只玩了金山寺,就兴味索然了。两个人大部分时间还是窝在酒店里,打网游、做爱。来敏说,我突然想要一个孩子了,要个女孩,我想当妈的感觉一定很好!

毛鑫只管低头打网游,就像没听到。来敏说,我想家了,我想回家,我不想过逃亡一样的生活。

毛鑫还是没听到。

来敏火了，大声说，我现在就回去！向父母认错，请他们原谅，他们打我骂我我都忍了！

她稀里哗啦整理行李箱，他这才抬起头来，怎么啦？

来敏说，我现在就回家！

他们抱在一起，来敏哭了。她说她突然觉得愧疚，对不起爸爸妈妈。她不应该伤他们的心，不该不听他们的话，她要回去，做个好女儿。

我不回去，毛鑫说。他要是回去，那才是伤他们心呢！再说，我也不想回去，我讨厌家，讨厌他们！

那你怎么办？

他把她抱起来，放到窗台上，疯狂地顶她。他的激情，让她感到意外。她的感觉是，她要被他撞出窗外了，要抛向天空中去了！

他提出来要和她一起去死，他们可以一起去卧轨。耳朵贴在铁轨上，听着车轮声越来越近，闭上眼，然后轰的一下什么都结束了，就像睡着了。

毛鑫你不要吓我！你不要乱来，我不想死的，我还那么年轻，我为什么要死？我不喜欢死，我觉得活着很好的。我还要出国留学呢！你说西班牙不好，那我就去法国，或者加拿大。或者去日本也挺好的。

来敏对他说，你也别想死啊活的，你为什么要死？你既然已经回来了，就回家吧，给你爸妈道个歉，自己人没什么丢脸的,你是他们生的,再怎么他们也会原谅你。你讨厌西班牙,说给他们听,他们可能会理解你的。你或者找工作,或者再去别的国家留学。咱们一起去好不好? 一起去日本好不好? 我喜欢吃日本料理,你不是也喜欢吃吗? 你一直讨厌西餐,但是日料你是喜欢的呀对不对?

来敏从毛鑫的眼睛里看到了杀气,她真的害怕了。她说,你真的一点都不想你爸爸妈妈吗?

毛鑫,你喜欢我吗? 你是真的喜欢我吗? 你说要和我一起死,那就是你愿意为我死是吗? 那我要你活,你一定愿意为我活,是吗? 我们活着,一起活着,不是很好吗? 为什么要死呢?

毛鑫说,你不要说出去,不要说我已经回来了,一个人都不要说! 我不想回家,我也不想让我爸妈知道我回国了!

他对她说,你回去吧,你回家好了,我就不回去了,我一个人在镇江再待几天吧。

来敏说,毛鑫,我喜欢你,我爱你! 我不想你一个人留在这里,我也不要一个人回家!

两个人去宾馆里的日料店吃了一顿,又去逛街。来敏看上了一只香奈儿的小包包,毛鑫就决定买给她。可是他的卡里,已经没这么多钱了。他的西班牙 Bankia 卡刷不出来,一张中国银行的双币卡上面也没钱了。

他发短信给母亲,说是学校要组织他们去德国游学交流一个月,要她马上打一万欧元给他。文素兰很高兴,也很

21

着急。高兴的是儿子显然是越来越有出息,着急是因为一时半会儿没这么多现金。于是去毛鑫舅舅那里凑钱。舅舅很支持,他认为孩子去德国一个月,肯定能学到更多东西。德国是一个非常了不起的国家,日耳曼民族有太多太多优秀的品质,去那里看看长长见识是多好的事啊!

两个人离开镇江,又到常州玩了两天。在常州天宁寺,两个人都买了香,跪在大雄宝殿磕了头。来敏说,我许了个愿,祝愿我回到家里我爸不要打死我,我真的很怕死。

你呢?她问毛鑫。

毛鑫说,不告诉你!

来敏说,你这个人怎么这样!我都告诉你了,你却什么也不说!

毛鑫说,我请菩萨保佑,不要让我们分开!

他们坐在大雄宝殿外面的石条凳上,相互抱着。来敏说,我为什么要爱你?我为什么会喜欢你?她一边说一边哭。最后她说,毛鑫,那我不回家,咱们不回家,咱们一起去日本,去那里读书,读完了就留在那里,不回来了,在那里找工作,在那里结婚,生两个孩子,一个儿子一个女儿,好吗?咱们不告诉别人,爸妈都不知道我们去了哪里,我们就从这个世界里消失,生活到另一个世界里去,谁都不知道我们俩去了哪里,只要我们俩在一起!毛鑫,你说,你说这样好吗?

两个人回到了苏州,又在来敏闺密的家里住了下来。

现在国内房价真是涨疯了,他们咨询了附近一个房屋中介,知道这幢房子值400多万人民币呢。他们商量,如果把它卖掉,那么他们就可以去日本买一幢属于他们的房子,也许还有许多余钱,可以供他们在日本过一阵子,可以支付学费,以及生活费。

但是真的去卖房,他们却傻了眼,中介说,他们必须提供这幢房屋的房产证、地产证,以及他们的身份证、户口本等。他们这才觉得自己是太天真了,以为卖掉一幢房子是很容易的事。

他们于是反过来想,说自己之前的想法有多荒唐!即使真的把闺密的房子卖掉了,拿了钱去了日本,闺密一家会不发现吗?他们会罢休吗?他们会报警,警方会很容易查到来敏他们是去了日本,就会联系日本警方,把他们找到,把他们带回国。由于金额巨大,他们两个人都将被处以重刑。两个人说着,笑着,对于卖房梦的破灭,感到庆幸。幸亏他们什么都没干,甚至可以认为什么都没想,只要他们自己不说出去,这件事就等于没有发生过。新年快到了,来敏用微信和闺密互致祝福,闺密说,谢谢你来敏!谢谢代我们管理好家!我在遥远的温哥华祝你新春快乐,在新的一年里找到一个世界上最帅、最有钱、最疼你的男票!

新年的气氛越来越浓了,已经偶尔能够听到鞭炮的声音。他们私奔日本的计划,进展得好像有些缓慢。坐吃山空,打网游点卡也所费颇多,于是毛鑫少不得又编出一些理由让家里打钱。"欧元越来越贵了,你要节省着点花!"母亲文素兰每次给儿子汇出钱,都要这么叮嘱一番。这次也不例外,但这次她特意多打了一千欧元给儿子,"要过年了,买点好吃的,西班牙没有春节吧?儿子,妈妈想你,爸爸妈妈都非常非常想你,祝你新年快乐!"

春节真的快到了,总得找点事情让自己更开心。两个年轻人在 KTV 玩得好嗨。毛鑫天生五音不全,但他还是起劲地唱了几首高亢的歌。调虽不准,却丝毫不影响他的激情。他唱的时候,来敏就在一边笑,有时候是大笑。他唱得完全不在调上,就像是自己在给这首歌重新作曲,实在太好笑了!来敏则是达到舞台表演水平的,她选了几首邓紫棋的歌,"早该知道泡沫,一触就破",唱得她自己都感动得要流泪。

他们在 KTV 包间里唱,抽烟,就着鸡爪喝啤酒。嗓子唱疼了哑了,尽兴了,一看时间,已经是后半夜一点多钟了。他们恍恍惚惚地出来,一时间竟不知道此处何处。在大堂,毛鑫忽然看见了他的父亲!毛洪涛脸红红的,一左一右还有两个浓妆艳抹穿着暴露的小姐挽着他。他也看到了毛鑫,他甩脱两个小姐,走近儿子。他走到离儿子一米近的地方站住了。毛鑫看到父亲眼睛里诧异的光,仿佛是见到了鬼,这是他长这么大从来没有见到过的。

喜　鹊

　　瑞莲捧着一束鲜花,站在父亲的坟墓前。她的心里,想得更多的,却是另外一个人。

　　他曾经是她的同学,他的名字叫史正康。

　　时间过得真快啊,五年一晃而过。

　　她内心的愧疚,不仅没有随着时间的推移变淡,反而与日俱增。

　　她听到远处传来几声呱呱的叫声。"是乌鸦吧?"她心想。

　　瑞莲的父亲在本市的一所监狱工作。虽然,他在监狱里并不是管犯人的,他不是狱警,只是监狱里的一名电工,但是,二十来年在一个森严的地方工作,也许是环境使然,他是一个严肃刻板的人。他的一双小眼睛,永远都闪着警惕和不信任的光。他打量你的时候,你会觉得不安,会十分担心自己身上有什么地方不对劲。或者说要怀疑自己,是不是干了什么见不得人的事情。

　　并且瑞莲的父亲老戴,是一个几乎从来不笑的人。就是发生了最好笑的事,他还是一脸正色。他是笑的河流中一块不为所动的石头,常常令大家很扫兴。瑞莲亲耳听到,有人问她的母亲:"朱美华,老戴追你的时候也是铁板着脸吗?"还有人问:"朱美华,老戴和你在床上那个的时候,也这么大义凛然吗?"

但是作为女儿,瑞莲还是能够分辨出,父亲什么样的表情,才是真正生气了。他平时虽然脸上没有一丝笑容,但是,那冷峻、严肃的目光里,更多的是平和。瑞莲早已经习惯了这样的表情。并且,父亲这种平和的冷峻,是能够给她以安全感的。父亲给她的印象,就是酷。

而父亲真正感到生气时,他的目光里的那种平和,就会立刻不见了。取而代之的,是更冷、更硬。甚至,是凶狠的,有一丝杀机。

瑞莲非常害怕父亲生气。只要一看到他的眼光发生了变化,她就会不由自主地身子发起抖来。

那时候她还小,不过五六岁吧。她已经睡了,是被母亲的哭声吵醒的。她睁开眼,就看到了站在门口的父亲。他直直地站着,被电灯照成了阴阳脸。他虽然一言不发,但瑞莲却感觉到了异样。父亲眼里那种平和,完全消失了。只有冷峻。或者说是冷酷吧!这种目光,幸亏没有扫到瑞莲的身上来,只是停留在母亲的身上。如果父亲以这样的目光看着她,她会害怕死的。

父亲就像一尊雕塑。他看着妻子,看她哭。母亲坐在椅子上,哭得非常伤心。哭着哭着,她突然一下子跪到了地上。瑞莲担心这样子跪下去,膝盖会不会磕碎呢?

父亲却不为所动。他只是在门口直挺挺地站着,一半在灯光里,一半在阴影中。

瑞莲升入初中后的第一个寒假,父母离婚了。她突然感到一阵快意。似乎他们的离婚,是她所梦寐以求的。其实这样的事,对她来说,无论如何都不见得会是一件好事。但她的内心,却一阵欢呼雀跃!

会有一种全新的家庭生活降临吗?而那正是瑞莲所期待的吗?为什么?难道说她早就厌倦了父母的婚姻?但那跟她又有什么关系呢?她是厌倦了他们彼此的欺骗和冷漠,还是希望彻底摆脱母亲的絮叨?她后来感到自责,其实也是必然的。世上哪有孩子为父母的离异而感到欢欣鼓舞的?

她和父亲两个人的生活开始了。她感到父亲比离婚前更加沉默寡言,更加冷漠了。她无法知道,父亲在单位是否也这样。他和同事,也是不愿多说一句话吗?他也以这样的眼光看周围的所有人吗?他回到家里,除了默默地干一些家务,就是捧着一把茶壶坐在沙发里看电视。看得出来,他太喜欢他的茶壶了。他抱着它的样子,就像抱着一只宠物。或者说,像抱着一个婴儿。他经常在昏暗的灯光下端起它,打量它。瑞莲发现,他看茶壶时的眼光,似乎变得温柔了。如果他深情地亲吻他的茶壶,瑞莲是不会感到奇怪的。事实上,他就是在亲吻它。他捧着它,过一会儿就把它端到嘴边,含住壶嘴,吸上一口。他总是把茶水陶醉地吞下,发出一声舒畅的叹息。

瑞莲发现自己越来越像父亲了。不仅长相像,就是走路的样子,也像很像。放学回家,有时候路灯已经亮了。她看到自己的影子,很坚定很有力地向前移动着。那不是老戴嘛!她越来越像是一个男孩,喜欢剪很短的头发。总是一条牛仔裤,一双运动鞋。上身呢,当然是校服。即使是不上课的日子,她也穿着校服。她已经很久很久没穿裙子了。我穿过裙子吗?她不记得了。对于那些花花绿绿的衣裳,她是不是很反感?也说不上是反感吧。只是,她没有任何想要去穿它们的愿望。她只是觉得,穿得简简单单的,是最舒服自在的。而那些五彩缤纷,跟她是一点儿关系都没有的。

回忆起来,当时,走在回家的路上,她是听到呱呱的叫声的。那是乌鸦的叫声吗?

她很小的时候,就听母亲说过,听到乌鸦叫,可不是什么好兆头。母亲说,要听到喜鹊叫才好。喜鹊叫喜,听到喜鹊叫,就会遇上好事。可是,瑞莲并没见过喜鹊,也好像没见过乌鸦。它们长什么样?乌鸦想起来应该是全身乌黑吧,像在墨汁里浸泡过一样,全身没有一处不是黑的。那么,乌鸦有眼白吗?它的眼珠子四周,也是黑的吗?喜鹊,又是什么样子呢?

瑞莲推开家门,看到沙发上两个赤身裸体的人扭在一起。他们当然不是在打架。那个女的,转过头来看瑞莲,她的表情很是惊恐。这个女人,看上去比瑞莲的母亲年纪要大很多,她甚至有很多白头发。瑞莲背着书包,呆呆地站在自家的客厅里。她从未看到过父亲这样光着身子。即使是热得浑身冒汗的天气,父亲也从不光膀子。他总是衣冠楚楚的,甚至连衬衣的纽扣都不解开一颗。父亲很瘦啊!瑞莲发现,他的肋骨根根清楚。

呱呱——呱呱——瑞莲回忆起来,从学校往回家的路上走着的时候,她是听到有乌鸦的叫声的。她抬起头来,看看天空。天空很纯澈,没有乌鸦。什么鸟都没有。

表姐结婚的时候,瑞莲在新房的窗上看到了一枚剪纸。一对鸟儿,围绕着大红的双喜,"这是喜鹊吗?"瑞莲轻轻地问,仿佛自语。有人听到了,回答她说,正是喜鹊。"喜鹊唱喜呀!"那个人说,"新房里当然喜气洋洋啦!"

是啊,谁会在新房里贴两只乌鸦呢!瑞莲傻傻地想。

剪纸上喜鹊的尾巴高高地翘起,它们显得很是轻盈。是呱呱,还是叽叽?肯定不会是呱呱,那是乌鸦的叫声。瑞莲看看新房外的天空,"会不会有喜鹊飞来呢?"天空高远,一群很肥硕的鸟儿正在盘旋。"喜鹊!喜鹊!"瑞莲兴奋起来。

"那是鸽子,"有人说,"不是喜鹊!"

"咕咕——咕咕——"那人学鸽子叫,逗着天空中的鸽子。瑞莲也抬起头来，向天上的鸽子挥手。鸽子们绕了几圈，就飞走了。它们飞得好高，好远。

瑞莲发现，新郎的目光始终是游移不定的。他的注意力，显然不在表姐身上。瑞莲仔细地观察他，她看到他总是在看别人。围绕着新娘的是一帮叽叽喳喳的年轻姑娘。新郎更多的是在看她们。他一会儿看看这个，一会儿看看那个。

但是，他从未认真地看一眼瑞莲。

也许她只是一个孩子。但是，她是以伴娘的身份出现的。并且她今天没穿校服，她换上了一件齐膝的墨绿色短风衣。在一群叽叽喳喳的伴娘中间，她并不显得有多么的幼小。她甚至是个子最高的一个。

喜鹊的叫声，是怎样的呢？她一直在想这个问题。

同时，她真的非常希望表姐夫能够看她一眼。他几乎认真地看了所有的姑娘，为什么一眼都不看她呢？

他长得一点都不帅。表姐则是个人见人爱的大美人。参加婚礼回来后，瑞莲的脑子里，一直飘浮着表姐夫的影子。他长得一点都不帅，个子矮墩墩的，脸像只排球一样滚圆滚圆。他的眼光，总是在伴娘们身上瞟来瞟去。表姐看上他什么呢？仅仅因为他是一名医生吗？

客人散尽之后，新郎和新娘，就要干那事了吗？就像她的父亲和白头发的女人，赤身裸体扭在一起？瑞莲这么想的时候，她的心跳突然加快了。

叽叽——喳喳——

仿佛听到了喜鹊的叫声。瑞莲打开窗,将头探出窗外。几道黑影在夜空中低低地飞舞。"那是蝙蝠吧?"

一只蝙蝠就像黑夜里撕下来的一个碎片,从窗口扔了进来。瑞莲吓得尖叫了起来。

她缩着脖子,闭上眼睛。她听到了蝙蝠的叫声。吱吱吱——有点像老鼠,但比老鼠的叫声压抑、尖锐。这声音,虽然很轻,但是,却能一下子钻到耳朵的深处,让人觉得被什么东西突然捅进了身体的内部。

要将蝙蝠从家里赶出去,并非一件容易事。父亲打开所有的窗,用一本杂志驱赶蝙蝠。它幽灵一样在家里盘旋,飞行的线路怪诞而邪恶。父亲于是索性把所有的门窗都关上了。他取来了电蚊拍。他像一个羽毛球运动员,动作夸张地拍打着幽灵一样似有若无的蝙蝠。

瑞莲终于听到嘭的一声,她知道那是蝙蝠的身体撞击在窗玻璃上的声音。她睁开眼,看到父亲用电蚊拍铲起了地上被击昏的蝙蝠。它的身体肥肥的,软软的,在电蚊拍上发出吱吱的声音。伴随着这电击声,瑞莲闻到了烤焦的味道。

她将视线从可怜的蝙蝠身上,移到父亲的脸上。她看到父亲的小眼睛里流露出凶光。那是一种锋利的杀机。瑞莲不由得一阵心悸。

她夜里梦见自己被一只大蝙蝠驮着,在高空飞翔。她

31

很不喜欢它软软的身体，这种绵软而滑腻腻的感觉，让她毛骨悚然。但是，她不敢脱离蝙蝠的后背。因为身下是邈远的大地。如果她从蝙蝠背上滑下去，一定会被摔死。她只能双手抓紧蝙蝠的两只耳朵。它的耳朵真小啊！她一点也不喜欢它的耳朵。抓着它，比抓着一条蛇还要恶心。但她不能放手，否则她就会摔死。她紧紧地抓着，把蝙蝠抓痛了。它吱吱地叫唤着。

母亲每到周末就发几条手机短信给瑞莲，"囡囡，你好吗?"总是这样开头。然后就是问瑞莲，每天都吃早饭的吧? 期中考试成绩年级第几啊? 瑞莲总是懒得回答她。她把手机短信的铃声，设置成鸭子的叫声。"嘎嘎，嘎嘎"，手机这么一叫唤，来短信了。瑞莲总是过了半天，才回发过去两个字："好的。"

有一天，母亲的短信居然是："你还小，不要早恋啊!"

这条短信，让她想起了同学白雨。白雨圣诞节收到玫瑰和巧克力了。那个高年级的男生，暑期去日本，还买了一件粉红色的名牌 T 恤送给白雨。后来那件 T 恤被宿管阿姨偷去穿了。白雨当然一眼就认了出来。学校开除了宿管阿姨，同时这件 T 恤的故事，也在学校流传开来了。据说白雨已经为那个男生做过人流了。

很多男生都和瑞莲关系很好。有人甚至经常很随意地把手搭在她的肩膀上。对于那些要好的男生，她说不上喜欢，也说不上不喜欢。她只是觉得，和他们在一起玩儿，挺开心的。她和他们一起踢球,抢得比他们还凶。而她和女同学,却似乎很少有共同的兴趣和话题。她喜欢足球,同时也崇拜霍金和马克思。她和他们谈论起德甲和 AC 米兰来,大家唾沫横飞。她看到午后的阳光下,男生史正康的唾沫星子亮晶晶地向她飞来,她眉头都不皱一下。

他们中有人喜欢她吗? 母亲的短信,让这成了一个问题。比如史正康,他会在圣诞,或者她生日的那一天,送她巧克力,或者玫瑰吗? 他会写一条求爱的短信,发到她手机上吗?

瑞莲和史正康他们一起在球场上奔跑,她和他们,真的没有什么区别。她速度很快,喜欢铲球。她觉得,在自己倒地的同时,脚尖与球瞬间的接触,那是一种难以形容的快乐。她与他们唯一不同的是,奔跑的时候,她的胸部夸张地晃荡。她总是能清楚地感觉到自己胸部的上下蹿动。她感到羞愧。而她似乎也总是在注意,别人的目光,是否关注到了这一点。

她用胸部停球的时候,总会感到一阵难言的疼痛。那是一种既痛,又闷得要透不过气来的感觉。但她却装得若无其事,眉头都不皱一下。

她大声喊着,跑得更快了。

"只有老天爷能理解我!"这是她的口头禅。

在这个世界上,谁是最理解瑞莲的? 父亲吗? 母亲吗? 表姐吗? 史正康吗? No No No,没人,没有一个人!

她的胸部被足球猛烈撞击后,痛得透不过气来。她觉得自己快要窒息了。不过,她还是不皱一下眉头。她的耳朵里,出现了奇怪的声音。同伴们哇里哇啦的叫喊声,仿佛远在天边,却又近在眼前。嘎嘎——有人的喊声就像鸭子叫。而有人则像蝙蝠一样,发出尖锐的、细细的声音,像是一下子要钻进她身体的深处。喳喳——喳喳——那是谁,在像喜鹊一样叫唤?在球场上,史正康只要靠近瑞莲,他都会随手拍一拍她的肩膀。这一次,他拍了一下瑞莲的屁股。他是那么自然,丝毫没有故意和别扭。瑞莲抬头看了看天空,她好像看见了一只乌鸦。

"你见过乌鸦吗?"她问史正康。

就在她问出这句话的时候,史正康倒在地上,爬不起来了。他痛苦地蜷缩在草坪上,双手捂住裆部。他的脸,扭曲得让瑞莲都认不出他了。是谁踢过来的球力量如此之大?而史正康又为什么竟然让它击中裆部?他痛成这样,他会死吗?

她非常着急,担心他这样蜷曲着,会越缩越小,最后变成一个桃核一样的东西,在她眼皮底下消失。

而她听到了哄笑。球场上很多人,过来围观,发出了轻佻的笑声。

"起来,起来!装个球啊!"

"蛋疼啊!还能用吗?"

"成太监了啊哈!"

瑞莲也不知道,自己是哪来的力气,居然能把史正康从学校操场背到校门口的大马路上。那至少也有一千多米吧。一些人的怪笑,就像乌鸦,或者鸭子的叫声。她背起他,一点也不觉得重。她甚至小跑起来。"呱呱——呱呱——"那是一些人的笑声吗?还是真的出现了乌鸦?瑞莲抬起头,在校门口的两棵高大女贞树上发现了几只鸟儿。它们缩着脖子,一动不动。叽叽——叽叽——它们唱了起来。

"不要紧吧?"瑞莲问表姐夫。表姐夫虽然只是个眼科医生,但他毕竟是医生。

他用很奇怪的眼神看瑞莲:"你是指哪方面?"

他淫邪地笑笑说:"放心吧!看到漂亮女生,照样能起来!"

在医院的走廊里,瑞莲呆呆地,陷入一片迷茫。

"你是不是爱上了他?"表姐审问瑞莲。

"史正康吗?"

表姐哼了一声,说:"除了他,还有谁?"

瑞莲说:"哈哈哈哈,笑死我了!"

表姐说:"有什么好笑的?"

瑞莲说:"我们还小呢!"

表姐说:"你不是早就来月经了吗?你已经不是小孩了!"

表姐告诉瑞莲,不要剪短发,不要打扮得像个男孩子。

这样不讨男生喜欢。男生喜欢长发飘飘的女生,喜欢有女人味的女生。"女人要会发嗲。"表姐说。

表姐的确很会发嗲,"我要是男人,我会被表姐这样的女人迷倒的!"瑞莲心想。

"可是,"瑞莲想,"父亲怎么会喜欢上一个白头发的女人呢?"在她的脑子里,经常会浮现父亲和白发女人光着身子在沙发上扭成一团的景象。

"我看你是喜欢上他了!"表姐说。

表姐对瑞莲谆谆教诲:"喜欢也不要主动!要让他主动来追你。"

瑞莲感到恍惚。

表姐继续教导:"拉拉手可以的,亲一下也可以的。不能让他搞。一搞你就完了!"

"为什么呢?"瑞莲很是不解。被男人一搞,女人就完了吗?"完了"是什么意思呢?是要怀孕吗?

可是她什么都不问。

"那你难道不让姐夫搞吗?"瑞莲愣愣地问了这么一句。

"你个小鬼!"表姐骂道,"什么都懂啊!"

让瑞莲不解的是,表姐突然就哭了起来。她漂亮的五官扭曲之后变得很可怕啊!她把瑞莲抱在怀里,索性大声地哭号起来。表姐的乳房好大好软,瑞莲把头埋在表姐的胸前。她很想钻进去,含住她的乳头,认真地吮上几口。

表姐的手,却摸索到瑞莲胸前,抓住她一只乳房,轻轻地捏着,搓揉着。一阵快意,让瑞莲感到惊喜和紧张。她的头埋在表姐柔软的胸间,觉得自己像一只小猪,轻轻地哼哼。她闭上眼睛,她想睡了,世界轻飘飘的像一片云海,而她的身体,也像是云,没有重量,飘浮起来了。

表姐的手,慢慢地下移,最后伸向她的内裤。瑞莲惊慌地挣脱她的怀抱,把她的手推开了。

"有毛了吧?"表姐嘻嘻地问瑞莲。

瑞莲呆呆地看着表姐。后者的脸上,有一片假睫毛掉下了一角。眼影糊了,粉底也深深浅浅的。瑞莲突然发现,表姐看上去没那么漂亮了。她将表姐用力一推,转身就跑了。

"瑞莲,你来,我跟你说个事儿!"表姐的母亲,也即瑞莲的大姨,神秘兮兮地告诉瑞莲说:"你妈要结婚了,圣诞节要去马尔代夫度蜜月呢!"

瑞莲很快就见到了即将成为她继父的那个人。他第一次见瑞莲,竟然这么问她:"你是男的女的?"

"你才是男的呢!"瑞莲说。

继父大笑:"我当然是男的哈哈。"

"你全家都是男的!"瑞莲又说。

母亲责怪瑞莲道:"怎么跟大人说话的呀!"

母亲接着很凶地对继父说:"你有病啊?我不早对你说了,她是我女儿啊!女儿,你说,是男的还是女的?"

继父咧嘴大笑,嘴大无比。他对瑞莲连说"对不起"。瑞莲觉得,他很像一头河马。

继父果然很有钱。他送了"奔驰"车给瑞莲的母亲,还在金鸡湖畔买了别墅,作为他们的新房。他还特别强调,其中一个房间,是为瑞莲准备的。里面整套的家具是粉红色的。还有一架白色的钢琴。瑞莲说:"我不会住的,我讨厌粉红色! 我也讨厌钢琴!"

不过,她接受了继父送给她的 iPad。

父亲非常光火,骂她"没志气",说她"不要脸"。

父亲的眼里冒出凶光,瑞莲知道他是真的生气了。他端着茶壶,激动得颤抖,水都从壶嘴里洒出来了。瑞莲知道,这把紫砂茶壶是父亲的最爱。他只要一坐到沙发上,就会把它捧在手里。它被他摩挲得油光光的。他说这是"包浆"。"只有好的壶,泥料好,才会有这么漂亮的包浆!"他得意地说。瑞莲并不觉得一把泥做的茶壶,会有多么好。但是父亲说,它是宜兴的某某大师做的。有一天,父亲告诉她,一个叫顾景舟的人,他做的茶壶,最近在一个拍卖会上,卖了一千多万元。"不是一千元,也不是一万元,是一千多万!"瑞莲说:"爸,你的这把茶壶,也那么贵吗?"父亲说:"那没有。但它确实是把好壶!"

现在,由于激动,他的手在打战。瑞莲担心,父亲一失手,会把茶壶打了。

第二天,厨房里响起了砰的一声。瑞莲进去,看到父亲的手上,抓着一只茶壶的把。空荡荡的壶把,像一只耳朵,又像一个问号。而壶身,则落进水池里,碎成了几片。

瑞莲一直都没有明白,壶把和壶身,是怎么脱离的。他肯定不是故意的。故意将他的宝贝茶壶砸碎,除非他是得了神经病。那么,一定是他手执壶把,为了甩干壶里的水,甩得重了。用力过猛,把和壶身就分离了。

一整天,父亲都呆呆地窝在沙发里。他不吃不喝,也不开电视。瑞莲很难弄清楚,他是因为她收了继父的 iPad 而生气呢,还是为他的壶而心碎。

傍晚,她泡了一桶方便面,小心地端给父亲。但他不吃,一直放在茶几上,直到它变凉。结果满屋子都是方便面的香辣味。瑞莲发现,自己的衣服,也吸上了方便面的味道。

看着坐在昏暗灯光下的父亲,瑞莲突然觉得他有点可怜。他固执的样子,真的非常可怜。瑞莲非常希望自己有超能力,能对着茶壶发功,或者吹一口气,就能令破碎的茶壶完好如初,然后捧到父亲面前,让他不再悲伤,让他的脸上展开笑颜。或者,瑞莲想,要不要对父亲说,那台 iPad,她决定不要了,明天就退还给继父?"谁要他的臭东西!"她这样说,父亲会高兴吗?

但她真是舍不得将 iPad 还掉。她喜欢它。因为它,她甚至对继父有了好感。他第一次见面,就问她"男的女的",令她不快。但是,她现在一点也不讨厌他了。他动不动就哈哈大笑,一张嘴大得就像河马。他形象不佳,是个矮胖子。但是,瑞莲真的不再讨厌他了。如果那个别墅里的房间,家具不是粉红色,她也许会愿意偶尔过去住住。她甚至想,要是母亲和继父坚持把她接过去,坚持要她和他们同住的话,她也许会考虑的。她也许愿意的。

这么想着,她突然觉得自己很贱。羞愧的感觉,让她觉得心里慌慌的。这时候她再打量父亲,他缩在沙发里,越发显得可怜。

"爸——"她轻轻地叫了一声。

她叫他有什么事吗?是要对他说"我错了",是吗?她错在哪里呢?那么,就是安慰他:"别再心疼了,等我工作了赚了钱,买一把很好很好的壶给你!"或者说:"等我将来有了钱,买一把顾景舟的壶给你!"

她会有这么多钱吗?继父有钱!该死的,她又想到了继父。那么,她可以让继父买一把顾景舟的茶壶,送给她的父亲吗?

父亲不理她。他继续在沙发上坐着,偏得可怜,让人心疼。

史正康被足球踢中裆部之后,瑞莲发现,他长出了胡子。他的嗓音,也变得更粗了。他对瑞莲说,他在一个小树林里,发现了喜鹊。"还有一个鸟窝!"他说。他与瑞莲约定,星期天上午,他们去看喜鹊。

早上起来,白头发女人已经来她家了。瑞莲对她视而不见,自顾钻进卫生间,洗了一个澡。虽然头发很短,她还是用了两次洗发膏。"有毛了吧?"每次洗澡,她都想起表姐的话。是啊,她的阴部,还有腋窝,都长出了细软的棕黑色毛。她用洗发膏将腋毛、阴毛也都洗了。热水冲着她的身体,皮肤上暖暖的,痒痒的,非常舒服。

"瑞莲!瑞莲!"是白头发女人在叫她。"你好了没有?"她一定是尿急了。瑞莲占领了卫生间,她在里面待得确实是太久了。

瑞莲不理她。甚至她故意延长了洗澡的时间,让热水无休止地冲洗着自己。一方面享受着水的抚摸,一方面,有了恶作剧的快乐。她讨厌这个女人!那么,她会成为她的继母吗?她会和父亲结婚吗?

瑞莲为什么一点都不排斥继父呢?如果继父遇上这种情况,她会故意将他关在外面吗?

她穿上一条裙子,但很快又换下了。她确实打算穿着裙子去看喜鹊的。那是她唯一的一条裙子吧?买的时候就根本没打算要穿它,只是因为觉得好看,而且便宜,就买了它。如果她穿着裙子去树林里看喜鹊,史正康会感到意外吗?他从来没见过她穿裙子呀!

对着镜子,越看越觉得别扭。"那是我吗?"裙子就像是从白雨那儿借来的。白雨就有一条类似的裙子——所有的裙子穿在白雨身上,都是那么的好看。也许,瑞莲当初买下这条裙子,也是因为受了白雨的暗示吧?她看着镜子里的自己,感到陌生。她觉得自己就像个小丑。

她几乎是很粗暴地将裙子扯下来的。她把它扔在了地上。

换上了牛仔裤。

她的腿很结实,肌肉鼓鼓的。穿在牛仔裤里,像是要把裤子都撑破。织物将双腿绷得紧紧的,这种感觉,是她熟悉的。她心里感到踏实。

"你慢点,瑞莲!"她的自行车,一直骑在史正康的前头。她的双腿,肌肉饱满有力。她踩着踩着,觉得自行车的踏板,像是自己在转动。她的双脚,只是被自行车带动,欲罢不能。"我追不上你了啊——"史正康在后头喊。

瑞莲就放慢速度。可是一会儿,她又远远地到了前面。

"累死我了——"她听到他在后头喊。他的声音很远。

她就停下来,一只脚着地,身子还是骑在车上。她回过身去,看到史正康小小的,在很远的地方。他越来越大,越来越近。

"到了没有?"她问他。

他累得气都喘不过来了。他跨下车,连停车的气力都没有了,就让车倒在地上。而他则瘫坐下来。

"真没用!"这句话差点儿从瑞莲的嘴里冒出来。但她没说。她看他狗一样坐在地上,喘着粗气,心想:"他怎么这么没用?莫非真的被球踢坏了?"

她缩起脚,玩起了原地停车。她的身子扭着,两条腿轮换着抬起来,以保持平衡。她又开始慢骑,慢得一寸寸挪,围着史正康绕圈儿。她车技很好。她甚至能握着龙头,将车的前轮提起来。她骑在只有后轮着地的自行车上,就像一只直立起来的狗熊。

"喜鹊! 你看!"史正康指向天空。

一只鸟儿,栖在很高很高的树枝上。这是一棵巨大的枫叶槭,足有五层楼房高。在那最高的树梢上,栖着一只鸟儿。"它就是喜鹊吗?"

"嘘,轻点!"史正康站了起来。

他们两个仰起头。

瑞莲只看到高高的树梢上漆黑的一点。她抬了抬眼镜,还是看得不甚清楚。

"是乌鸦吧!"她悄悄说。

"是喜鹊!"史正康也压低着嗓音说话。

"喜鹊怎么是黑的呢? 乌鸦才是黑的! 你没听说过'天下乌鸦一般黑'这句话吗?"瑞莲说。

他们压低着嗓音说话,悄悄地说。

史正康从书包里掏出一架望远镜,递给瑞莲。他有备而来。"你看清楚一点吧,它不是全黑的。"

瑞莲摘掉眼镜,将望远镜架到眼前。她从来没用过望远镜,所以她不会看。透过望远镜看到的事物,一片模糊。

"你这样,要这样!"史正康帮她调整焦距,教她如何将眼睛贴紧望远镜。

她闻到了他头上洗发膏的气味。显然这个洗发膏,和瑞莲所用的不是同一种。"他出来之前也洗过头了!"瑞莲想。她感到一阵莫名的激动。

"看到了吗?"

"嗯,看到了看到了!"瑞莲看清楚了喜鹊。它的头是黑的,但它的背部、胸部和腿部,以及翅膀和尾巴,则都是黑白相间的。它看上去精致、优雅、灵巧,确实周身洋溢着一股喜气。它栖在树的最高端,离他们很远的地方。但是通过望远镜,瑞莲看得清清楚楚。它仿佛就在她的眼前。它轻盈地站立在枝头,脑袋不时灵活地转动几下。她甚至还看见了它下颌上几根细细的绒毛。"就像史正康下巴上的胡子啊。"她想。

"喳喳——喳喳——"它张开嘴唱歌,优美极了。

"看见喜鹊就会有喜事,是吗?"瑞莲说。

史正康不屑地说:"那是迷信!"

瑞莲说:"那么听见乌鸦叫会倒霉也是迷信吗?"

"那当然!"史正康说。

"我信的。至少有心理暗示吧!"瑞莲说。

"看,那棵树上!"史正康说,"那儿有一个鸟窝!"

瑞莲将望远镜移向另一棵树。鸟窝出现了,近得就像在她面前。仿佛她伸出手,就能摸到它。

"有没有小鸟在里面呢?会不会有鸟蛋呢?"她自言自语。

她忽然想,要是自己是一只小喜鹊,躺在这个窝里,该是多么温暖惬意啊!喳喳——喳喳——自己也会这么一声声叫唤吗?

"让我看看!"史正康问她要望远镜。瑞莲却不给他。她霸占着望远镜,看得入迷。

"让我看看呀!"

"不,就不!"瑞莲转过身,把背对着他。

史正康一把将望远镜抢了过去。他动作粗暴,看样子是生气了。他一副无情的样子,把望远镜夺走了。

瑞莲上去反抢。她觉得他这样做,很有损她的尊严。"这算什么呀!我还没看好呢,就抢回去,这是干什么呀!"她向他扑过去,他则把望远镜高高地举起来。她跳起来,他又躲开了。抢了几个回合,也没抢到。最后,她拉住他拿望远镜的手臂,拉得很紧。

他居然发狠一推,将她推开了。

她踉跄着后退,脚下被什么东西一绊,就摔倒在地了。

"你是个笨蛋!"她躺在地上骂他。

她仰躺着,看着天空。那只喜鹊,已经不见了。它什么时候飞走的呢?她看到那个鸟窝,那么远,那么模糊。

她听到他走过来,蹲下来,轻声问她:"摔疼了没有?"

她闭上眼睛,不理他。

"生气啦?"

其实,她已经不生气了。她听到他的声音离她那么近,

45

近得能感觉到他的鼻息。能闻到他头上洗发水的味道。她真的已经不生气了。此刻,如果他凑得更近,低下头来亲吻她的脸,或者嘴唇,她一定会将他抱住,抱得紧紧的。

她闭起眼睛,又听到了喜鹊的叫声。仿佛还听到了鸟巢里小喜鹊散发着奶香的叽叽叫声。是两只,还是三只,或者更多? 小喜鹊叽叽地叫,就是在喊"妈妈,妈妈"吧?

她没想到的是,史正康站起身来,骑车走了。

"史正康——史正康——"她坐起来,对他喊。他竟然头也不回,骑得飞快。

她追赶他,喊他,大声骂他"笨蛋"。渐渐地,她放慢了速度。她淌下眼泪来了。她用手擦了擦眼睛,才想起自己的眼镜不见了。

表姐夫穿着白大褂,他看上去却更像个厨师。他还是个书法爱好者,他把顾城的诗句"黑夜给了我黑色的眼睛,我却用它寻找光明"写成毛笔字,装了镜框,挂在诊室里。什么人进屋,一眼便能看到。

诊室里空空荡荡。

"是要配隐形眼镜吗?"表姐夫说,"我不主张戴隐形眼镜,很不主张! 隐形眼镜,还有什么美瞳,都是眼睛杀手!"

瑞莲说:"我要框架眼镜。我的眼镜丢了!"

他上上下下打量了她,说:"先验个光吧!"

验光室里的暗,让瑞莲很不适应。她无端地紧张起来,呼吸也变得急促而粗重了。屋子里很安静,她听到自己喘

46

着粗气。

她将下巴搁在验光的仪器上,下巴凉凉的。表姐夫的双手,捧住了她的脑袋。"这样,过来一点!"他说。

他走到她身后,捧住了她的脸。直到这时候,她还以为,这是验光所必需的。她一动不动,顺从得像只枕头。

表姐夫的手,摸到了瑞莲的乳房。她这才受了电击似的,跳了起来。"别动!"她听到他说。

他很重地抓住她的乳房。她感到很痛。这时候,她彻底明白发生了什么事。她大声地喊叫,并且站了起来。

表姐夫捂住她的嘴,另一只手,则有力地抱住了她,把她往诊疗台拖。

她手脚乱抓乱蹬。可她的脖子,被他用手臂勾住了。他越勾越紧,她就觉得一点力气也没有了。

"你是男的女的? 啊?"听到他这么问她,她决定不再反抗。她躺在诊疗台上,感到屁股凉凉的。一阵疼痛之后,她有了一种奇怪的眩晕的感觉。仿佛此刻自己是躺在表姐的新房里,略略睁开眼睛,就能看到窗玻璃上贴着的大红剪纸:两只喜鹊围绕着"喜"字。

她出现了幻觉。仿佛压着自己的,是她的同学史正康。他们相拥在幽静的树林里,头顶上有喜鹊正喳喳地鸣叫。她听到自己的喉咙口,发出哼哼叽叽的声音。

父亲的表情,与平常有什么两样呢? 她在他面前,感到了前所未有的胆怯。她不敢看他的眼睛,甚至不敢与他正面相对。瑞莲变得像老鼠见到猫一样，尽量躲避父亲。当他的眼光射向她的时候，她感到自己的身体一阵发凉，并且不断地缩小。

"明天来我家，有事跟你说！"两个月后，表姐的一条短信，让瑞莲重新陷入恐惧的深渊。她害怕得身子发抖，牙齿都磕碰出了声响。她盯着手机，看那个感叹号，就像一个榔头，敲得她的心一阵阵痉挛。表姐终于知道了！她会打她吗？她会又哭又骂，恨不得把她撕成碎片吗？她会告诉父亲吗？想到表姐最后一定会把一切告诉给父亲，瑞莲彻底被恐惧吞噬。

"明天要上课的！"她给表姐回复。

表姐的短信很快又来了："你一定要来，很重要！放学后来！"

瑞莲想到了死。是啊，在这样的时刻，死似乎是她唯一的逃避方式了。死了，就不会被表姐打骂了。就是父亲知道了，那又怎么样？他能把一个死人怎么样呢？她躲得远远的，是世界上最远的地方，那是一个叫"死"的地方，是任何活人都不可能去的地方。她只要躲到那个地方去，就谁也找不到她啦！

可是，怎样才能死呢？去一座高楼，上到十几层、二十几层，然后从窗口跳下去吗？那么高，自己真的敢跳吗？跳河肯定不行啊，她游泳好得很呢。那么，用刀子割脉行不行呢？晚上，等父亲睡了，插上耳机，让 iPad 播放音乐。就在音乐声里,用小刀,在手腕上狠狠地划一刀。然后,血流出来了。闭上眼,什么也别想,就这样睡了,死了。死了,没了,再也不回来了……

可是可是,死是多么可怕啊!人真的只能活一次吗?死了真的就再也不会活过来了吗?死了就是没了,什么都没了吗?死真是可怕啊!死是比饥饿、疼痛、恐惧,比打骂,比老师的羞辱还要可怕的一件事。世界上还有比死更可怕的事情吗?明天放学以后去表姐家,这件事,当然也比不上死可怕的。

表姐夫会不会在家呢?想到他圆圆胖胖的脸、肉墩墩的身体,瑞莲感到无比厌恶。如果他再次碰她的身体,她一定会把他像蛇一样甩开。她很怕见到他啊,他真的像一条蛇一样恶心。她已经好几次在梦里见到他,他笑眯眯地看着她,一步步走近她。而她总是在这样的噩梦中惊醒。

"瑞莲瑞莲!"表姐一把将瑞莲搂在怀里,"你要当姐姐啦!你妈要为你生个小弟弟啦!"

瑞莲恍然大悟:自己的肚子里,也原来是有了孩子了!这些日子来的种种不适,生理上奇妙的变化,原来都是因为自己怀孕了!

更为巨大的恐惧,将瑞莲的心攫紧。怎么办?怎么办?母亲要为她生个小弟弟了,而她,又是要为谁生个小弟弟呢?她和母亲也许将同时生产,她的孩子和母亲的孩子,长相会很像吗?她的孩子,和她的弟弟,年龄一样,而母亲的孩子,却是她孩子的舅舅。她的孩子如果生下来,就要叫表姐"阿姨"。可是,孩子的父亲,是表姐夫啊!他应该叫他"爸爸"吗?

她的脑子里,这样那样的想法,被恐惧搅拌着。

她开始感到自己的肚子在明显地鼓起。它一天天膨胀起来。她用皮带,将肚子紧紧地勒住。但是,她还是能感到,肚子里有一股力量,在生长、壮大,它倔强,不可阻挡。

然而这股巨大的力量,只有瑞莲自己感受到。父亲、表姐,还有同学、老师,他们都似乎没有感到任何的异样。她甚至还照常去球场奔跑。她跳起来,用头顶球。她倒地铲球。她非常希望,能从谁的脚底,飞过来一球,它导弹一样呼啸而来,击中她的腹部。它像飓风,把她像叶子一样吹起来。巨大的撞击,把她腹中日夜膨胀的恐惧和危险粉碎。飓风过后,一切都过去了,回到原来,不再有危险,不再有恐惧。

但是肚子里的危险,却顽强无比,没有任何力量可以将它束缚和摧毁。如果将一座山压在她肚子上,它也一定会将大山掀翻。

在敲击肚皮、用肚子撞击桌角等办法皆告失效后,她用一根擀饺子皮的擀面杖捅进自己的身体。她想象,只要忍住痛,将它深深地插入,就会把肚子里的麻烦捅碎。它将化作碎片,被排泄到马桶里。好了,所有的危险和恐惧,都将在马桶里轰然冲走,不留一丝痕迹。

可是,让她完全没想到的是,擀面杖进入她的体内,带给她的,却是一阵潮汐般的快感。这是一种超越了生死的感觉。她完全无法抗拒这邪恶的快乐。她忘记了初衷,躺在塑料纸上,任自己在这快乐的海洋上随波逐浪。一会儿跌进浪谷,一会儿被巨浪抛向天空。

她似乎迷恋上了这个。每次,她都在享受极乐的同时,忘记了恐惧和危险。她无法知道,自己是为了逃避恐惧才这么做的呢,还是被邪恶的诱惑所俘虏。每当大潮退去,风平浪静,恐惧又填满了她的内心。这恐惧,比风暴之后更深刻,更沉重,更坚硬,更加黑暗地将她覆盖、吞没。

她觉得羞耻。她鄙视自己。从她的身体里,飘浮出另一个她,冷眼看着她,眼光里流泻出不屑。那个她的嘴唇里,甚至吐出一些发音含糊的话,骂她"下贱""不要脸"。

她瞧不起自己,恨自己。她狠狠地抽自己耳光。她的巴掌扇在自己脸上,一点都不疼。她就给了自己第二下。麻辣辣的感觉,让她知道这下是把自己抽重了。她的脸很快肿起来,不用照镜子,她都能看到自己的脸确实肿了。她取出一面心形的小镜子,她看到,自己的脸上,出现了清晰的指印。

她把擀面杖扔进了楼下的垃圾桶。她终于下定决心,要将事情作一个了结。她从父亲那儿,偷来一把螺丝刀,足有一尺多长。她认真地洗了它,先是抹了洗洁精,然后又把它冲洗得干干净净。她的手在颤抖,但内心十分坚定。她在床上铺了两层塑料纸。她知道出血是不可避免的。她很害怕,但她相信,随着尖锐的疼痛,一切都会被抹平。只要她咬牙忍住,忍住疼痛,那么她就可以将肚子里的麻烦彻底解决掉。只有跨过这道疼痛的门槛,才能摆脱日益膨胀的危险,才能让那无边的恐惧乌云一样散去。

剧痛是在一瞬间炸开的。血流出来了。它红得刺眼,红得那么的夸张、不真实。屁股和大腿,都感到了血的温暖。她将螺丝刀拔出,一股血几乎是喷涌而出。

"会不会死啊? 会不会啊?"她害怕极了。

她在自己的鲜血上漂浮起来。她喊了一声"爸爸",却发现这声音微弱得连自己都听不到。

她想到了母亲。她希望母亲此刻能够出现。但是,她会来吗? 她看到她眼下这样子,会吓得晕过去吗? 她会号啕大哭吗? 瑞莲摸到了手机,她给母亲发了一条短信:妈妈,我要死了!

她真的觉得自己要死了。她正受着死神的引导,向着天空深处飞去。在她的面前,出现了许许多多的喜鹊。它们拖着花尾巴,在她的前方飞来飞去。它们围绕着她,组成了一个通道,要将她引向天空最深处。

她回过头,看到了海浪一样层层叠叠的白云。它们是多么蓬松柔软呀! 她看到她的身后,有一个人影在追赶着自己。那不是史正康吗! 他像一只大鸟一样,虽然没有翅膀,但身姿轻盈,双臂展开,向她飞来。但是她飞得更快。

她的身体没有一点儿重量,却有一股巨大的动力,将她推向前方。她非常想慢下来,好让史正康追上她。可是,她已经变成了一缕狂风,虽然无声,却飞驰如电。仿佛天空深处,有一股不可抗拒的引力,将她吞吸而去。

瑞莲的肚子到底是被哪个男人搞大的,这是个必须回答的问题。所有的人,都汇聚到了医院的病房里:父亲、母亲、大姨、姨父、表姐、表姐夫、母亲的新丈夫,还有白头发的女人。他们或坐或立,表情无一例外都是严峻的。他们的目光,都集中在瑞莲的脸上。更精确点说,是集中在瑞莲的嘴上。大家都盯着这张嘴,希望它能吐出真相。

但是瑞莲咬着牙,闭着嘴,眼光下垂,谁也不看,什么都不说。

"说呀!说出来!"

"你不说,不是害了自己吗?"

"是哪个畜生?"

"畜生!她还是个孩子呀!"

"这孩子真偏!"

所有的人都劝瑞莲说。只有父亲,始终不发一言。他黑着脸,像一棵被雷劈焦了的树。

瑞莲只抬眼看了两个人。一个是父亲,她看到了他阴沉的脸;另一个是表姐夫,他穿着白大褂,正和主治医生悄悄说着什么。

表姐驱赶了所有的人:"出去出去,你们都给我出去!"

她很凶地对包括医生在内的所有人说："这么多人挤在这里，开会啊？"

表姐夫是被她推出去的。她把门紧紧地关上了。

她抱着瑞莲，亲她的脸："瑞莲乖，别害怕！现在好了，什么都过去了！"

瑞莲哭了。表姐也哭了。两个人哗哗地淌眼泪。彼此的眼泪流在一起。眼泪流进瑞莲的嘴里，她不知道谁的泪水更咸一点。

"没事的，过去了，"表姐说，"瑞莲，这不是你的错！"

"可是傻孩子，你为什么不早说呢？你不敢对别人说，就不能对表姐说吗？我会帮你的呀！你早点对我说，就什么事也没有了！"

"实话告诉你吧，瑞莲，我结婚的时候，也不是处女了。"表姐贴着瑞莲的耳朵讲话，瑞莲觉得痒痒的，"那是我上高一的时候，我们的体育老师，就在学校的健身房里……流了很多血啊！半年后我去健身房看，那垫子上还能看到黑乎乎的血迹呢。"

瑞莲抬起头，睁大眼睛看表姐。

"没关系的呀，那不是你的错！"

"后来呢？"瑞莲问。

"什么后来？"表姐说，"哦，体育老师啊，他搞了另外的女生，人家告到校长那里，他就自杀了。"

"健身房的高低杠上，挂一根绳子，把自己吊死了……"表姐像是陷入了回忆。

"其实他蛮帅的。"表姐笑笑说。

"瑞莲,你说呀,只告诉表姐一个人,好吗?"表姐把瑞莲搂在怀里,"到底是谁呢?"

病房门被推开一条缝,表姐夫的脑袋探了进来。

"你来干吗?"表姐跳起来,"出去!"

她把门锁上了。

"瑞莲,告诉表姐,是谁?"

瑞莲抬头看了看门,似乎看到表姐夫的脸还悬浮在门外。那一小块透明的玻璃外面,表姐夫胖嘟嘟的脸像气球一样挂在那里。

她突然觉得表姐好可怜。她要是说出来,是表姐夫干的,他会自杀吗? 表姐还会说"过去了,说出来就没事了"这样的话吗?

可怜的表姐,她一定会如雷击顶。她一定伤心欲绝! 她会反过来怪瑞莲吗? 她还会对她这么好,这么温柔吗? 她会抽瑞莲的耳光,撕她的嘴,骂她"贱人"和"不要脸"吗?

她会相信瑞莲的话吗?

其他的人,会相信是表姐夫搞大了她的肚子吗?

"我要小便了!"瑞莲说。

表姐扶她下来,坐在痰盂上。瑞莲犹豫了很久很久,小便才伴随着一阵剧痛冲出来。她感觉那是血,鲜红的血柱,喷射而出。

"躺下吧！你的脸白得像纸一样。"

瑞莲躺下以后，表姐趴在一边。两个人的脑袋，紧紧地靠在一起。表姐的脸好细腻啊！她用了什么化妆品，这么香，这么好闻？躺下来瑞莲感到舒服极了。贴着表姐的脸，她有了一种幸福的感觉。她的眼泪，忍不住又淌下来了。

"别哭，傻孩子！"表姐温柔地擦去她的眼泪，"累了吗？累了就睡一会儿吧！"

瑞莲的眼睛睁得大大的，她看着天花板上的吸顶灯。

"把眼睛闭上，睡一会儿吧！"

"你不想睡吗，瑞莲？"表姐抚摸着她的脸，说，"不想睡那我们还是说话吧。瑞莲你喜欢和表姐说话吗？"

瑞莲点点头。

表姐轻轻地，奶声奶气地说话，她就像在给一个幼儿讲童话，哄她开心："这种事……我那时候，也害怕得不得了，伤心得不得了。但是，事情总会过去的。后来他自杀了，我还挺难过的。后来很长一段时间，我经常想起他。他真的很英俊，力气大得不得了。他把我抱起来，就像拿起一个玩具娃娃那么轻松。"

"你现在想他吗？"表姐问。

瑞莲不回答，就像没有听到。

"好瑞莲，乖瑞莲，告诉我，那是谁？他英俊吗？个子高吗？我认识他吗？"

瑞莲转过头，看着表姐漂亮的眼睛："表姐夫，表姐夫……呢?"

"别管他!你放心好了,他跟这儿的医生都很熟,他们会照顾你的。"

"这么问你都不说,真是急死我了!"表姐的眉头皱起来了。她真是个美人,皱着眉头的样子也很好看。

"哦,我知道了!"表姐茅塞顿开地说,"史正什么,那个姓史的男同学,对不对?"

瑞莲一点都没想到,表姐会提到史正康。他张开双臂,像鸟一样在云海之上追赶她,那梦境,又出现在瑞莲眼前。天空真大啊,深蓝的,纯净的。她在前面飞,史正康在后头追赶。身子底下,是大海一样的白云。

"我猜对了吧?"表姐笑起来,"对不对? 你说,我猜得对不对?"

"很般配呀! 一起踢球,称兄道弟的,真正的青梅竹马呀!别难过了,瑞莲,这没什么。快点好起来,出院后去学校,好好学习天天向上。等高中毕业了,考上大学,就和他结婚吧。现在大学生是可以结婚的!"

瑞莲的心里,涌上了一股酸酸的味道。

"是不是? 瑞莲,我没说错是不是?"

她拧了一下瑞莲的鼻子:"说,你快说,是不是?"

瑞莲看着表姐美丽的大眼睛,"她戴着美瞳吧?"表姐的瞳仁又大又黑,睫毛长长的,就像喜鹊的羽毛。

瑞莲点了点头。

乌鸦的叫声从远处传来,既空灵又凄凉。还有三天就是清明节了。苏州大学文正学院一年级女生戴瑞莲轻轻地将鲜花摆放在父亲的墓前。她还要去 30 公里外的另外一个公墓,去追悼她的初中同学史正康——五年前,他被瑞莲的父亲拧断了脖子。他的冤魂,而今是否得以安息?瑞莲的内疚,并未随着时间的推移而淡化,反而与日俱增。

　　她走到公交车站的时候,看见银杏树上有一只喜鹊。它在高枝上轻巧地栖着。瑞莲一直抬头看它。车来的时候,它终于飞走了。

海兽葡萄镜

　　爸爸喜欢收藏古玉,他一向认为,古玉是中国文化的源头,它产生在文字之前。也就是说,在汉字还没有出现的时候,就已经有玉了。大家普遍认为,那时的玉,是用来祭天礼神的,为巫师所专用。我们去博物馆,经常会看到"红山文化"和"良渚文化"的玉器,那就是史前的东西,它们的精美,常常令人惊愕。在远古时代,用原始工具,要把比钢铁还硬的玉石,加工得如此精细完美,真是不可思议啊!

　　女儿晚晚对这些东西却一点兴趣都没有。她一生下来,家里就到处都是各种各样的古玉。爸爸高兴的时候,就会对她说,这个叫玉猪龙,是红山文化的,距今至少四千年了;这个呢,是良渚文化的玉琮,是五千年到八千年前的东西,纹饰精美得像是用现代工具制作出来的;而这个呢,是汉代的玉辟邪,它是龙的一个儿子,龙一共有九个儿子,它是其中之一;这件呢,是辽代的玉,它叫"春水",这是一个天鹅,这只鸟叫海东青,它非常凶猛,利喙可以把天鹅的脑瓜啄开……

晚晚却记不住这些东西，爸爸的话，大多数都是左耳朵进去，右耳朵就出来了，脑子里只留一丝痕迹。

她倒是对爸爸的一面铜镜很感兴趣。

爸爸除了古玉，其他东西也会收一点。比方那只青铜熏炉，他说是汉代的，名为"博山炉"。炉盖做成蓬莱仙山的模样，炉中点燃香料，袅袅青烟就从镂空的炉盖中飘出来，古人看着它，就觉得自己仿佛得道成仙了似的。

他还淘到一些红玛瑙珠子，说是西周时期的东西。他编了一个手串，作为生日礼物送给晚晚。他说："这样的珠子，在古代，是只有王侯级别的人才能拥有，它是十分珍贵的古代珠宝！"他还说，只有西周的大墓里才出这样的东西。

晚晚听说是墓里出来的，吓得不敢要。她说："是死人身上扒下来的呀？我不要我不要！"

妈妈觉得珠子漂亮，说它像鱼肝油颗粒一样晶莹剔透，珠光宝气，她就抢了去。她说："都几千年了，人早已化为尘土，没什么可怕的。几千年，一代代人，生生死死，什么地方不埋死人啊！"

爸爸好像不太情愿把珠子送给妈妈，他对她说："你不怕，为什么我妈去世之后你就不肯住原来的房子了？为什么一定要搬进新房子里来住？"

妈妈说："你无所谓，那你妈死在那张床上的，你敢睡吗？"

爸爸说:"我无所谓啊,我不怕的,自己的妈妈嘛,她变了鬼也不会来害我,我是她儿子呀!"

妈妈说:"你得了吧!"

晚晚发现,妈妈说这个话的时候,嘴角浮起了不屑的讥笑。

爸爸写字台左边的抽屉里,乱七八糟的东西底下,晚晚有一天翻到了一面铜镜。

看着铜镜上那些既不像龙又不像鱼的动物,晚晚想起了爸爸以前说的话,他说这是一面唐代的铜镜,上面的图案是海兽和葡萄。"海兽是什么东西?"晚晚当时还问。爸爸说:"也许是海狮,也许是海豹。"

爸爸还说:"古代青铜器上的绿锈和红斑,这些现代人都可以造假,用化学药水浸泡腐蚀就做出来了。但是晚晚你注意看,红斑绿锈之间,还夹杂着星星点点或隐隐约约的蓝锈,孔雀蓝,这是造假不容易做到的,也是造假者通常忽略的。"

没错,晚晚拿起这面铜镜,看到了上面斑驳的绿、斑驳的红,还有几星蓝色。这表明,它是一件真正的古代的东西,而不是现在的人造假做出来的。

她喜欢这面镜子。海兽葡萄的图案,看上去繁复,但是一点也不乱,疏密有致。那些海兽的爪子、身体、胡须,刻画得生动有趣,简直像家里的猫一样可爱。

然而想到她家的猫,那只目光深沉的大猫咪斯瓜,晚晚的心感到一阵抽搐。心痛的感觉,两年过去了,一点都没有好转。

咪斯瓜去了哪里?它从来都是会自己回家的。只要轻轻地叫一声"咪斯瓜",它无论在多远的地方,都能听到,就会紧步跑回家。但是它不会直接跑到晚晚面前,它总是停步在院墙上,看着晚晚,看着屋子里的人。它在想什么?晚晚不知道它在想什么,但是她可以肯定,它一定是在想什么。好像,它是一只内心装了很多秘密的猫。

铜镜的正面,是一点锈斑都没有的。记得爸爸说,只要用兽皮一擦,就能照出自己来。晚晚没有兽皮,但是她把铜镜对着自己,已经看到自己的脸了!她的脸在这面古代的镜中,是模糊的,就像隔了一层雾。但是,她是能够认出自己的,雾的后面,是她红得就像涂了唇膏的嘴,还有那精巧的鼻子,一双眼睛,则充满了疑惑,这又让她想起他们家的咪斯瓜。

她的心自然又是一痛。

猫最早是奶奶养的,她觉得它长得像一只瓜,具体是什么瓜,西瓜还是南瓜,她也说不上来,所以她叫它瓜小姐,咪斯瓜。奶奶不止一次在晚晚面前说:"咪斯瓜是你爷爷的灵魂附了体的。"

晚晚说:"奶奶你是要吓我吗?"

奶奶说:"你爷爷活着的时候,就是这样看人的,他对谁都不放心,看人的时候就是这样的眼光。"

晚晚说:"可是,猫咪的眼睛不都是这样的吗?"

奶奶说:"不是的不是的,你爷爷的眼睛才是这样的。"

后来咪斯瓜不见了,全家出动去找,还在很多地方贴了寻猫启事,复印了咪斯瓜的照片,写上了爸爸的手机号码,还有重谢 2000 元之类的话。

爸爸把别人家的一只猫抱了回来,因为它和咪斯瓜长得确实非常像。只不过,奶奶一见,就说它不是咪斯瓜,因为她一看它的眼睛就知道了。

奶奶没有说出口,但是晚晚知道,咪斯瓜的眼睛,和爷爷一样的。

爸爸说:"如果找不到咪斯瓜,就把这只猫留下来好了,猫还不都一样,何况,它们长得完全一样!"

但是人家很快找上门来了,那女人发疯似的从爸爸的怀里把猫夺过去。她把爸爸的手都抓破了。但是爸爸说,那是猫爪子抓破的。

咪斯瓜去哪里了呢?咪斯瓜——咪斯瓜——晚风中晚晚的叫声很凄惨,她想象它找不到家,在暮色里迷茫的样子,心里很痛。她还想象,它钻进垃圾桶扒东西吃,然后钻出来的时候,皮毛又乱又脏,甚至还被人打瘸了一条腿,它的眼睛在黑暗中闪着蓝光,它就像一个无家可归的幽灵。

晚晚把铜镜拿走了,放在自己的枕头下面。

她发现,生锈的青铜,它的气味是那么浓,就像血的气味。爸爸说过,出土的东西,你把它放到鼻子下面闻一下,或者你再对着它哈一口热气,就会闻到它的土腥味。

它没有土腥味,所以,晚晚认为它不是出土的东西,它应该不是墓葬品,不是从墓里面挖出来的。

否则,她一定不会碰它,更不会把它塞到枕头底下。

她经常一个人的时候,把铜镜拿出来,看里面的自己。

每次把它拿出来,她都会用自己的衣袖在镜面上擦几下。而她在镜中的影像,也越来越清晰了。从一开始的只能看到朦胧的五官,就像隔着水蒸气看到的那样,到慢慢连睫毛都能看出来。最后,铜镜竟然明亮清晰得就像今天的水银镜子了。

其实,晚晚很喜欢从前那样。也就是,她看到自己的脸在镜子里模模糊糊的,觉得挺好。她看上去就像一团雾,就像是一团漂浮着的东西。她觉得自己很美,而且很轻,一颗雀斑都没有。

她伸出自己的右手食指,点了点那团雾,雾晕化开来,好像她的脸在镜中真的是漂浮着的。她的食指划拉了一下,她的脸在镜子里好像起了一阵涟漪。

她又点点镜子里的鼻子,鼻子动了动,荡开一圈圈水波似的。戳戳镜中的眼睛,眼睛居然闭起来了。

看着看着,就用衣袖擦一下,这已经成了她的习惯,已然是她的下意识动作。可见在她的潜意识里,还是希望铜镜变得更清晰一些。

爸爸并没有发现他的海兽葡萄镜被女儿拿走,他还是沉浸在他的古玉中。他把盗墓的人带到家里,在他的小房间里,他们低声说话,有时候也会大声争吵。他们的身上,有一股土腥味,他们走过的时候,晚晚闻到了,她知道这些人是从坟墓里爬出来的,她感到害怕。

他们把盗来的古玉卖给爸爸,也会有一些青铜器物和陶罐。爸爸的兴趣当然是古玉,但是青铜器和陶器价格很便宜的话,他也会留下。这是爸爸亲口对她说的。他还告诉她,这些盗墓的人,有的是真的,有的是假的。有的上次是真的去盗墓了,这次带来的东西,却是从古玩市场买来的赝品。"他们骗不了我!"他不无得意地说。

妈妈很少在家,她在外面总是有应酬。她是一家公司的财务总管,老板认为她不仅是一个称职的会计,还是非常优秀的公关人员。据说她酒量很好,那是奶奶说的。晚晚知道奶奶没有瞎说,妈妈确实常常在外面喝酒。她哪天喝酒了,晚晚都闻得出来。她很少不是带了酒气回家的。

奶奶对晚晚说:"你妈妈怀你的时候,还天天出去喝酒!"

妈妈晚上回家,经常是直接就跑进房间里,倒在床上就睡了。爸爸就在他的小房间里过夜。半夜晚晚醒来,还看到小房间的灯亮着。只不过,那灯光,就像手电筒的光一样,只照着爸爸的脑袋。他在灯下看他的玉。他还常常用一个会发光的放大镜,贴着自己的眼睛,一道光照在一块古玉上。

"晚晚!"妈妈有时候会半夜突然推开晚晚的房间,她闻到她的酒气,就在黑暗中装睡,不理她。她就骂骂咧咧地说:"我知道你没睡着,我知道你在干什么!"

晚晚坚持不出声。她庆幸妈妈推门进来的时候,自己正好已经把铜镜放回枕头底下,熄了灯。

十岁的女孩爱上了镜中的自己,她揽镜自恋,看到蒙了一层薄纱的铜镜里,自己唇红齿白,貌美如花。

镜中隐约处,总有一个年长的女人,为她挽起高髻,插上金簪。一个形容憔悴,一个面如满月。晚晚回头看身后,却是门掩黄昏,四处寂然。

她是谁呢?是奶奶,还是妈妈?金簪有时候被她从发际拔出,好像是要刺进晚晚的太阳穴里。晚晚抬起右臂,拂了一下镜面,隐约的妇人便烟一般散了。

奶奶说,等晚晚长到16岁,她要告诉她一个秘密。晚晚说:"什么秘密?"奶奶说:"你还没到16岁!"晚晚说:"就怕我等不到那一天!"奶奶说:"你这个小姑娘说话不吉利,等不到是什么意思?是说我活不到那一天吗?"

大人是不是都有秘密?很多秘密?爸爸也说过,不,他好像经常说:"这是个秘密!"什么秘密?每一块古玉里,都有一段秘密吗?爸爸说,玉蝉大部分都是含在死者嘴里下葬的,不是说要一鸣惊人,而是因为蝉会蜕壳,可以获得重生。"这是秘密吗?"晚晚问。爸爸说:"这不是秘密,但是,

66

放进嘴里的玉蝉,后来变成了蜈蚣,这才是秘密。"

"你知道你奶奶是怎么死的吗?"妈妈有天对晚晚说。

晚晚很好奇,不知道妈妈为什么作如此问。她感到害怕,奶奶难道不是病死的吗?晚晚最后看到奶奶的时候,她坐在床上,背后靠着三个枕头。她容光焕发地对晚晚说:"我找到了咪斯瓜,它就在我的床底下!"

晚晚知道她在说胡话,但还是弯下身子看了一眼床下,只有两只拖鞋,像两只鸭子一样浮在那里。

"奶奶是怎么死的呢?"晚晚问。妈妈说:"这是秘密。"

腊月天降大雪,爸爸不见已经三天。"这是秘密吗?"晚晚问妈妈。妈妈说:"当然是秘密!"

"不过,"她又说,"我可以告诉你这个秘密,晚晚,爸爸被抓进去了!"

"为什么?"晚晚惊呆了。

"因为盗墓的人把他咬出来了!"

第四天,爸爸回家了。他说:"我没什么,不关我什么事!"他告诉晚晚,两个盗墓的人,都被判了无期徒刑,也就是说,他们会在牢里关一辈子。

爸爸说,盗墓的人,有的进了古墓里,就再也出不来了。那是因为,很多古墓都有机关,或是暗箭,或是毒气。还有的人,是因为同伴丢下他不管,自己拿了宝贝逃走了,他在很深的墓坑里爬不上来,就饿死在古墓里了。

"他不会喊吗?"晚晚问。

爸爸说:"他不敢喊。"

爸爸还说了不久前发生在宁夏的事,两个盗墓者,还在墓道里,公安来抓人,他们不敢出声。上面的人以为底下没人,就把挖出来的土回填下去。就是这样,下面的人还是不敢出声,就这样被活埋了!

"他们没挖到玉。"他说。

他又说:"他们挖到了铜镜,很多铜镜。"

"我的铜镜呢?"晚晚最怕他想起他的铜镜。它在她的枕头底下,还好,她把它藏得更好,是枕头下的褥子底下。

"谁也不会要你那些废铜烂铁!"妈妈背起包,又要出门应酬。她对爸爸说:"你就给我在家好好待着,放你出来算你命大!"

爸爸问晚晚:"你知道咱们家的猫,咪斯瓜,它到哪里去了吗?"

凡是想到咪斯瓜,晚晚的心就会一阵抽搐。她太爱这只猫了,它不见了之后,她曾经在大街小巷找了它一个通宵。她倔强得谁的话也不听,夜深了,她还坚持要找它。妈妈愤怒得要打她,她破天荒地迎着妈妈站着,准备她打。她似乎只是在假装:打吧,打吧,即使打死,她也不会回家,除非把咪斯瓜找到!

奶奶陪着她,一直找到天亮,还是不见咪斯瓜的踪影。

奶奶当时认为,咪斯瓜已经不在人世。

"怎么会这样? 怎么会这样!"晚晚不相信,她要见到

68

咪斯瓜,即使它真的是死了,她也要见到它,哪怕只是一张猫皮。

奶奶说:"你妈妈不会告诉你的,她不会说出来的。"

晚晚不知道奶奶这话是什么意思,难道说,妈妈知道咪斯瓜的去向?奶奶说咪斯瓜已经死了,难道和妈妈有关?

晚晚对妈妈的敌意,自从咪斯瓜失踪后,就更深了。有时候,她喝得酒气冲天地回家,晚晚看见她回来,就当没看见一样。而妈妈,已经躺到床上了,没洗澡,也不刷牙,她会突然跳起来,跑到晚晚的房间里,质问她:"你说,我还是你妈妈吗?"

晚晚不理她。

她说:"你眼睛里没有我这个妈妈,我也不想看到你这个女儿!"

她刚走出去,晚晚就把门很响地关上了。

她听到屋子外面,传来妈妈哇啦哇啦的声音,那是她吐了。晚晚推开一道细细的门缝,看到她趴在卫生间的马桶上,对着里面呕吐。她的背影瘦弱,她只有一只脚穿了拖鞋,另一只脚光着,脚底有红色的痕迹,"那是破了,还是踩到了葡萄酒?"晚晚想。

爸爸从来不跟妈妈争吵。从来都是她很不耐烦地责怪他,或者就是骂他,讥笑他。但是晚晚一点都不觉得爸爸窝囊,她完全感觉得到,他的无声,非常强大,他以漫不经心来对付妈妈,让她感觉有火发不出,有劲使不上,让她感到

69

窝囊,让她失败。

晚晚并不向着谁。她讨厌妈妈,尤其是她喝了酒回来的时候。她也不喜欢爸爸,特别是他和妈妈对峙,他的那种阴森森的态度,他就像一个从古墓里爬出来的人,身上散发出冷冰冰的气息,这时候,晚晚倒是非常同情妈妈,觉得她很可怜。虽然看上去她是占上风,因为都是她一个人在说话,她在抱怨、发泄、咒骂,但是晚晚还是觉得她可怜。妈妈没有赢,她被一堵沉默的墙顶回来,那是一堵厚重、黑暗的墙,没有办法跨过去,只能被逼在墙角,在那里闷死!

奶奶去世,晚晚是完全没有想到的。这是她第一次面对"死"这件事情,她之前一直不知道死是一个什么东西。反而,觉得死好像是挺好玩的,所以经常挂在嘴上,开心死了,烦死了,好听死了,笑死了,死这个字是那么的慷慨,想用就用,随便用。可是看到奶奶躺下了,直挺挺的,硬邦邦的,脸变得陌生,谁叫她都不理睬,没反应。这就是死啊?这是真的死,不是说着玩的!死是一种多么可怕的状态,它会让人变成这样,她再也不会坐起来了,不会再说一句话,不会再理任何人,不会再理会任何事了。

晚晚还有一句话要对奶奶说,很重要,必须说。但是,她知道,没机会了。

妈妈曾经说过一句话,她讨厌咪斯瓜,是不是?晚晚努力要回想起她当时是怎么说的,却再也想不起来了。甚至,她是不是真的说过,晚晚都无法确定了。

咪斯瓜呢,它有秘密吗?

过了年就是十一岁的小姑娘晚晚,真的是迷上了照镜子。这面唐代的海兽葡萄镜,成了她的秘密。她不是喜欢这面镜子,而是喜欢镜子里的自己。她在镜子里忽远忽近,有时候模糊,有时候清晰。她看见自己有时忧郁,有时笑靥如花,有时则对着镜子落下泪来。晚晚你为什么落泪?你是在体验人生除了欢笑,也有很多很多的悲哀吗?那么你的悲哀是什么?你为什么而感到悲哀?

这悲哀,就是你的秘密吧?

不告诉妈妈,不告诉爸爸,也不告诉老师同学,奶奶和咪斯瓜已经不见了,想告诉他们也做不到了,那就告诉自己吧!告诉这面唐朝的镜子,告诉镜子里的自己。

她揽镜而笑,对着它学会了妩媚,学会了青睐,学会了顾盼流转,好像镜子里面既是自己,又是另外一个人。她们之间不需要说话,只要相互看着,笑一笑,皱皱眉,噘噘嘴,挤一挤眼睛,心领神会。

而看她在镜子里哭,则自己也被感动了。"晚晚,"她对自己说,"你为什么哭?你不要哭好不好?"这么说,哭得就更欢了,好像流泪是一件很享受的事。

她的泪滴落在铜镜上,她用衣袖擦它,它突然就变得明亮起来了,它把屋外的阳光抓进来,投射到天花板上,晚晚抬头,看见了一只蜘蛛,它被镜子里的光照着,一道银丝闪亮闪亮的。

"晚晚,你长得和你爸爸很像呢!"以前奶奶这么说。现在看着镜子里的自己,晚晚对自己说:"一个人为什么会和另外一个人长得像呢? 晚晚,你真的和爸爸像的呀! 额头、鼻子,还有笑起来的样子,真的很像的。"

她不喜欢像爸爸,也不喜欢像妈妈。反正她就是不愿意像别人。她把鼻子捏住,往前面轻轻地拉,要是它能够这样隆起来,是不是很好?

而她的鼻子,有点塌,和咪斯瓜是不是一样? 该死,又想到了它,那可爱的咪斯瓜!

晚晚居然在铜镜里看到咪斯瓜了!"咪斯瓜! 咪斯瓜!"她对着镜子叫它。她张张嘴,它也张张嘴;她对它挤挤眼,它也对她挤挤眼。是咪斯瓜呀,真是它!"咪斯瓜你上哪儿去了? 咪斯瓜你知不知道我想你呀! 我每天上学、放学的路上都在找你,我不相信你会不见了,我想我一定能找到你! 咪斯瓜你想不想我呢?"

喵——咪斯瓜叫唤了一声,它红色的舌头半吐了出来。

晚晚突然发现,镜子里不见了自己,只有咪斯瓜的胖脑袋,满满占据了整个铜镜。

"咪斯瓜,你是要说话吗?"晚晚浑身汗毛直竖,但是她硬着头皮要跟咪斯瓜说话,她看出来了,它有话要说。

喵——咪斯瓜又叫了一声。

咚咚咚! 妈妈在外面敲门,她说:"晚晚,晚晚,开门!"

晚晚只得把铜镜塞到枕头底下。

"什么事呀,妈咪?"晚晚很不高兴。

"你的巧克力给我吃一点,"她在门外说,"家里什么吃的都没有,我好饿,饿得要吐了!"

都什么时候了?晚晚看了一下床头柜上的小钟,已经快夜里十二点了,她还来敲门,有这样当妈的吗?

"我知道你还没睡,我看到门缝里的灯光了!"她说。

妈妈拿了巧克力,迫不及待地往嘴里塞。她狼吞虎咽的样子,看上去很可怕。

可是铜镜里再也看不到咪斯瓜了,它从此之后再也没有出现过。晚晚想,是不是因为它变得越来越清楚了?她已经能够在铜镜中数清楚自己有几根睫毛了。古代人的镜子,原来这么好啊!当年,在唐代的时候,它是谁的?拥有它的,是一个老太婆呢,还是小姑娘?或者是妈妈那样凶巴巴的中年女人?晚晚愿意它是一面小姑娘使用的镜子,她和她一样年纪,或者比她大一点也可以,她是一个漂亮的大姐姐吧?爸爸好像说过,唐朝的女人都比较胖,因为那时候大家都觉得胖才好看,不像现在,都要瘦。晚晚班里有个同学,因为是个胖子,她整天觉得别人都在嘲笑她,所以后来她就不来上学了。

爸爸的书橱里,放了一个陶俑,是一个盘了发髻的女人,他说她是唐朝的,她看上去真的很胖,但是晚晚觉得她不难看。

她也是像晚晚一样，有事没事就对着镜子看吗？也会像她一样对着镜子笑笑、皱皱眉、噘噘嘴吗？也会和镜子说话吗？也有时候突然就对着镜子流泪吗？古代的女子，可能更喜欢哭吧？她们也没什么玩的，照镜子应该就是觉得很有乐趣的。

晚晚把铜镜反过来，好像那样就能判断出它原先的主人到底是个什么样的人。她能看到什么呢？上面有眼泪的话，能看出来吗？滴在铜镜上的泪，一千年之后，早就干了，什么都看不出来了吗？泪滴的地方，肯定锈得更厉害，锈成了红斑，还是绿锈？可能那一星孔雀蓝，就是曾经泪滴掉在上面的痕迹吧？

但是这个唐代的女孩为什么要哭？晚晚又想，唉——哭还要理由吗？女孩子哭根本不需要理由，想哭就哭了，悲伤哭，高兴了也要哭，不想哭的时候，可能突然也就哭了起来。不是这样吗？晚晚就是这样的。

那么后来，这个女子，她是怎么把这面铜镜丢掉的呢？嗯，没错，晚晚就是这么想的，她丢掉了它，否则，它又是怎么来到晚晚的家里，到了晚晚手上呢？

人总是要死的，人死了，就把所有的东西都丢弃了。就像奶奶，她一直说她手上的那个镶翡翠的戒指不会给任何人。她有好几个漂亮的戒指，有一个是镶嵌了红宝石的，她说这个戒指会送给晚晚，说红宝石喜气，会给晚晚带来好运。她的翡翠戒指，那翡翠又绿又水，其实是太漂亮了。妈妈几次说："你奶奶的翠戒可能会值一百万!"晚晚知道,那是爸爸对她说的,只有爸爸才会知道这些东西的价值。

"死了能带走啊!"晚晚听到妈妈这么嘀咕。以前没在意,现在晚晚想起来了,奶奶说她的翠戒谁也不给,妈妈当然不高兴。那么现在,奶奶已经不在人世,那个翠戒呢,去了哪里了?

"她后来就出嫁了吧?"晚晚继续想象这面铜镜的主人,她出嫁的时候,会丢弃它吗?她一定会带着它去夫家。小小一面铜镜,带过去不难。她肯定不会丢下它。

她一天天老了,最后她死了。那么铜镜,是和她一起下葬了吗?和她一起装进棺材里,埋在土里。然后,一埋就是一千年。再然后,她腐烂了,变成了灰,变成了泥土,但是铜镜不会烂掉,它就被盗墓的人挖出来,然后又来到她家里,到了她的手上。

晚晚突然觉得毛骨悚然。她害怕墓里出来的东西,难道,自己竟然这么长时间以来,都枕着一件墓里的东西睡觉吗?她头皮发麻,差一点把它扔了!

但是她的手,反而更紧地抓住铜镜,唯恐它掉到地上似的。

晚晚更愿意相信,她死的时候,并没有将铜镜陪葬,而是传给了她的女儿。那是一个跟她妈妈一样美的女人,她珍爱它,经常拿着它,照见自己,也在镜子里看到她的妈妈呢!

那么，已经死去的人，也会在镜子里看到吗？镜子在黑暗中，是看不到它的，看不到镜子，镜子里所有的东西也就无法看到。所以每次揽镜自照的时候，晚晚都要把灯打开。灯光填满了她的房间，也像水一样从门底下的缝里淌出去。所以有时候妈妈半夜回家，她听到门上钥匙的响动，就会马上把灯关掉。镜子和她，就一起陷入了黑暗，什么都不见了。

镜子在黑暗中还存在吗？有时候晚晚不开灯，只是摸黑把它从枕头下面摸出来，它并不是冰凉的，它在枕头底下吸收到了她的体温。她在黑暗中抚摸着它，它凸起的海兽葡萄图案，以及位于中心的那个镜钮，就像妈妈的一个乳头。当然她更爱抚摸铜镜那平整光滑的一面，那种光滑细腻，甚至是要超过皮肤的。是的，比她十来岁小姑娘的皮肤还要细腻，它传递给手心的，就是皮肤一样的感觉。

小姑娘晚晚，果然就在铜镜里看到了奶奶，她死去了的奶奶！晚晚惊愕得差一点叫出声来。但是奶奶安详和蔼的笑容，让她很快就平静下来，不再害怕。奶奶给了她很亲切的感觉，她笑得比晚晚记忆中的奶奶更温和。她看上去不是太清楚，但晚晚不会认错的，她的的确确是奶奶，她蓬松花白的头发下面，那双眼睛，弯弯的，笑眯眯地看着晚晚。

晚晚不知道自己是否叫了她一声奶奶。她傻傻地看着奶奶，看着她笑。然后她也不记得奶奶是不是对她说了什么话，她有没有说话，晚晚也不能肯定了。

客厅大门的钥匙响了,是妈妈回来了,晚晚赶紧把灯关掉,一切都瞬间陷入了黑暗,当然包括铜镜、铜镜里的奶奶,还有她自己。

她听到妈妈把包扔在沙发上的声音,听到她脱下来两只鞋子,又听到她走到她的房间门口。妈妈是在听晚晚房间里有什么动静。晚晚在黑暗里抱着铜镜,她一动不动,不会发出任何声音。她闻到了妈妈呼出的酒气,是从门缝里钻进来的吧!

把铜镜抱在胸口的晚晚,模模糊糊睡着了。入睡之前,她在努力回忆,奶奶在铜镜里出现,她到底有没有说话,她又说了些什么呢?

第二天醒来,她才想起来了,奶奶是跟她说话了,她在镜子里敛了敛她花白的头发,对晚晚说:"我告诉你一个秘密!"晚晚说:"是真的秘密吗?"奶奶说:"是真的!"

晚晚的记忆越来越清晰了,是的,奶奶告诉她,他们家的猫,咪斯瓜,不是不见了吗?它可不是走丢了,而是已经死啦!

"什么?"晚晚跳起来,使劲地揉眼睛,以确定自己不是在做梦。她醒了,她当然不是在做梦,她是非常清醒地在回忆昨晚和奶奶的镜中相见。是的是的,奶奶就是这么对她说的,他们的咪斯瓜,不是走失了,而是死了!

而且,它是被妈妈踩死的!

"她把它踩在脚底下不松开,它就死了。"奶奶是这么说的。

奶奶说:"因为你妈妈恨我,她一直巴不得我死,但是她没有把我踩死,她不敢踩死一个人,她就把咪斯瓜踩死了,因为咪斯瓜是我养大的,它是我的宝贝。"

晚晚不记得自己昨晚是不是哭了,一定是哭了,而且哭了很久。她拿起铜镜,看到了自己有点浮肿的眼睛,更证明了自己昨晚是哭得有点厉害的,她现在还抽搐了一下呢!她想起来了,自己就是哭着哭着最后睡着的。睡着之后她做了很多很多的梦,乱七八糟的梦,有很多可怕的细节,有些好像还能回想起来,但是大多数都忘了。

真是这样吗?她心爱的咪斯瓜,她最亲爱的朋友,被她的妈妈踩死了!世界上真的有这样的妈妈吗?世界上真有这么狠心的人吗?她的妈妈难道是这样一个狠心的女人吗?

她希望在爸爸那里求证,咪斯瓜到底是怎么死的。她想起来了,爸爸好像对她说过,咪斯瓜去了哪里,这是一个秘密。那么他知道这个秘密吗?他知道是妈妈踩死了它吗?他会把这个秘密告诉晚晚吗?

她去看了妈妈所有的鞋子,她想在某双鞋子底下发现一些什么,比方血迹,或者一些毛。

"晚晚你动过我的鞋子了吗?"妈妈大发脾气,"你不要赖,我的鞋柜谁动过了我一看就知道了!"

晚晚看到了妈妈眼里的凶光,她有点害怕。她又将目光下移,盯着她的脚看,她出现了幻觉,她看到她的咪斯瓜此刻就被妈妈踩在拖鞋底下,它挣扎了几下,她踩得更重了,直到它再也动不了,眼珠子凸出来,嘴里流出鲜红的血来。

晚晚歇斯底里地大叫起来!

爸爸闻声从他的书房里冲出来,他以为晚晚是因为委屈而大叫。他把她抱进怀里,对妈妈说:"没人动你的鞋柜吧,你是自己醉醺醺回家乱塞一气忘记了吧!"

妈妈对爸爸说:"你得了吧!"

爸爸妈妈正式决定离婚的那一天,晚晚发现铜镜上出现了一条裂缝。那是原先就有的吗?细小得难以察觉,完全摸不出来,只有在灯下凑近它看,才能看到。

妈妈搬走了十几个大行李箱,都是她的衣服,还有鞋子,她是个时尚的女人。爸爸对晚晚说:"以后你就没有妈妈了,她去当别人的妈妈了!"

可是在这个家里,到处都是妈妈留下的印记,她的东西爸爸不知道扔了多少,但是,依然是处处都可触及。

香水味混杂着酒气,那就是妈妈!

晚晚早就想好了,要是爸爸给她带回来一个新妈妈,她就把她推到河里去。离家不远的地方,有一座大桥,桥下是湍急的河水。以前他们一家饭后散步经常路过这座大桥,每次都会在桥栏边俯瞰滔滔江水。"掉下去肯定没命。"爸爸说。

"谁会掉下去,真是的!"妈妈说。

"跳下去呀,"爸爸说,"每年都跳下去好几个的。"

晚晚搞不明白,为什么有人要跳下去?那不就死了吗?不怕死吗?

爸爸好像知道晚晚在想什么,笑着对她说:"因为有些事比死更可怕,所以……"

晚晚终于决定,要把这面唐代的海兽葡萄铜镜扔到河里去。它带给她太多的秘密了,她感觉自己已经承受不起这么多的秘密。奶奶现在变得越来越频繁地出现在镜子里,她那一头花白头发,就像蜘蛛网一样,蒙在镜面上。她居然告诉晚晚:"我是被你妈妈害死的!"

奶奶说:"晚晚,你妈妈是个狐狸精变的,她不光害死了我,还会害死你爸爸,还有你!"

她在铜镜里的笑容,让晚晚感到毛骨悚然。

"晚晚!"有一天她回到家,踏进家门,就听到妈妈在客厅里叫她。她完全没有准备,吓得想要返身而逃。但是妈妈把她一把拖了进来:"我又不是鬼,看把你吓得!晚晚你说,我是你妈妈吗?"

晚晚点点头。

"你是不是我女儿?你为什么那么恨我?为什么怕我?"

晚晚说:"你为什么踩死咪斯瓜?"

妈妈说:"你听谁嚼舌头?怎么是我踩死的?谁说的?

是你爸说的吗?"

"不是爸爸说的!"晚晚说。

"那是谁?"妈妈的身上一股香水味,破天荒的没有酒气。她看上去愤怒得要发疯了,她说:"一定是你爸爸说的,他可真会造谣!晚晚我告诉你,我没有踩死猫,咪斯瓜是被人家套了去的,我找到那个地方了,我还看到它的猫皮贴在墙上。"

晚晚的心像被锥子戳了那么痛。

"那你为什么不告诉我们? 为什么还要让我们到处找啊找啊!"晚晚好伤心!

妈妈说:"告诉你们有用吗? 你们去看到猫皮它就能活过来吗? 你看到了不是更伤心吗?"

"晚晚,"妈妈说,"你就因为这个恨妈妈吗? 现在我告诉你,不是我,你相信了吗? 你还恨我吗?"

晚晚还恨她! 因为她当了别人的妈妈。尽管她一直都不是个好妈妈,她很少管她,每天都是喝得醉醺醺地回家,晚晚讨厌她,但是她还是不愿意她成为别人的妈妈!

"晚晚你跟我走好吗? 跟妈妈走,那里有个很好的姐姐,她会照顾你的,你会喜欢她的!"

"我不要什么姐姐!"晚晚歇斯底里地说。

"那你就待在这里吧,你很快就有个新妈妈的!"

晚晚说:"我谁也不要!"

妈妈说:"晚晚,你不是知道很多秘密吗? 你想知道很多秘密是不是？那你想过没有,那些秘密是真的吗？哪些是真的哪些是假的你知道吗？假的秘密还是秘密吗？"

看晚晚不说话,妈妈又说:"即使是真的秘密,你知道了又有什么意思？你一定要知道吗？"

晚晚看着妈妈,发现她的脸上蒙了一层雾,就像是在铜镜里看到她。她是在镜子里的妈妈,还是站在她面前的真的妈妈？

"你想知道是不是？"妈妈说,"那我再告诉你一个秘密,你奶奶怎么死的你知道吗？"

"不要不要!"奶奶好像说了,她是被妈妈害死的,难道现在妈妈要亲口告诉她,承认自己害死了奶奶吗？她会不会说出了这个秘密后,就把晚晚也杀了呢？

晚晚说:"不要不要,我不想听!"她一边说,一边想逃回自己的房间去。但是妈妈拉住了门,不让她关门。

晚晚感觉到了自己的危险,奶奶说得没错,她害死了奶奶,有一天也会害死晚晚的。恐惧笼罩了她,她开始发抖。她用可怜的哀求的眼光看着妈妈,她想对她说:"不要杀我,求求你不要杀我! 我是你女儿呀!"但是她一句话也说不出来,她只是在发抖,像一片树叶。

她没地方可逃,门被妈妈把守着,她只能可怜地看着她,希望她不至于真的下手。

她会怎么对付她？晚晚想象,妈妈也会像踩死咪斯瓜那样把她踩在脚下吧？她也会像咪斯瓜一样被踩得眼珠

82

凸出来嘴巴里淌血吗?

她是不是应该大叫? 大喊救命,或许邻居就会听到,就会报警,就会打电话叫爸爸来。

妈妈堵住门,对她说:"你知道你奶奶怎么死的吗? 她是被你爸爸害死的!"

晚晚惊呆了,不会吧? 按奶奶自己的说法,她是被妈妈害死的呀!

"你不相信是吧?"妈妈说,"你可以去问你爸呀,让他告诉你,让他自己说,他妈是不是被他害死的!"

"你问他,奶奶的钱都到哪里去了,奶奶的翡翠戒指到哪里去了。"妈妈说,"你爸就是个吸血鬼,他心里除了古玉,除了那些棺材里挖出来的东西,就没有别的! 没有妈,没有老婆,也没有你女儿! 家里所有的钱都被他去买古玉了,你奶奶的存款、退休工资,所有的钱,都被他拿走了! 你奶奶不给他,他还打奶奶,晚晚你知道吗? 你不知道吧? 他把我的钱也都偷走了,还四处去借、去骗,借了钱从来不还,他还挪用了公司的钱,他总有一天要被抓进去,判刑、枪毙!"

妈妈哭了起来,她说:"你说我能跟他过下去吗? 总有一天我会被他害死的!"

"晚晚,跟我走吧! 你要再待在这个家里,你也迟早要被他害死。我是你妈妈,你是我亲生的女儿,你不相信我吗? 我会害你吗?"

她要去拉女儿的手,晚晚却躲开了。

直到楼道里响起了爸爸的脚步声,妈妈才松开晚晚房间的门把手。爸爸的脚步声很特别,总是一脚深一脚浅的,一轻一响,好像他是个瘸子似的。

晚晚就把自己的房门锁住,她衣裳也没有脱,就躺倒在床上睡觉了。

然后她听到了客厅里两个人争吵的声音,接着,是打斗的声音。再接着,就什么声音都没有了。

将近凌晨的时候,她被一声猫叫惊醒,叫声仿佛是从她枕头底下传出来的。她伸手摸出了铜镜,发现它今天特别模糊。她用衣袖擦拭镜面,它依旧像是蒙了一层雾。

不过尽管如此,她还是看清楚了铜镜里的妈妈,她面容憔悴,双眼凹陷,头发蓬乱得像是故意烫成这样乱鸡窝一样的发型的。她在镜子里还用手捂住了自己的嘴巴,好像不让更多的秘密从她的嘴里漏出来。

晚晚看到妈妈的手上,戴着一枚戒指,那不是奶奶的翠戒吗?! 半个鸡蛋形状的戒面,又绿又透,好像是有一道绿光,鲜明地照射在铜镜上。

晚晚已经想不起来谁说的了,好像只有死去的人,才会在别人的镜子里出现。

幻 灯

一

城市这个巨大的星球,这个发光的、永不黯淡的星球,在宇宙中旋转、飞奔。它喧闹而又平静。有朝一日宇宙中刮起一股什么样的飓风,才能让这个五光十色的星球变得黯淡无光?它似乎永远像钻石一样美丽、光彩照人。

几乎任何角落,都是迷人的。迷人的香气在昏暗处生成,很快就与各种光搅和在一起,弥漫于空中。悬铃木的街道、枫杨的街道、白玉兰的街道、香樟的街道、水杉的街道、银杏的街道,风在其间柔纱一般穿行。所有的叶子都在歌唱。性别的魅力,麝香一般笼罩了昼夜。一些风还从制烟厂那边吹来,把那生烟草的香气,远播到风所能抵达的某些地方。

苏林医生深吸一口气,显然他是闻到生烟草的香气了。他戒烟已逾半载,这种亲切而又似乎过于遥远的香气,这一刻几乎令他热泪盈眶。作为一名医生,吸烟很不应该,但是,30年的烟龄叫他始终难以放弃。直到最近,这位年届五十的胸外科主治医师,忽然陷入了一场出人意料的恋爱之中。外科实习护士冉依菩的爱情,令鳏居多年的苏林医生不能自持。为了这个年方22岁的小恋人,他甚至放弃了去巴黎的一次医疗考察。而戒烟的决定,也正是冉依菩的主张。她夺过苏林医生的大烟斗(他一直将卷烟拆开,取出烟丝装在这只烟斗里抽,因此有时候他看上去更像是一位画家),把它装进她小巧但廉价的双肩背包里。她千娇百媚地对他说,哼,你要是再抽烟,我就不跟你好了!

冉依菩还提出,要苏林医生去进行一次肺部透视。苏林医生说,有这个必要吗?冉依菩说,不管有没有必要,我说必要就必要!

令苏林医生感到安慰的是,他的肺部什么问题都没有!对此他自己都感到不可思议。抽烟将近30年,肺部竟什么问题都没有!现在他倒宁愿它有些问题,如果有些问题,那么,他的戒烟就会显得非常必要。可是的确什么问题都没有!

苏林医生的侄女苏姗,不由得感叹爱情的力量之大。多少人,多少次强烈要求苏林医生戒烟,均未奏效。而现在,一个小护士,把苏林医生的大烟斗一藏起,烟囱里就不再冒烟了!

冉依菩决心要彻底清除掉苏林医生身上所有烟的痕迹。她买来白牙灵,逼着苏林医生使用。虽然齿缝中的黑垢不可能一下子去除，但是，苏林医生的牙齿，毕竟变得白多了。远远望去，堪称洁白。相形之下，倒显出他皮肤的黑了。

因为爱情如此美丽，苏林医生无法不风度翩翩。他就这样昂然在枫杨街道上，在带着生烟草香的空气中，大步地向前走着。

二

朱子华感到心情压抑，已经不是一天两天的事了。他相信，一定是自己身体的某个地方出了问题。坐在电脑前，他常常感到胸闷。他不时地要来一下深呼吸。对，一声长叹，让他感到舒服多了。而他的爱人，一名姓翟的小学教师，总要关切地问他，遇到什么不顺心的事了吗？继而埋怨他，你不要老是叹气，老是唉声叹气的，很不吉利哦！

你身为人民教师，怎么这样迷信？

朱子华的一部小说，已经写了有五个年头了。写写停停，写写改改，信心似乎越来越不足了。遥想当年，自己是如何的才华横溢，无论抓个什么东西到手上来写，都是左右逢源。写个短篇，一黄昏就够了；三四天则非写个中篇出来不可。可是现在，写这部中篇，已经是第五个年头了。小说里原先还算年轻光洁的面孔，五年过去，也该有些皱纹了吧？小说里苦苦寻而不得的人，也许到今天也就找到了；

就是没有找到，也会终于放弃继续的寻找了。五年中，可一定会发生许多情理中的事，和意想不到的事。不是有小说家宣称，人物的活动和命运，常常会不以作家的主观意志为转移吗。此话也许应该有些道理吧。比方说苏林医生，他从前在作品中可是常戴着一副眼镜的。可是他却于近来换上了隐形眼镜。虽然这样也许更有利于他进行外科手术。但是，更有利于恋爱的可能是绝对不容排除的。亲吻与做爱，当然是不戴眼镜比戴眼镜的好。

小学教师的妻子翟老师也开始感觉到作家丈夫的异样了。他除了喜欢叹气，同时变得不太乐意做爱了。从前他可不是这样的。从前，他就是爬了山回来，也会不怕疲劳连续作战的。当校园里都在谈论美国新药"伟哥"时，翟老师很不以为然地想，不论伟哥有多好，我们家子华是用不着它的。要是他再吃伟哥呀，我不被他干死才怪呢！后来翟老师终于憋不住对另一位老师说，就是我们家子华要吃，我也决不会答应他吃的！

可是现在情形有所不同了。朱子华宁可坐在破电脑前作深呼吸，也不愿意与翟老师一起到床上耕云播雨了。当翟老师皮肤松软满脸通红地从浴室里出来，像鱼一样裸露着游出来，朱子华竟然都懒得看上一眼。

这无疑反常极了。翟老师不再怀疑朱子华是遇上了什么不顺心的事，她开始催促丈夫到医院去检查检查，看看是不是身体上的哪个部位出了毛病。

其实朱子华也这么想。既然胸闷，那么说不定就会有什么东西堵在胸腔里。会是什么东西呢？我怎么知道！又不是医生，又不是 X 射线与超声波，怎么能知道！要想解决这个问题，只有去找苏林医生。相信他一定会作出科学的诊断。五年前，朱子华决定塑造苏林医生这么一个小说人物时，苏林医生是戴了一副很落伍的大眼镜出场的。那时候他已经是个鳏夫了，他的妻子是哪一年死的，是死于疾病还是天灾人祸，朱子华可管不了。小说家不可能对人物命运的所有细节都作详尽的交代。反正苏林医生是个鳏夫，出场时就是这个样子。他热爱医学，精通业务，是个非常好的胸外科医生。他的首次出场，是在他侄女苏姗的婚礼上。他居然穿着白大褂参加他侄女的婚礼。他怎么都应该把这件令人不愉快的外套换下来！他对医生这个职业，是不是太偏爱了？其实，谁不知道苏姗的叔父是一位著名的胸外科医生呢？他就是不穿白大褂，人们也能把他认出来！当然，这样的可能也是不容排除的：苏林医生在步入其侄女苏姗的婚宴大厅时，刚刚做完了一个手术，他还没来得及换上一件更为合适的衣服来参加侄女的婚礼。

朱子华漫无目的地敲着键盘，屏幕上这部没有完稿的中篇小说，一页页地往前翻，前前后后地翻。清风不识字，为何乱翻书？有风在吹拂，那是宇宙的气息，吹动着钻石一样华贵的城市，吹动着城市中的一切：吸附着性感芳香的衣裙，树叶，空气里浮游着的生烟草的香气，以及某些人纷繁的思绪。朱子华的思绪如乱云飞渡。风吹拂着它们，风令屏幕哗哗地翻动。

三

冉依菩在某某医科大学附属医院胸外科实习结束后，回护校办完了所有她该办的事。现在她已经走出校门了。她的步子有点大，看样子她是想尽快从这所护士学校里走出来，并且决定再也不返回了。她的体态不错，穿牛仔裤的双腿非常性感。她长得这么诱人，不知道她将来会不会成为一名好护士。

她近来碰到的烦心事不少。比方说，左脚底的一个鸡眼，折磨得她想起走路都要皱皱眉头。她不太明白，年轻而皮肤滋润的脚，怎么会长这样的东西。她请教了有关医生（当然不是苏林医生），得到的回答是：一定是她的鞋子太紧了，穿太紧的皮鞋，实在不利脚的健康，不利身体的健康。冉依菩所犯的错误，还不仅仅是给自己穿一双小鞋，更大的错误还在后头呢！她居然让街头的一位江湖郎中为她剔除脚掌上的鸡眼。那个头发梳得油光锃亮而衣着肮脏的游医表示，只要付出 5 元钱，就能立即解除足下的烦恼。当冉依菩脱掉鞋袜，把脚呈现于江湖郎中面前后，他久久捏着这只美足不放，他似乎被这只小巧、白皙的脚丫子迷住了。他握住它，仿佛在考虑，用什么样的方法才能把它吃进他的肚子里去。冉依菩感到很恶心，就把脚从他的掌握中抽了出来。结果，手术进行得很不顺利，冉依菩的脚流血了。她为此付出的代价是：注射了一支破伤风针，另外扮演了三天瘸子。

此外，冉依菩的母亲正打算改嫁，也令冉依菩烦恼不已。冉依菩向母亲提出了一个她以为并不苛刻的要求，那就是：请务必在女儿出嫁以后再考虑再嫁。冉依菩的这一请求不是没有道理的，如果我们熟悉她们家庭的历史的话。需要指出的是，冉母已经有过两次不太成功的改嫁了。她青年丧夫，原配去世的时候，冉依菩正在进行艰苦的断奶。后来冉母认识了一位货车司机。司机的身体素质明显好于冉依菩英年早逝的生父，这一点曾令冉母感到满意，并为之激动不已。可是不幸的事儿发生了，冉母很快发现，货车司机除了身体强壮，几乎一无是处。在他身上，集中了人世间所有的恶行。除了将冉依菩母女一刀宰了，他所有的坏事都干过了。而事实上，他已经开始着手准备杀死这对可怜的母女了。因此当时冉母祈祷上苍，能降车祸于斯人，以便将她们这对母女从十分危险的境地中解救出来。她仍然坚持叫床，她不敢有半点怠慢。这是因为她深深知道，危险的利刃已经逼近她的喉头，这时候她若稍有不慎的话，性命一定难保。因此她坚持叫床，发出虚伪的呻吟。

苍天有眼，终于在一个黎明，冉母得到了货车司机车毁人亡的喜讯。当时她的反应是痛哭失声，泪流满面。她咕咚一声向报丧者跪了下来,是要感念这人的大恩大德。

接着有一名机关干部在冉母的生活中出现了。他文质彬彬,没有货车司机的恶习。他甚至在做爱时也显得温文尔雅,就像他是在向上级汇报工作似的。这当然令冉母大为不满。货车司机粗鲁的影响,显然还没有在冉母那儿完全消失,她对机关干部的这种绵软作风感到一时难以适应。但她原谅了他。她不仅一次次原谅了他,还热情地鼓励他背叛根深蒂固的正统文化观念。她甚至想对他说,在床上就该拿出在床上的样子,床上不是办公室,而脱得精光的我也不是你的领导! 应该说,从总体来看,冉母对机关干部还是比较满意的,他不像货车司机那样给她带来无尽的烦恼和痛苦,他仅仅是略绵软了些,像一杯温吞水,他几乎就是货车司机的一个反义词! 这样很好,冉母心想,这样才更接近生活的本质。人不是仅仅为了做爱才活在世上的,在做爱之外,人还有很多的事情要去忙碌,要去争取,要去经营与谋略。再说,机关干部并没有原地踏步,在他们不懈的共同努力下,他的进步非常明显,形势喜人,他显然还是一块可造之才。

但是很快事情发生了剧烈的变化。最初,当已经亭亭玉立的冉依菩指控继父对她的骚扰时,冉母完全站在丈夫的一边。她差点伸手赏给女儿一个耳光,她根本不相信在她的生活中会出现这样的事。如果时至今日,货车司机尚健在,女儿作出这种指控的话,她也许会愿意考虑一下事件的真伪,因为毕竟货车司机高于常人的男性荷尔蒙可以使指控变得稍稍合理些。但现在出现的情况根本就不是这回事。在这一点上,与其说是冉母对女儿缺乏起码的信任,倒不如说是冉母实在太小看她的机关干部丈夫了。

直到冉母亲眼看见,机关干部将女儿换下的一条内裤悄悄蒙住自己的脑袋时,她才相信女儿并不是一个说谎爱好者。她发了疯似的上前,伸出双手的所有利爪,将机关干部白净的脸蛋抓得纵横淋漓。

现在,经过了好几个春秋的沉寂,冉母再一次试图为女儿物色一名继父了。她以一脸的愁苦,把这个想法遮遮掩掩地透露给了女儿。她再三强调,她这样做,实在是迫不得已。你想想,她说,家中的煤气罐,都是我一寸一寸地挪到五楼上的。而你在护校读书的日子,我一个人在家,半夜总听到有笃笃的敲门声,吓得我钻在被窝里大气不敢出。有次好不容易鼓起勇气打了一回110,却被姗姗来迟的两名警察狠骂了一通。这样的日子,我是再也不能过下去了!再这样下去,我会发疯的。冉母喋喋不休地说这些,是要让即将从护校毕业的女儿相信,她想找个男人,并非出于性的需要。她不想让女儿知道,她其实和她一样,也是一个女人,一个正常的、健康的女人,在这一点上,她与女儿应该说基本是没有差别的。

这令冉依菩感到烦恼。噩梦般的往事,就像内衣上的某些斑迹,还远没有洗得一干二净。问题还在于,自己虽然即将毕业,进入某个医院成为一名医务工作者,但是,很显然还会在相当一段时间内与母亲住在同一屋檐下。机关干部在这个家庭中留下的阴影,像顽强的蛛网一样,拂去又生成。她对母亲提出了这样的要求,她觉得她并不反对她改嫁,而只是请求她把时间表往后推一推,这样做应该说并不过分,她不是一个极端自私的姑娘。

那么,冉母又是怎么说的呢?她说,那个人,已经制订好一套完整的结婚计划,并且开始付诸实施了。列车正在徐徐开动,要它立即停下来,那显然是不可能的——冉母做了这样一个比喻。

冉依菩终于了解到,与其母共同制订了结婚方案的人,是本市的一位小说家。这个职业倒是有些新鲜和神秘,完全不同于货车司机和机关干部。得知这一消息时,在冉依菩的内心一种难以定义的感觉油然而生,她不知道小说家这样的职业,会使这个躲在生活暗处的男人呈现出什么样的状态。他又会给她的生活带来什么样的冲击和影响?

她忽然萌生了一个莫名其妙的念头,她要去见见这个名为朱子华的小说家,见见这个想要娶她母亲的人。

四

第七小学低年级教师翟老师,因为丈夫近来反常的精神状态而深感焦虑。学校全新的教学大楼已经拔地而起,素质教育的改革春风也强劲地吹拂到校园里,但这么鼓舞人心的事都不能让翟老师的心情变得好起来。她神思恍惚,经常在思考她的丈夫,一位从前才华横溢的小说家,如今究竟什么地方出了问题。他变得萎靡不振,无所作为,并且整天唉声叹气。他一定是病了,一定是他身体的某个部位出了问题。那又是什么问题呢?

翟老师的心不在焉为许多人所察觉到了。人们以为是翟老师本人出了什么问题,是她遇到了什么不顺心的事,还是身体的某个部位出了什么毛病?人们劝翟老师,有什么心事,就应该找一两个知己说说,切勿郁积在胸中,那样会积郁成疾的。若是身体感到有什么不舒服,那么就该马上去看医生。不管什么样的病,都是早发现为好。早发现,早治疗。有人提醒翟老师说,你班上不是有一个学生叫苏苏的吗?他就是苏姗的儿子嘛!苏姗是谁?翟老师问。人家告诉她,苏姗就是我市最著名的胸外科医生苏林的侄女。苏苏是你班上的学生,你可以通过他找到苏姗,再通过苏姗找到苏林医生。你真的要去见见苏林医生,你让他查一查身体是不是出了什么问题。如果没什么问题,那是最好。要是出了什么问题,就应该及早治疗嘛!

这番话说得翟老师心头一亮。翟老师仿佛已经看到了苏林医生,他头戴白帽子,身着白大褂,神情严肃地坐在医生办公室里,他的胸前,挂着一只听诊器,像是一个玛瑙挂件。他双目炯炯,能看透所有人的身体,从而发现人们身体里的病灶。现在他把目光投向这边来了,闪亮的目光(也许因为隐形眼镜),射向这边来了。翟老师相信,她没有什么问题,她除了乳房下垂,除了腹部脂肪堆积,除了月经量减少,不再有其他问题。有问题的应该是她的丈夫,小说家朱子华。他近来胸闷气短,性欲冷淡,他一定是身体出了毛病。让苏林医生看看吧,来,让苏林医生看看,看看你身体上究竟什么地方出了问题。

五

在这一章中,我终于出场了。我必须出场,我已经等待很久。我之所以急着出场,并非有什么光怪陆离的故事要向你讲述,事实上我没有故事,也不是一个长于叙述的人。我只是一个普通的青年,爱好足球,厌恶学习。事实上我也不需要学习,广博的知识和深刻的思想,难道说对一个开电梯的来说是必要的吗?

我的电梯开得不错,除了这架电梯质量超群,我一年零三个月的工龄也是一个不可忽略的因素。如果一名新手,要像我一样,做到让上上下下出出入入的人们绝对满意,那几乎是不可能的。

出入我所管理的这架电梯的人员,比较复杂。不仅可以把他们分为男人女人,还可以把他们分成医生和病人。当然,在男人女人医生病人的后面,他们都有着各自复杂的背景。是的，他们很复杂。除此之外，光临我电梯的，还有一种特殊的人，那就是死人。那些失去了生命的人。人们通过电梯，把他们运到位于地下室的太平间去，他们再也用不着皱着眉头吃药打针了。

在这一章里，我必须出场了。这是因为，我的上班时间已经到了。

近来我不希望我自己迟到。我必须在 7:45 之前准时将这路电梯开通。这是因为，我知道，7:45 一过，她就要走进我的电梯里来了。据说她已从护校毕业，正式分配到了我们医院。不过，她没有成为第一胸外科的护士，虽然她曾在这个科室实习。她到一个与胸外科甚至与外科都全然无关的科室当护士去了。当然，我非常感激这一点，要是她不去小儿科，她也就不可能每天乘坐我的电梯了。

最早引起我注意的，是她身上散发出来的一股香气。当这股香气将我笼罩的时候，我几乎要窒息了。我不敢喘气，也不敢正眼看她。我甚至忘了按电梯按钮了（这可是第一次），结果是她暂时替代了我的工作，她按下了 11 这个按钮。她走出电梯之后，那股香气才变得淡雅起来。我要说的是，它好闻极了。

我还想告诉你的是，至今，我都无法回忆起她的面容。我只知道她喜欢穿牛仔裤，长发，很健美，皮肤也白，眼睛很亮。除此之外，我真的再也说不出什么了。从某种意义上讲，我不能算是认识她。要是在大街上，在人群中与她相遇,我根本无法把她认出来。但我肯定,至今还这么认为,她是一个罕见的美人。这一点有她的香气作证! 每次她走进电梯,就把一阵香气卷进来;而她走了,却把香风留下,让它在电梯内回旋,慢慢消散。这种香气,让我始终无法看清她的面容、她的体态、她的表情。她对我来说,只是模糊的一团,是雾中的天使,是昏暗中的花朵,是一团令人心碎的芳香。

她的声音是那么动人。可惜我所听到的她所发出的唯一声音,竟是她的哭声。是的,有一天电梯停在 11 楼,她一进来就捂住脸哭了起来。她把她的后背展示给我。虽然我能从镜子里看到她身体的正面(啊,那要命的高高隆起的胸),但由于她是捂着脸,又低着头,我还是无法看清她的面目。她的背影妙不可言,窄窄的肩、细细的腰、翘翘的饱满的屁股。她掩面而泣,仿佛这电梯里没有我的存在。电梯门打开之后,大批人涌进来,把她挤在角落里。我因此不得不排开众人,让他们有的靠边站,有的退到电梯外头去,才把这受伤小鸟似的小护士从笼中放飞出去。

我从一位小儿科的老阿姨那儿了解到,这个女孩名叫冉依菩,她不久前曾因为剔除脚掌上的一个鸡眼而休假了三天。

六

苏林医生得到消息说,冉依菩的母亲正艰苦地进行她的第三次改嫁。当这个消息从冉依菩的口中传出时,苏林医生忽然生出了一个卑鄙的念头,他想,如果自己能够成为冉依菩的继父,也许是更为理想的。但是,一些麻烦将迎刃而解,实质却不会有什么改变。这真是个混账的念头!苏林医生很快又把这个念头抛到了脑后,因为,冉依菩提到了朱子华这个小说家的名字。

其实冉依菩已经与朱子华有了一次接触。由于朱子华工作的特殊性(他只是在家中上班,并且夜里工作,白天睡觉,生活节律与普通人相反),给冉依菩的寻找造成了极大的困难。冉依菩曾一度怀疑,所谓的朱子华,其实根本不是一个生活中真实存在的人,也许他只是某部小说中的一物,一个小说里的小说家。否则的话,就不应该如此难寻他的踪迹。冉母对此讳莫如深,她当然不希望女儿与这个人有任何接触。任何接触对冉母来说,都有可能催生出节外之枝。她甚至非常不应该地向女儿报了一个假地址,致使冉依菩那个下午的寻找无功而返。

但是冉依菩最终还是找到了朱子华。彼时朱子华正痛苦地坐在抽水马桶上,他的便秘不可谓不严重。翟老师一向认为,丈夫的便秘虽然严重,但不值得同情。那是他咎由自取。谁让他每次如厕都捧一大堆书进去呢?翟老师曾在报上看到,坐在马桶上读书,一旦养成习惯,是极有可能引起便秘的。这无疑是个坏习惯!翟老师不止一次对朱子华发出警告,后者却将她的关心视作侵犯人权。现在好了,看他被便秘折磨成这样!对于便秘由阅读引起这一观点,朱子华以前很不以为然。但渐渐地他相信,这一说法也许是可以成立的。当阅读中出现某些刺激,朱子华的生理就会有一些相应的反应。而这种反应的出现,对排泄无疑形成了一种干扰,很有可能还是一种严重的干扰。朱子华曾痛下决心,要改掉厕上读书的坏毛病。但是,恶性循环已经形成,要改掉可不是那么容易的。具体的情况是这样的:为了要顺畅地排便,朱子华不读书。但由于他不读书,排便更困难了。

门铃响起的时候,朱子华的工作刚刚出现一点可喜的进展。这门铃显然响得不是时候。翟老师正在学校教书育人,没人去开门,因此门铃响个不停。朱子华决定就是不开门,相信揿门铃的人揿了一阵也就会悻悻离去。战胜便秘,这是朱子华当下的首要任务。

可是按门铃的人很有韧劲,门铃叮咚叮咚响着,就是不停下来。仿佛门铃已是一只顽皮好动的小动物。瞎说,就是小动物也有要累的时候。但是门铃完全没有在短时间内停下来的迹象,它响个不休。

朱子华终于失败了,他决定放弃努力,穿着裤子出来开门。

门外出现的女孩,令朱子华一时有些手足无措。某个瞬间,他居然想把门砰地关上,将这个面容姣好的女孩拒之门外——就像把一本有着迷人内容的书的封面合上。为什么想要这么做,朱子华也不明白。但他终究还是把她让了进来。

你是作家? 冉依菩走到朱子华的电脑前,说,你在写什么作品?

你是不是记者? 朱子华已经有很多年没有跟记者打交道了。而在从前的某一段时期中,嗅觉像狗一样灵敏的记者上门来对他进行采访,那可是常有的事。他们对朱子华的生活问长问短,对作品中人的生活原型追根究底。虽然朱子华对此有些不胜其烦,但他还是无法在门上挂"谢绝采访"的牌子。没有采访的日子令朱子华感到生活黯淡。因而朱子华对讨厌的和并不讨厌的记者尽可能做到有问必答。这给朱子华带来了好名声。但好名声并不能使朱子华保持住那一份光亮。记者也许是人群中最势利无情的一族,他们曾经的热情笑容,转眼就会冷却,热情的脚后跟消失得无影无踪。对朱子华来说,与记者打交道的那段日子永远都是值得好好回忆的。那时候,朱子华家消费量最大的,不是牙膏肥皂和手纸,而是他的名片。他的名片与众不同,没有在姓名之前加上一连串可笑的头衔。他的设计简简单单,只在朱子华前冠以"小说家"三字。有此三字足矣! 朱子华是以写小说为生,以写小说为乐,也是以写小说成名,获得如此荣耀的。除此之外,什么都是轻若鸿毛的,什么都是多余的。难道不是这样吗,当小说家三字与朱子华的名字合在一起后,一切都彰明较著了。任何围绕着这六个字的说明,都将是拙劣无用的。在那段日子里,在那个人群中,有一位女记者,差一点使朱子华走上离婚之路。要知道,离婚并非小说家的爱好,相反,在朱子华的婚姻秤盘上,妻子翟老师历来都是最重的。她细心、安静,无疑是个好妻子。不到万不得已,朱子华是不会考虑离婚的。但是万不得已的情况还是出现了,女记者令他坠入爱河,令他感受到了一种久违的快乐。就像麻木已久的皮肤,突然有了知觉,能够感受痛痒了。在这样的形势下,女记者当然完全掌握了主动,可以伸出纤纤玉指,以四两拨千斤了。不过这场爱情疾病很快就过去了,在朱子华这儿留下的唯一痕迹,就是一篇小说的篇末,写有“此文献给某某”的字样,这“某某”当然就是女记者的芳名。这成了朱子华一个永远的话柄,每当翟老师提起它,朱子华都会感到皮肤一阵发紧。而朱子华留在女记者那儿的,也不过是裙子上的几个斑点——这一痕迹一定也早已荡然无存了。相信女记者可不会像莱温斯基那样,把克林顿的精斑保留到法庭上。它早被薄情的女记者扔进洗衣机一洗了之了。

　　再依菩多少有点觉得好笑,这个面容灰暗的小说家,母亲的第四个丈夫的候选人,竟然开口问她是不是记者。我像一个记者吗?她这么反问朱子华。

他们谈得很愉快。冉依菩坐在小说家的电脑前,漫不经心地敲敲键盘。朱子华看到,屏幕又仿佛被风哗哗吹动。他很担心刚才所写的一段东西会丢失。他于是走过去,提出要存一下盘。他弯腰存盘。这时候他闻到了冉依菩的香味,他感到一阵恍惚。

这个姑娘对小说有不俗的理解,比起从前那些文化记者来,她的外行话要少得多。朱子华敢肯定,他是喜欢上这个姑娘了。同时他也为自己的小说而感到高兴。他想,小说中的苏林医生,作为一名资深的鳏夫,一旦遇上这样的姑娘,不神魂颠倒才怪呢! 这就是合理性! 不管小说怎样写,不管虚构的成分和想象的空间有多大,合理性总是存在的。虽然这个理并非公理、俗理,但它总是一种理,是逻辑或者反逻辑。让苏林医生为她而戒烟,当然是合理的。要是苏林医生杀了她,合不合理呢? 朱子华有些浮想联翩。他对自己所提问题的回答是:合理。

可是现在,在朱子华了解了冉依菩的身份之后,他忽然觉得,让这个姑娘走进这部小说中,无疑是一个错误! 现在要让她再从小说中走出来,显然为时已晚。而朱子华接下来所应该做的,也是所能做到的,就是不让她与苏林医生的爱情继续发展下去。让那个老鳏夫痛苦去吧! 朱子华这么恶毒地想。

朱子华连自己都搞不清,在这段胸口郁闷、常常禁不住要做几下深呼吸的日子里,怎么会跟年过半百的冉母搞到一起的？不过，冉母作为一个女人，她身上的女性味，并不因为她的年事已高而消失殆尽。她能生下冉依菩这样的女儿，因此也就是顺理成章的事。朱子华因为一度躲避邻居的装修——那疯狂的电钻，不仅使他无法写出一个字，同时也使他的便秘更为严重了，到城郊一家安静的小招待所住下了。他的如意算盘是，即使不能有效地继续写作，至少也可能静静地读几天书，考虑一些问题。他这样做，当然使翟老师更加忧虑。她更有理由认为，他的身体一定是出了什么问题了！否则，又如何来解释一个有家有室的男人要到偏僻郊区的小招待所里去住呢？什么电钻要叫人发疯，翟老师可不认为这一理由能够成立。她觉得，电钻的声音固然不好听，但是，电钻并不是昼夜喧嚣的。一到晚上，电钻就不再噜苏了。由此可见这家邻居还是讲文明讲道德的好邻居。不管男人还是女人，只要是对夜晚彻底丧失了兴趣和信心，那么一定是身体的什么地方出了问题了！

朱子华在小招待所里得到了冉母无微不至的关怀。同时朱子华也在她身上发现了年龄劣势之外的优势。他曾打算把她写进他的小说。他把这个想法对她说了。可是让他颇感失望的是，她对小说不仅一无所知，反而有种莫名的鄙视和仇恨。她指出，只有像她女儿那样轻浮、不要脸的人才喜欢小说呢！她声明，千万不要把她写进什么小说里，那样只会让她感到无地自容。不仅如此，她还反过来劝他不要写小说。她认为,一个人整天坐在桌子前写啊写啊,总有一天会把身体写垮,从而变成一个废人!朱子华当然感到扫兴。但是,扫兴归扫兴,让他扫兴的其实只是身体里的极小部分,而巨大的快乐,却在小说家朱子华的体内澎湃!就是他自己也感到吃惊,这个年过半百的招待所服务员,其魔力竟如此之大!那郊外宁静的小招待所,成了朱子华的伊甸园。

说朱子华已经制订好与冉母的结婚计划,这也并非不实之词。朱子华确实动了要娶这个招待所服务员为妻的念头。他非常奇怪地在这个半老太婆的身上找到了久违的激情。尽管她并不能使他堵塞的胸口变得轻松畅通,但是,她却让他忽然找回了遥远的感觉,她使他不得不重新审视自己、重新认识自己,使他怀疑甚至推翻坚冰一样的对自己生命活力的消极结论。当然,朱子华也并不是没有犹豫,因为摆在他面前的事实是,招待所服务员毕竟是年过半百的老妇人了,她比他的妻子翟老师还要大三岁。为了这么一个人,舍弃那个暖巢一样的旧家,是不是很值得?尽管翟老师已经像一把锈蚀不堪的锁,朱子华相信,包括他在内的所有男人,都已经无法将她这把锈锁打开了,但是,要另起炉灶,总该有非常充足的理由才行。

现在,朱子华见到了冉依菩,他觉得理由已经自行显现出来了。难道这还不够吗,在他改弦更张之后,眼前的这个美丽少女,这个对小说有着不俗见解的姑娘,将成为他的继女。他们将天经地义地生活在一起,朱子华难道还需要更多的理由来消除自己的犹豫吗?

朱子华看着眼前的冉依菩,看她顽皮地嗒嗒敲着他的键盘。她是个活泼好动的姑娘,朱子华想。

此刻令朱子华深感困惑的是,他那部以苏林医生为主角的小说,该怎样进行下去? 它正水一样装在电脑的硬盘里。但是它并不平静,它一刻不停翻动着波浪。在波浪之下,游动着人物的鱼儿。而眼前的这位姑娘,也是其中的一尾红鱼。她与苏林医生相遇,并且相恋了。那个老鳏夫,他一定不会放过她的,他会像吸血魔鬼一样把她的青春与爱吸干。如何来阻止他们之间的爱与交往,这是摆在朱子华面前的重大难题。解决这道难题的方法肯定不会只是一种,但是,任何解决方法都不会是尽善尽美,每种解决方法都会有一些意想不到的麻烦随之而生。

冉依菩坐在朱子华的电脑前,她一直在考虑如何向朱子华提出,希望他在短时期内不要与其母结婚。这就是冉依菩此行的目的,她不辞劳苦找到朱子华,就是要来对他说这些的。她不是来和他讨论小说的,也不是要找这个陌生男人聊天——就是要聊天,也应该去酒吧或者茶馆,一个小说家杂乱的家中,可不是聊天的好地方。她此行的任务,就是要阻止其母在她出嫁之前再婚。应该说,她没有理由反对朱子华离婚,然后再与别的女人结婚。但是,他不能娶她的母亲,她的存在不应被忽视,尊严一定要得到维护。

然而来到朱子华家里，见到朱子华之初，冉依菩一时间有点犯迷糊，她差一点忘记了自己此行的目的了。他们谈起了小说。冉依菩无疑是一位文学爱好者，她在护校就读期间，曾用口袋里有限的一点钱订阅了好几份文学刊物，并且向其中的一家投过稿。由于稿件与订阅发票一同寄到编辑部，她的习作很快就有了回音。但编辑的回信让她深感失望。他在信中说了一些比作文老师的批语还要平庸刻板、空洞乏味的话，字则仿佛出自小学三年级学生之手。冉依菩不再投稿，她只是平静地当一个好读者。这一习惯一直保持到她进医大附院第一胸外科实习。苏林医生严肃指出，形象思维在医院，不仅格格不入，简直就是有害的。苏林医生对冉依菩说，如果你想当一名好护士，如果想把自己的一生都献给医学事业，那么最好远离文学，把那些乱七八糟的小说像垃圾一样扔掉！看来苏林医生对文学有很深的偏见，不知他的生活有哪一块隐痛与小说有所牵连。作为塑造了苏林医生这样一个人物的小说家，朱子华应该感到悲哀。

　　现在见到朱子华，通过与他凭空而来的交谈，冉依菩内心那点因文学而起的温情，重又苏醒过来了，她感受到了一种邪恶的愉快，就像她爱上一位老鳏夫一样。虚构的世界使人飞翔，冉依菩尝到过这种往日的甜头。坐在她面前的是一位小说家，真正的小说家，曾经才高八斗，写出过无数语言放浪故事离奇的作品的人。她几乎忘了自己今日为何而来。即使她想起来此的初衷,她也会对自己的固执不以为然了。要是自己的母亲,真的嫁给了这个人,又有什么不好呢?冉依菩甚至想,要是朱子华先苏林医生而出现在她的生活中,很难保证她不会爱上他。爱上一个小说家,以及有妇之夫,虽然不是什么好事,但是,这种爱所能造就的飞翔的感觉,一定非常情所能比。

冉依菩貌似漫不经心地在朱子华的电脑上翻页,其实,她关注着屏幕上的内容。当她突然看到文中出现的"苏林医生"四字时,她惊诧得差一点叫出声来。她由此而神情恍惚,应该说是情理中的事。她不知道所发生的,究竟是怎么一回事。一部由小说家炮制出来的小说,竟然与正行进着的生活纠缠牵连。小说不是生活的纪录和复制,而生活也不可能从小说中发端。那么,又如何来解释朱子华小说中所出现的"苏林医生"呢?冉依菩咔嗒咔嗒地翻着,她担心自己的名字也会在文本中出现。出现对眼下的情景来说,是正常的,尽管它对小说之外的日常生活显得很不正常。这是个立场与角度的问题,冉依菩恍惚之中似乎听到朱子华在侃侃而谈:如果我们是在小说之中,那么我们就觉得生活应该是这个样子,而不是那个样子;若是我们在小说之外,那么我们就会说,小说应该这样写,而不应该那样写。问题是,要是我们既在小说之内,又在小说之外,也就是说,我们的生活与小说的界线突然模糊了,我们既在小说之外,又在小说之中,那么,我们的生活会是什么样呢？冉依菩想，一定会很糟糕。

现在冉依菩明白，事实上，她已经陷入这样的情状中了，不管是不是糟糕。

现在让冉依菩最为关心的是，朱子华的这部小说到底会怎么往下写。她没有找到自己的名字，却在屏幕上看到，一只熟悉的手，将一包毒药悄悄地洒进了苏林医生的茶杯里。苏林医生端起了他的茶杯，他把茶杯送到嘴边。冉依菩惊得叫出声来。

七

不知从哪一天起城市远离了黑暗。那些路灯，那些不知疲倦的灯光，每当白昼将近，它们就亮了起来。它们将一种更为细致的光线，投射到城市的建筑物上，投射到树木和人的身上。比起白日的光线来，灯光显得妖媚。它们忽略了城市粗糙的一面，强调了一切精致和雍容华贵，从而使欲望更强烈地凸现出来。

灯光同样照亮了医院。就是太平间里也绝不是漆黑一片。被灯光打扮了的门诊大楼，以及略显杂乱的住院部，此刻望去，仿佛长夜中的辉煌宫殿。来苏的气味，以及东南风远播而来的生烟草的气味，与灯光搅和在一起，像流体那么黏稠。

苏林医生的办公室位于住院部二楼一间向阳的屋子

里。白天,阳光充足有余,它们让所有白色的物体更显其白。苏林医生不太喜欢白天,因为一段痛苦的回忆,是与炫目阳光紧密联系在一起的。那时候苏林医生还不老,一根白发都没有。哪像现在,苏林医生每月都要染发一到两次。那时候,他的体形也要比现在好得多。这些,不仅医院的许多同事可以证明,就是小说家朱子华,也不会否认这一点。也许将他那部写了已有五年之久,却至今尚未完成的小说往前翻一翻,能得到更清晰的证明。我们可以在朱子华的小说中发现这样的描写:苏林医生身材颀长,戴一副黑边眼镜,他走路很快,上楼一跨就是两级楼梯。为此,他让病人以及家属缺少了一点信任感。因为在人们的印象中,医术高明的医生无疑应该是沉着从容的、慢条斯理的。

我们不会想到,那时候,当苏林医生年轻的时候,他只是一名麻醉师。不过他已经喜欢用一支烟斗抽烟了。他把卷烟拆散,剥去烟纸,再将烟丝填进烟斗里。他咬着烟斗,更像一位画家。但他不是画家,他对绘画全无兴趣,就像他鄙视小说和小说家一样。他只是一名麻醉师,一名非常出色的麻醉师。每次在他对病人施行麻醉之后,他就点起了他的大烟斗,在手术室一侧的厕所里不紧不慢地抽起来。他把一烟斗烟抽完,乒乒地敲去烟斗里的烟灰,然后走到手术台边,说一声"好了"。于是手术开始了,病人的肌体被锋利的手术刀切开。苏林医生的一斗烟,仿佛是个精确的计时器。"好了!"他说。既交代了一斗烟已经抽完,又宣布了手术可以正式开始。据当年与苏林医生有过多次合作的有关人员回忆,手术自始至终都是在淡淡的烟香中进行的。这是因为,手术室与一侧的卫生间,其实是连通的。虽然仅仅是一斗烟(通常是两支卷烟),但烟味在手术室内悬浮回旋,直到下一次手术准备之时,才彻底消散。为此,手术医生曾提出,苏林医生是不是能够到手术室外去抽他那一斗烟,因为他担心,烟味一旦刺激病人,就会让病人咳嗽起来。而咳嗽无疑是手术病人之大忌。咳嗽所引起的腹部肌肉的紧张,足以把血管钳弹飞。如果彼时手术刀正在腹部划动的话,刀刃就会将医生计划之外的皮肤切开。事实上,病人因为术后咳嗽,将缝合口崩开的事屡有发生。对此,苏林医生的解释却是,病人一经麻醉,绝对不可能再有咳嗽这样的生理反应。他们差不多就跟死了一样,苏林医生说,因此这样的担心纯属多余。

一个阳光耀眼的日子,苏林医生要为他妻子的子宫切除手术担任麻醉师。那天的阳光出奇地亮,仿佛这座城市的所有物体,都在发光。强光刺得苏林医生镜片后的眼睛有些无法睁开。同时他的心情也变得焦虑不安。当然,谁都知道,苏林医生的焦虑,更多的是来自他的妻子,他妻子的病,以及即将进行的摘除其子宫的手术。严酷的事实摆在苏林医生的面前,那就是,手术之后,他们将永远不可能有自己的孩子了。尽管结婚多年,他们没有生育,但是,只要妻子的子宫还在,生儿育女的希望总还存在着。现在子宫一去,所有的希望也就算是彻底破灭了。如果有人说苏林医生的焦虑完全是多余的,那么他一定是个没心没肺的家伙。

苏林医生的妻子长得娇小玲珑,我们假设她早就声称没有子宫,相信苏林医生也一样会娶她。苏林医生对他在少年宫工作的妻子,的确是非常珍惜的。这一点可以妻子去世后他20年没有再娶来证明。但是,没有了子宫,毕竟不是一件值得高兴的事。事实上苏林医生和少年宫妻子原先是打算好在结婚的当年就生下一个聪明可爱的孩子的。然而三年过去了,妻子的肚子没有半点消息,每月的例假,像收水电费的人那么来得及时,令人生厌。为此,妻子提出要把她姐姐的一个孩子收为养女。此举却遭到苏林医生的反对。其一,他批评妻子,不该对自己的生育能力丧失信心;其二,是一个不太说得出口的理由,在苏林医生眼里,妻子的姐姐一家,有着说不出的讨厌。他曾经流露出这样的看法,认为妻子的姐夫也许有着隐性精神病,如果真是那样的话,那么,他们的孩子身上,无疑是有着精神病基因的。把这样一个孩子抱回来做养女,显然是极不合适的。

现在,他们居然走到这么一条死胡同里来了,事情发展到不得不将妻子的子宫切除的地步了。悲哀的气氛长时间地笼罩着苏林医生的家庭,他们不得不门窗紧闭,窗帘低垂,以便他们的哭泣被封闭在室内的昏暗中。

对苏林医生来说,亲自担任妻子的手术麻醉师,无疑

112

是一件十分痛苦的事，那无异于亲手将她处决了。但是，手术已成定局，是一件不可逆转的事，苏林医生不可能袖手旁观。在这所全市最好的医院里，苏林医生是麻醉师中最好的。难道说，他忍心把妻子交给一个技不如他的人去麻醉吗？他的心被矛盾绞痛——矛盾像两只手，把他的心当作一块毛巾，死劲地绞着。

最后，他决定退缩了，他要退到这场厮杀（天知道苏林医生的脑海中怎么会跳出这么一个词）的最远处，钻进一个类似螺壳的地方去。是的，他要回避了。他提出，在妻子手术的这天，他要到离这座城市30公里远的一个乡村去，要在这儿的一个酒店里喝一整天的酒。他之所以选择这个地方，是因为他曾在那儿大醉过一场。那时候，他还没有结婚，经常呼朋唤友骑自行车到郊外去钓鱼、喝酒。那天不知为了什么，苏林医生醉了，他像死人一样沉沉地睡去。一位麻醉师醉了，应该是件很有意思的事。待他醒来，发现酒店里除了他，只有一个姑娘。她虽然皮肤黝黑，但身上青春的魅力却电光四射。她用热毛巾替他擦脸，把煮好的姜汤递到他的唇边。她告诉他，他的朋友们都在河边钓鱼，而她一直守在他的身旁。她轻轻地责怪他，不该喝这么多的酒。他想知道她是什么人，为什么要如此悉心地照料他。她却对他笑了笑，说，你醒了，你已经好了，那我就走了！说着她就走了。转眼之间，她就狐魅一样不见了。对于那一天的经历，朋友们都说他无中生有。但他不相信那是一个梦，因为他的肚子里,几次涌上来生姜的味道。后来他又独自去过几次,但姑娘却了无踪影,就像她从未在这个酒店里出现过一样。

苏林医生这一懦弱的决定,受到了包括院领导在内的一些人的批评。他们觉得,在妻子最需要他的时候,去重温旧时的一个艳梦(大家都是这么认为的),实在是太不应该了,显然有悖良心和道德。此外,他作为本院一名业务水平最过硬的麻醉师,在自己妻子动手术的时候,理应挺身而出,勇往直前。为什么要退缩?院领导问他,这难道是负责任的做法吗?

终于这么定了下来,由苏林医生担任妻子的手术麻醉师。当妻子像一个真正的病人,平躺在手术台上时,苏林医生和她握了握手,他们也许是相互鼓励,又像是在握别。这种庄严但又私密的行为,打动了在场的每一个人,大家都表示,一定要尽最大努力,把手术做好,要让苏林医生妻子的子宫,安全、顺利地脱离其本体。

虽然手术室里光线宜人。在无影灯之外,光线简直是昏暗的。但是,苏林医生的眼前,晃动的却是一片炫目的光。确实,在户外,阳光水一样泼下来,使城市的所有物体都像是在闪闪发光。整座城市都在强光中感到不安。

手术进行到一半,苏林医生制造出的烟味还没有散尽,病人的脉搏没有了。苏林医生看到,妻子的脸像纸一样白(它也在发出晃眼的白光),她娇小的身躯,此刻宛如一

114

具被钉在木板上的标本。如果这时候把窗户打开,把连系在她身体上的输血管、输液管都拔掉,那么,外头进来的一阵风,就很容易把她吹走,像吹走一页纸、一片树叶。苏林医生认真地看了一眼妻子被打开的腹腔,他看到了她的某些内脏,肝,膀胱,还有肠子。这是他的妻子吗?是那个喜欢坐在他大腿上,以轻轻捻他的一根胸毛为乐的女人吗?她有很光滑的皮肤,乳房小巧,腹部平坦,大腿结实饱满。刚结婚的时候,苏林医生把她比作一个小瓷人。现在这个瓷人儿打碎了,你瞧,她的内脏都显露出来了!

苏林医生的麻醉师生涯,因为妻子的死亡而告结束。因麻醉意外而死亡,这一事实铁一样摆在苏林医生的面前。如果不幸死亡的不是他的妻子,而是别人的话,苏林医生也许就会因此入狱。不过,就是这样,他还是受到警察没完没了的调查盘问。苏林医生神情漠然地坐在警察面前,努力回忆恍然似烟的种种细节。在说到进手术室前,妻子差一点在厕所里滑倒时,苏林医生居然笑了。

漫长20年的鳏夫生活,苏林医生似乎是要向人们证明什么。在这20年中,他不近女色,他几乎成了一架手术的机器。在赴上海瑞金医院进修之后,他摇身一变,成了一名外科医生。先是胸腹外科,后来就成了权威的胸外科医生。除了叼着一支烟斗抽烟,他没有其他爱好。他的爱好就是动手术,把人们身体里的某些东西,用剪子嚓嚓剪掉。

因此当苏林医生与实习护士冉依菁的绯闻传出后,许多人都为之震惊。人们难以相信,恋情会在这两个人中间产生。他几乎可以做她的父亲!但那又有什么关系呢?他们确实是恋上了。苏林医生戒了烟,摘掉了笨拙老式的眼镜,同时他的牙齿也基本变白了。苏林医生重新风度翩翩起来,这是有目共睹的事实。据目击者称,苏林医生在他办公室的屏风后与冉依菩接吻,他表现得一点都不比年轻人逊色。

苏林医生迈着他依然年轻的步伐,穿过灯光与生烟草味混合起来的空气,向医院走去。冉依菩与他相约,今晚8点,他们在苏林医生的办公室会面,然后一同去参加一个神秘的派对。当苏林医生问及那究竟是一个什么样的派对时,冉依菩说,既然是神秘的,现在就不应该说出来!

苏林医生到发廊吹理了头发,他的白发被谄媚的染发剂染成漆黑。他系上领带,给自己洒上了香水。他大踏步穿过医院的花园,他感受到了城市的奢华。与其说城市是没有夜晚的,还不如说城市的夜晚比白天更加富于色彩,柔和的光影使人们更趋近城市的本质。

可是,8点半一过,苏林医生在他的办公室里有些坐立不安了。直到9点,还不见冉依菩的影子。苏林医生的想象力开始活跃起来:她是不是出了什么事了?是被一辆汽车撞倒,还是在某个阴暗的建筑工地被强暴?苏林医生一口气打了十几个电话,电话向一切与冉依菩有关的地方打去(他唯独没有拨通冉依菩家中的电话),但得到的回音却无一例外令他深感沮丧。苏林医生再也坐不住了,他匆匆走出医院,深吸了一口弥漫着生烟草味的空气。他的决定有些幼稚,这么大的城市,几乎是一颗五光十色的星球,它在宇宙中旋转、飞奔,这是个上帝视线下的超级派对。苏林医生又将去何处寻找到他可爱的小恋人呢?

八

朱子华的胸闷,越来越严重了。他连续作了几次深呼吸后,又坐到了他的电脑前。他觉得这部小说已经到了紧要关头,一些至关重要的构想,必须显山露水了!比如说,令冉依菩失踪,让她在一个薰风习习的五月之夜,几乎从这个灯光妖媚的城市消失了。

冉依菩的母亲这几天颇有些心神不宁,具体的细节是,她的眼皮常常一阵猛跳。这种征兆预示着在冉母的生活中将会有什么事情发生。某件不愉快的事,将像一件礼物一样被递送到她的面前。现在这件礼物还没有到,它仅仅是用眼皮跳这一独特的方式,向她发出即将抵达的信号。冉母知道,这样的事其实已经如旋风一样在某个远离大陆的洋面上生成了,要避免它简直是不可能的。既然无法避免,那么,冉母的想法是,能让它尽可能早一些到来。她这么想并非反常,尽管即将发生的事不会是什么好事,但冉母还是希望它早一点发生。因为面对厄运的等待,确实不能与等待好运同日而语,那是一种越来越沉重、最后要令人窒息的痛苦!一场在所难免的恐怖考试,一颗终将钻入心脏的子弹,我们宁愿它立即抵达。该来的终究要来,不要再以没完没了的恐惧来折磨我们脆弱的心了。

令冉母深感不安的是,即将闯入她生活的,亦即那跳动不止的眼皮所预示的,到底是哪一路凶神?这个答案很难寻找。她在惴惴不安中度过了一天。当晚,她决定,第二天不去上班了,她要把自己关在家里,让家像蚕茧一样将自己安全地包裹起来,以免发生意外——诸如被一辆冒失的汽车撞死之类。

她没想到的是,问题不出在她身上,而是她的女儿冉依菩一宿未归。

冉母几乎彻夜未眠,奇怪的是她的眼皮反倒不跳了。由此可见,麻烦事已经降临!难道不是吗?女儿没有回来,没有电话,没有任何消息!

在冉母的想象里,冉依菩大抵已经不在人世了。因为在冉母是否于冉依菩出嫁前嫁给小说家朱子华这一问题的论争中,冉依菩曾屡次表示她将以死抗争。她甚至提到了几种具体的死法。冉母相信,对于学医的冉依菩来说,寻找到迅捷有效的死法,当然不是什么难事。比方说,她可以在自己的静脉中注入某种有毒的药液,或者是吞服大量安眠类药物,在医院,是很容易获取这些的。当然,我们并不能因此说,冉母已经断定其女死于自杀。一个年轻姑娘的突然失踪,无疑蕴含着多种可能性。冉母甚至在极度不安中打开了电视机。如果在这样的时刻,电视中出现某女不幸被奸杀的新闻,冉母一定会立即打电话与电视台联系的。

白天的来临宣布了冉母整整一宿的等待已告结束。她不能再这样等下去了,她必须有所行动,比方说,给女儿所在的单位打一个电话。

医院方面的态度有些冷淡,他们的看法与冉母不尽相同,他们认为,一名已经参加工作的正式护士,在某个晚上没有回到母亲身边,其实是正常不过的事,又有什么大惊小怪的必要呢?一只母猫到了发情期,甚至会数日不见其踪影呢!一个人这么说。冉母白了这个人一眼,说,可是,我们家依菁是从未在外头过夜的!

这似乎也不成其为冉依菁一定是出事的理由。从前没有,不等于现在没有。从来没有,不等于以后也一定不会有。道理确实是这样的,但是,谁又能解释此前的一整天中,冉母的眼皮始终跳个不停呢?

终于有人建议冉母,最好去问一问苏林医生。

这个名字对冉母来说,应该并不陌生。冉依菁在冉母的面前,不止一次提到过这个名字。当然,除了知道他是一位医术高明的胸外科医生,冉母对苏林医生可谓知之甚少。冉母当然无法想象,眼前这个虽然头发漆黑,但其苍老一望而知的医生,居然是她女儿的情人。他们无数次在苏林医生办公室屏风后的那张白漆铁床上做爱,这个比冉母年龄都大的人,用冉依菩饱满的青春在滋养着他干瘪的生命。在做爱的时候,苏林医生一点都不顾忌冉依菩的细皮嫩肉,他像一台榨汁机,拼命碾压冉依菩的身体。这些都是冉母无法想象的。她怎么会想到,眼前的这名胸外科老医生,在她女儿的身体上,像猎豹一样凶猛和贪婪。那沉寂的20年,不仅没有让苏林医生驽钝,他反而比年轻人更像是一头初生牛犊。当冉母渐渐明白站在她面前的这位身穿白大褂的老医生,与她女儿是一种什么样的关系时,她感到非常耻辱和痛苦。她忽然觉得,是不是要把女儿找到,已经不那么重要了。而她所决定要去做的,则是令她自己都感到吃惊的事。是的,她决定这么干了,她一点都没有犹豫,就这么决定了。

九

在翟老师看来,朱子华身体上出现的问题,已经到了非采取措施不可的地步了。你看,他不仅常常叹息,有以深呼吸来替代正常呼吸的倾向,而且开始咳嗽。他的咳嗽非常怪异,粗听起来,像是在窃笑。这种压抑的声音,让翟老师也禁不住要跟着咳起来。不,说跟着咳起来,还不能算是准确,确切些说,是朱子华每发出一声轻咳,翟老师都会误以为震动是从她的胸口发出的。她为这种感觉所折磨。她采取了一系列的办法，比如清嗓子，咽唾沫，或者就是喝一口水。但是，都不奏效。只要朱子华一咳，她就觉得自己从口腔一直到胸，都异常不适。以致她也情不自禁地做起深呼吸来了。

翟老师觉得，从她的学生苏苏这儿开始顺藤摸瓜，尽快将苏林医生找到，这已成了当务之急。翟老师不认识苏林医生，甚至连他的名字都闻所未闻。由此可见，她对丈夫的事业处于一种极端漠不关心的状态。哪怕她只是十分偶然地走近朱子华的电脑，很随意地向阴森森的屏幕瞥上一眼，也许就能看到"苏林医生"这四个字。这四个字在朱子华的小说中，出现的频率不能说低。这个来自虚无的人物，在朱子华的脑中生成，然后走进这部迟迟没有了结的小说中，他生长着，运动着，侵犯了现实，以及某些人隐秘的生活。对于这些，翟老师作为小说家的妻子，竟然一无所知。她仅仅是在为丈夫的健康而担忧的时候，从别人的嘴里听到了苏林医生的名字。人们只是把他作为一名生活中的医生（而不是一个小说人物）而推荐给翟老师。并且，他们建议她用最世俗的方法去接近他。

作为小说家的妻子，翟老师的生活有些苍白，缺乏色彩。那时候朱子华与她在同一所学校教书，她完全是因为他的"老实"才嫁给他的。是的，翟老师喜欢老实的男人，对她来说，欺骗和背叛是最无法容忍的。尽管她像天下所有的女人一样，对花言巧语也有同样的爱好，但是，当它与忠诚不能并存的时候,翟老师宁愿放弃这种女人的享受,放弃这份甜蜜的权利。她怀着一种略带嘲讽的心情,成了朱子华的妻子。小说家,她总是这么不无调侃地称呼她的丈夫,而那时候,朱子华事实上还没有成为一名严格意义上的小说家,虽然他坚持写作不辍,但还从未发表过一篇作品。他在稿末写上的,也是家庭和单位之外的一个地址,以便频繁的退稿不为妻子所知晓。翟老师是个认命的女人,她并不抱怨上苍赐给了她一个只会埋头写小说的男人,她觉得一个无用的男人,比起"过分有用"(这个概念其实非常模糊),也许要好一些。她宁愿男人无用,也不愿意他在外头春风得意如鱼得水。令翟老师深感安慰的是,她的男人看上去有些木讷,有些窝囊,但是,作为一个男人,一个纯粹意义上的男人,一个将所有社会身份剥去的男人,一个赤裸的男人,他无疑称得上是优秀。这么多年的夫妻生活,他几乎从来没有让翟老师失望过。为此她的身体状况一直良好,无论是家务劳动,还是干教书育人的崇高工作,她都兢兢业业,任劳任怨。自结婚以来,朱子华从不陪她散步、逛街,也不陪她看电影。甚至到了床上,他也只是直奔主题。因为这些,翟老师的生活多年来一直显得有些单调。但是,翟老师没有多少怨言,原因上面已经说了,不再赘述。当朱子华在文坛崛起,以小说而闻名于世后,翟老师并不觉得有什么高兴。除了稿酬让她看到了实惠,她真的不觉得生活中所发生的这一变化有什么好。相反,她担心朱子华离开学校后,整天把自己关在家里,会不会憋出病来。她一直相信朱子华是一个好男人,她从不怀疑除了她,还会有什么女人爱上他。确切些说,朱子华主动地去爱上别的女人,在翟老师看来简直是不可想象的。虽然事实上这样的事已经发生,并且早已发生,并且翟老师的小说家夫人的地位也岌岌可危,但她所担心的,还只是朱子华的身体,他的叹息揪紧了她的心。

翟老师包里放着一封苏姗的亲笔信,在一个晴朗的早晨她来到了苏林医生的办公室。这时的苏林医生,眼圈发青,头发也有些散乱。看上去他的心情非常不好。当翟老师把苏姗的信交到苏林医生手上时,她抱怨自己没有碰上好的时机。难道自己费了那么多周折,就是要来看这么一位无精打采的医生吗?苏林医生的态度也让翟老师感到失望。他完全不是她所想象的那样,对她的到来报以热情。他冷冷地、心不在焉地让翟老师坐下,然后命令翟老师把她的衣服解开。干什么?翟老师双手护住前胸,问。苏林医生更不高兴了,他说,听听心音!

当苏林医生知道,病人并不是眼前这个莫名其妙的妇女时,他扬了扬听诊器,说,病人不到场,怎么诊断?真是开玩笑!

翟老师真想一气之下转身就走,你们家苏苏还在我手上呢!她忽然脑子里冒出了这样的念头,她自己都觉得这个念头是非常卑鄙的,俨然是个绑架者嘛!翟老师立即谴责了自己,她为自己从教这么多年,素质却这般低下而深感羞愧。她因此矫枉过正地想,不管苏林医生什么态度,她都不能将其与她的学生苏苏联系起来。哪怕苏林医生将苏姗的介绍信撕掉,把她赶出去,她也不能对苏苏抱有半点报复之心。相反,她要更加重视和爱护苏苏这个学生。唯有如此,她才能不辜负人民教师这个光荣的称号。同时她也相信,苏林医生作为一名本市的头牌胸外科医生,他一定不会做出过分的事。她因此向他提出请求,希望他能跟她去家里一趟,理由是,她的男人,著名小说家(翟老师居然在这样的场合把这一头衔抬出来,可见在她价值的天平上,小说家这个称号也并非一文不值)朱子华是个怪人,他已经病得不轻,却死活不肯到医院来就医。

苏林医生坐下来,以不屑的口吻问翟老师,你怎么知道他已经病得不轻?你不是医生,你怎么就这么肯定?

翟老师说,他一天到晚叹息,作深呼吸,他胸闷得那么严重,而且他还伴有干咳,难道一点问题都没有吗?

苏林医生略做沉思,说,这倒是真有问题了!接着他伸出他的两根手指,在空中划了一下,说,看来是心脏的问题,当然,也许是肺!

他的动作,在翟老师看来,是以手指代替手术刀,他已经在朱子华的胸口划了一刀。翟老师的心不由得一阵紧缩。

你能跟我去一趟吗?翟老师声音颤颤地请求苏林医生。

苏林医生终于从他的座位上站了起来。他很勉强地笑了一下,说,还没有这样的先例呢! 不过,我愿意破例一次。我想见识一下,著名的小说家,究竟是什么样的一个人。

十

昨天,在我的电梯里,先后有两个年龄相仿的妇女分别向我打听苏林医生的办公室。她们的神情怪怪的,与普通病人不同。我对其中的一个说,我不知道苏林医生,也不知道他在什么地方办公。这个女人虽然看上去有五十多岁,但她长相不错,还涂着很好闻的香水。并且这香味让我觉得似曾相识。我看她的样子有点鬼鬼祟祟,不想把苏林医生的办公室告诉她。另一个妇女穿着古板落后,脸上没有一丝笑容,她看上去像一名教师。你知道我一向对教师有恐惧的心理,我怕见到教师,并且不敢对着他们撒谎。因此我像回答提问一样把苏林医生的办公室告诉了她。但我又对她说,苏林医生从不轻易会客的。然而过了不久,我就看到她和苏林医生肩并肩地从二楼下来了,他们一起向医院大门口走去。这有点奇怪,这个妇女是苏林医生的什么人? 是他的老婆吗? 不对,我听说苏林医生是个鳏夫,他的老婆20年前就死了,据说是被苏林医生亲手害死的。那么她又是谁呢? 不会是苏林医生的妹妹吧?

那个小儿科的护士冉依菩,已经有好几天没有出现了。她到哪里去了呢?她这么好几天不上班,医院里不扣她的奖金才怪呢!如果我是院长,就要扣她的奖金。她好几天不来坐我的电梯,我感到空虚极了。今天早晨,我懒懒地睡到8点才来,我觉得每天要准时来开电梯,这真是件无聊透顶的事!

一个死人被推进电梯里来了。由于白布蒙盖着全身,我不知道是谁。他(她)要去太平间了,没有人会鼓掌欢迎。等他(她)出了电梯,我忽然想,这会不会是小儿科护士冉依菩呢?我这么想毫无道理。

十一

冉依菩在前往医院的途中,被一辆摩托车蹭了一下。当时她出门不久,肩头的坤包带子有点像要滑下来。冉依菩耸了耸肩,想把带子耸回到肩头去。这样一来,它反倒全落了下来。她因此不得不抓住包带,要把它在肩头挂好。就在她一斜肩的时候,摩托车从她身后蹿出来,撞击了她的臀部。她当然被撞倒了。她倒在地上,觉得臀部很痛。她非常担心,她身体的什么部位被撞坏了。她着急得想要哭出来。

这时她感到自己的身体被一双强有力的手抬起。她终于看清这个人了,这个戴着头盔的肇事者,一边把她抱离地面,一边对她说,我送你到医院去!

冉依菩觉得自己轻得像一片羽毛,被这个人托举到了空中。这时候,如果她伸出双臂,像鸟儿一样扑腾几下的话,她一定就能飞起来。这种感觉奇妙极了。

我送你到医院去!这人把冉依菩放进一辆出租车,然后除下头盔说。

冉依菩看清了这个人的面孔,这张脸给了她更加奇妙的感受。她忽然从出租车里钻了出来,说,我不要去医院!

冉依菩这样说很没道理,其实她有双重的理由到医院去。她挎了小包出门,不就是要去医院与苏林医生会面吗?现在她出了事,被摩托车撞倒了,当然应该去医院查一查,是不是有什么严重的后果。然而她却从出租车里钻了出来,对摩托骑士说她不想去医院!

骑士又一次伸出手,抓住了冉依菩。也许他只是担心她跌倒。她受伤是否严重,他无法知道。而冉依菩却再一次感到,自己被骑士托了起来,如果她张开双臂,就能轻盈地飞到空中去!

你怎么啦?还是去医院检查一下吧!骑士把她拉过来,这样对她说。

她顺从地靠近了他的摩托车,她对他笑了笑。

骑士有理由认为,她受伤一定不是很重,也许仅仅是擦破了一点皮。但是他不敢肯定这一点,他觉得不管怎么样,都应该到医院去检查一下。只有让医生来作出乐观的鉴定,他才能真正放下心来。不过,他的心情比之刚出事时,确实要轻松多了。你看,她居然动作麻利地从出租车里钻出来,并且冲着他嫣然一笑。她一定不会有太大的问题,这是可以根据现象来分析的。但是,不管怎么样,他仍坚持,要带她到医院去作一个检查。他说,既然她能够走动了,并且臀部也不像刚才那么痛了,她是不是可以考虑坐他的摩托车去医院?

冉依菩没说什么,她自顾坐上了他的摩托车。摩托车发动了,向前行驶了。冉依菩伸出双手,将骑士的腰圈住了。她发现他的后背很宽阔,很厚实。车速越来越快了,冉依菩的头发飘起来了,衣裙飘起来了。她感到自己的身体也飘起来了。她是不是在空中飞翔?耳边风声呼呼,她在飞,在城市的上空,在夜晚的空中,在各种芳香混杂的空中,飞飞飞。

她突然把头靠在骑士的肩膀上,她对他耳语道,不要到医院去!到某某街某某号去吧!那儿正在举行一个神秘的派对。我们一起去参加这个派对,好吗?

她记得,他回头看了她一眼。她看到了她头盔里的眼睛。她又对他笑了笑,同时把他的腰搂得更紧了。

当灯光变成蓝色,舞池里的人看上去像是一群幽灵。他们的牙齿和眼睛,闪发着粼粼的光。音乐像一阵阵风,把冉依菩没有重量的身子吹动。我们想象,那一刻的她,像一套晾在户外的衣裙。或者,就是流动的水中一根修长的水草。

冉依菩有一种融化的感觉。在这非同寻常的蓝光之下，在这蓝色溶液般的光线下，她觉得自己在流动，在绕着这个摩托骑士水一样流动，风一样流动。

蓝光消失之后，有人给在场所有的男士发了一块蓝色的织物。这些手帕一般大小的织物，仿佛就是用刚才的蓝光剪成。所有男士的眼睛都被蒙上了。奇特的音乐从天边传来——不，更像是从地下冒出来的。这些因蒙上了眼睛而变得怪物似的男人，开始像虫子一样蠕动起来。他们长长地伸在身体前边的手，像章鱼的触角。这些触角在奇特的音乐吹拂下，漫无目的地舞动。它们撩拨着女人的头发，女人的身体。它们抚摸着它们所能抚摸到的东西，那柔软温热的物体。

冉依菩坐在一个角落里，她显得很安静。这时候，她又感到臀部的疼痛了。是的，这时候她才想起苏林医生。她本来是要和他一起来参加这个派对的。可是，她梦游一般与一名摩托骑士一起到这里来了。此刻，他还在他惨白的办公室里等她吗？他会给她家里打电话吗？他会在城市的迷离夜色中四处找她吗？

一双手打断了冉依菩的遐思。这双手触摸到了她的肩膀。这双手像一个梦游者，开始在她的身体上游荡。它从她的肩头，开始向下滑动。它摸到了她的胸脯，它在她的胸脯上徘徊了一阵，然后兵分两路，分别顺着她的两条手臂前行。那游动的手指，终于和冉依菩的指头汇合了，那是一种若即若离的接触,它使得冉依菩的手指,也像梦游者一样游荡起来了。那两只波动着的手,后来一下子落到了冉依菩的大腿上。它们落到大腿上,便停留在那里不动了,像是摔伤了一般。它们在冉依菩的大腿上睡着了。不过它们很快就醒过来了,它们继续开始游动。它们先是在她的腿面上流淌,在膝盖处制造出两个漩涡。后来,它们向她大腿的更深处漫游。冉依菩忽然有了被电击的感觉,她止不住呻吟了起来。她一定是呻吟了,而人们之所以听不到,只是因为音乐。音乐像一块丝质物,把现场许多微妙的东西都轻柔地覆盖住了。最后,冉依菩紧紧地抓住了这双手,这双年轻的摩托骑士的手,被牢牢地锁定在冉依菩饱满的两腿之间。

这个穿过城市之夜的派对,在凌晨结束了。面对他要用摩托车送她回家的决定,她是这么说的,我不要回家,我永远都不要回家了!我也不想去医院,我永远都不要去医院了!

十二

朱子华左手拎一只热水瓶,右手拿着脸盆和痰盂,他跟在妻子翟老师的身后,走进了某某医科大学附属医院的住院部大门。他像一个听话的孩子,从他这一刻的表情看,谁对他发出指令,他都会顺从地去执行。他的脸色有些黄,而下午的阳光也把城市的天空染成了橘红色。从我这个角度望去，小说家朱子华踏进医院住院部大门的刹那场景，是一张被彩扩社印得偏色了的照片。

翟老师几乎是哭着带朱子华到医院来的。直到他们从5路公共车上下来，翟老师还在哭。此刻她的泪痕还依稀可见——如果你比较细心，并且视力不错的话。一路上，朱子华多次阻止翟老师的哭泣，他希望至少在公共车上，她不应该流泪。车上很挤，她一把眼泪一把鼻涕的，一定会受到许多人的厌恶。人们当然不想让她的眼泪或者鼻涕涂抹到他们的衣裳上。朱子华说，你哭什么？我不会有事的！翟老师听他这么说，哭得更凶了，她边哭边说，苏林医生说你有事，就一定有事了！

对翟老师来说，这次带丈夫来住院动手术，也许就是一次人生的诀别。她有这种预感。因此她悲伤地哭个不停，完全是有道理的。不过，一旦走进医院，翟老师就不哭了。她觉得，到了现在再哭哭啼啼，就会耽误许多事情。至少会影响在病房中抢占到一个较好的床位。翟老师的动作非常麻利，她几乎像魔术师一样，在转瞬之间就将他们带来的东西——摆放到恰当的位置上了。作为一名班主任老师，擅长摆布应该说是毫不奇怪的。

苏林医生到病房里来了，朱子华再次看到了他。光线从户外投射进来，给苏林医生的身体画上了一个闪亮的轮廓。而他的脸，则相对来说有些暗，显得模糊不清。这样的形象给人以高深莫测的印象。朱子华的感觉就是这样的。在此，我真的没有更好的办法来描述朱子华的心情。在我的这篇名为《漆黑时刻》的小说中，作为小说家的朱子华，和他笔下的人物苏林医生，到底应该是什么样的关系，我不可能向你，亲爱的读者，完全解释清楚。因为你知道，一切都只是我的虚构，情节和人物都来自我脆弱的想象。你若是来个追根究底，或者对此搞点逻辑论证，那么我当然是不堪一击的。我会被你一声不屑的"哼"打得落花流水。真要谢谢你的宽容！那么，就让我们的游戏继续下去吧！

朱子华凝视着苏林医生，他不由得对这个身着白大褂的医生产生了一丝惧怕。应该说，病人惧怕医生，学生惧怕老师，下级惧怕上级，小偷惧怕警察，某些男人惧怕老婆，这是再正常不过的。朱子华的情况却要复杂得多。他忽然觉得，站在逐渐暗淡下去的光线前的苏林医生，不像是一个具体的存在，倒像是一个黑乎乎的缺陷。对朱子华来说，竭尽所能去填补这个缺陷，其实是比摘除自己胸腔里的异物更为重要的。他的目光越过苏林医生，投向窗外白昼将尽的天空，他看到，那白日的余晖，那越来越绵软的光线，那些来自宇宙深处的悠长的光线，到了苏林医生这里就自动断裂了。或者说，它们从广袤的长空飞奔而来，却被苏林医生并不高大的身影悄无声息地吸收了。朱子华感到了恐惧，一种沉重的恐惧降临了。夜色浇注到了城市之中。

朱子华想起了他的电脑。他在苏林医生离开他的病房后,突然提出要翟老师立即回家把它搬到病房里来。不容翟老师抗议,他紧接着表示,如果不这样做的话,他将转身回家,拒绝接受任何治疗。翟老师感到非常吃惊,她难以理解,电脑在这时候会是如此重要。她尖声叫起来,她说,明天你就要动手术了,今天一定要把电脑搬来? 你是不是神经有了问题?

朱子华象征性地拿起他们带来的痰盂,准备回家。翟老师把痰盂夺走,他又拿起热水瓶。当翟老师将所有的东西都夺走,朱子华再无东西可拿的时候,他表示即使空着手,也要回家。事情到了这一步,翟老师只有拿起哭的武器,她在病房里大声哭了起来,并且在别人的劝慰下呈现出越哭越烈的趋势。

谁也没有料想到,朱子华竟然在翟老师的哭声中爬上了窗台。一位病友及时发现了这一情况。于是翟老师的哭声戛然而止。你要干什么? 许多人同时这么提问。

朱子华蹲在窗台上,像一只猴子。他笑笑说,我要跳下去!

有人提醒他,一般人从五楼跳下,即使不死,也会落个终身残疾,甚至变成不幸的植物人。朱子华说,他要跳下去,就是希望死。

最后翟老师不得不作出让步,她表示,等护士来安排好明天的手术准备之后,她立即回家去取电脑。翟老师走到病房外,对一个素不相识的病人说,她丈夫的病很重,是一种很不好的病,她因此对他所提出的所有无理要求,都决定予以满足。她计算了一下,用出租车将电脑从家里运到这里来,大约需要22元钱。如果让司机帮助搬上五楼,说不定还不止这个数。陌生的病人表示,到时她可以下楼去帮翟老师一起搬。翟老师谢绝了她,她说,她不能让一个病人,尤其是陌生病人,帮她搬东西。她的话引起了陌生病人的不快,后者脱口说出一段非常情绪化,却又不乏哲理的话,陌生病人是这样说的:有病又有什么关系?谁没有病?有病是因为知道有病,没有病是因为不知道有病。

十三

在苏林医生办公室,翟老师在家属签字栏中写下了自己的名字。她的字写得很大,教师都习惯把字写得很大,为的是要让所有的学生都能看清。她一边签字,一边哭了。苏林医生严肃地制止了她。她于是停止哭泣。这时候她感到口渴极了,她向苏林医生提出能不能给她喝一杯水。苏林医生环视了一下办公室,都没有找到水。最后他取过他桌上的杯子,递给翟老师说,里面还是隔夜的半杯茶,如果你实在渴得不行,并且不在乎的话,就喝它吧。翟老师想乎也不能在乎,她突然感到渴极了,是一种突至的火烧般的渴。她活了这么多年,当了这么多年的教师,一天到晚对着孩子们几乎喊破了嗓子,还从未这么渴过呢。她感到奇怪,不知道这渴从何来,并且怀疑这感觉究竟是不是渴。如果不是渴,那又是什么呢?现在翟老师想的就是水,不管是什么水,她都能喝下去。她相信半杯水下去,这种怪异而令人难受的渴就会被遏制,至少会得到缓解。翟老师迅速回忆了一下,想知道自己这一天到底吃了些什么多盐的食物,以致引起这般强烈的、令人不堪的渴?回忆的结果是,这渴来得莫名其妙,匪夷所思。这简直是一种邪恶的感受,难道说,伴随着丈夫手术而来的,将是这种奇怪的袭击?

翟老师接过苏林医生的半杯残茶,一饮而尽。

朱子华的腋毛和阴毛,已经被年轻的护士用剃刀刮去。他换上了桌布一样的病号服。他即将就义似的站了起来,他警告在场的所有人,都不要擅自将他的电脑关闭。他特别对妻子翟老师说,要是他的这一请求得不到最后满足的话,她将承担全部责任。他把话说得很严重,语气阴沉,仿佛他的生命是与这台电脑连在一起的。

这令同病房的病友及其家属感到有些紧张,他们一致将目光投向朱子华床头柜上的电脑。他们无法理解,朱子华为什么要提出这样的要求。后来病友的家属问,这东西,费不费电?翟老师很不友好地对她说,电费由我们来支付好了!

将朱子华送进手术室之后,翟老师回到病房里尽情地哭了一通。生离死别的感觉让她哭得非常畅快。在她的痛哭行将自动结束之际,同室病友的家属过来搂住翟老师的肩,希望她能够像她一样坚强起来。她向翟老师介绍说,她的丈夫,也就是一声不吭躺在病床上的那个光头男人,即将进行的是平生的第四次手术。她说,他已经开过三次刀了,没关系的,就像把一只包的拉链拉开来,又拉上。她的比喻让翟老师破涕为笑。

在哭和笑相继进行过之后,翟老师忽然觉得无事可做。最后她决定坐到电脑前去,这样做,至少让她觉得她是在忠实地护卫着这台丈夫的电脑。当然,开始阅读这篇小说,是她坐到电脑前之后,才临时决定的。

翟老师这是第一次阅读小说家丈夫所写的小说,并且还是没有发表的、尚未完成的作品。他们结婚那么多年了,她竟是第一次,在医院的病房里,在这样的心情之下来阅读。她忽然觉得有点对不起丈夫。作为一名教师,她常常鼓励学生们要有理想。什么是理想?丈夫的小说,就是他的理想。而她却对他的理想冷漠至此!作为一名小说家的妻子,她竟然从未读过一篇他的作品,这不知道是小说家的悲哀呢,还是小说家妻子的悲哀。翟老师感到了悲哀,这是一种并不能用泪水来表达的内心痛苦。她一行行地读着,一页页地往后翻。她为这篇小说而感到震惊。它不仅向她展示了许多她非常熟悉的东西,同时也把更多陌生的感觉带到她面前来。翟老师因她丈夫的作品而感到了恍惚,她无法肯定此刻自己是坐在一台电脑前呢,还是行进在这篇小说中。她感到整个世界都在飘忽,时间和空间,像窗外的生烟草的香味，被风从远方带过来，又送到远处去。她其实已经抬腿跨进屏幕中去了，跨进小说中去了，她专注地行走着，以致发现一些错别字都无心将它们改过来。要知道，一名教师对错别字的敏感，是远甚于其他种种敏感的。她无心改正朱子华作品中的错别字，说明她已经完全融化进这部未完成的作品中了。

一阵强大得要将人彻底摧毁的疼痛，忽然袭击了翟老师。她的身体在电脑前晃了两晃。她差一点倒下来。当她终于将自己稳住后，一缕鲜血从她的口角蜿蜒而出。她用自己的手，将这缕鲜血接住了。她看到了它的颜色，鲜红得刺目。很快这缕鲜红就在翟老师眼前退去了，病房里的灯，发出了强烈的光，几倍于正常灯光的光。这强光越来越强，让病房里的物体（包括另外两个人）都消失了轮廓。眼前的电脑，也被白色的强光穿透。强光统治了一切。

翟老师闭起眼睛的同时，听到一声并不太响，但绝对尖锐的爆裂声。随着这一声响，强光消失了，一切都深埋于黑暗之中。翟老师的口里喷出一大口黑色的血（在浓重的黑暗中，有什么东西不是黑色的呢？），一头栽倒在黑暗中。

十四

说一说手术室里的情况。同样是一阵强光之后，一切都消失了。而彼时，朱子华的胸腔已经被打开（就像一本书被翻开。而此时朱子华那篇写了将近五年但至今尚未完成的小说，却在电脑里彻底消失了）。当——有人听到手术室的地上发出了一声清脆的响，是什么东西落到了地上？是手术刀吗？如果苏林医生不把它抓在手上，那么他到哪里去了呢？他是随着朱子华小说的消失而消失了吗？在我的理解中，应该是这样的。

十五

是的，当她走进电梯，把她所特有的香气弥漫进电梯里之后，电梯忽然卡在半空中不动了。这是一阵强光之后的黑暗。电梯里一团漆黑。我没有想到，她在失踪了一星期之后，又回到医院来了，又走进我控制的电梯里来了。我听到了她黑暗中的喘息。我不知道她为什么会发出这种声音。我把她紧紧地抱住，把她挤压在电梯壁上。我撕去了她身上所有的织物，她只尖叫了两声，就安静下来了。我感到她在我的怀里像一条滑腻的鱼儿，我相信，只要我一不小心，她就游走了。最后我把她固定住了。我听到从我的身体里爆发出一阵巨大的轰鸣，我和她都在黑暗中倒下了。电梯里冰凉冰凉的，像一块没有形状的黑色的冰。

戏 衣

　　龙阿姨说,镇子东栅头的文化站里,正在敲锣打鼓演戏呢,许多人去看热闹了! 观音桥堍的豆腐店,里面只有一个职工,大家都叫她龙阿姨。龙阿姨的儿子读书很聪明,刚刚考上大学,到武汉去读书了。龙阿姨想去文化站看演戏,因此就干脆关了门,去看戏了。她极力怂恿黄鸿飞跟她一起去看:"又没有生意,你憨卵一个坐在这里干什么?"

　　高中毕业前夕,一堂体育课上,一枚铅球落在了黄鸿飞的右脚。他的脚板被砸得不轻,有多处骨折。黄鸿飞的脚打了石膏,支了根拐杖瘸了一个多月。扔掉拐杖以后,他走起路来,好像右腿短了一点,给人怪怪的感觉。不过有人说,黄鸿飞脚被砸坏之后,看上去风度反而变得好了。他走起路来,微微摇摆,很有点派头。

　　黄鸿飞的父母,都是普通的工人,他父亲在农机厂工作,是个电焊工。他母亲是服装厂的职工,整天埋头缝纫。几十部缝纫机串在一个马达上,黄鸿飞的母亲,也像是串在马达上的一部机器,一天到晚在轰隆隆的声响中机械地干活。她回到家里，脾气特别坏，说话特别大声。显然是因为被轰隆隆的马达憋坏了。黄鸿飞脚坏了，不能分配工作。黄鸿飞的父亲是个老工人，他在农机厂，钳工车工装配工，他都做过。现在是电焊工。他心灵手巧，会修闹钟，会做衣架，会用轴承做溜冰鞋，还会修自行车。他好像什么都会。有一天，他决定让儿子黄鸿飞学修自行车。他弄了一辆旧自行车来，让黄鸿飞拆掉，又装起来。在他的指导下，黄鸿飞拆拆装装，弄了几遍，就基本学会修自行车了。黄鸿飞于是在小镇的观音桥堍摆个修自行车的摊头，就算有了工作，可以自食其力了。

他很喜爱这份工作。每天一大早，他就背着工具箱，以及一副大饼油条，往观音桥而去。到了那里，在一棵大树下，他放下工具箱，从里面取出一个热水瓶，一个茶杯，给自己泡一杯茶，就吃起大饼油条。往往是咬了几口，就有生意了。他就将吃剩的大饼油条放在工具箱上，开始干活。这时候正是上班时分，人家的自行车纷纷出笼了。自行车在家里放了一夜，骑到上班的路上，有的发现龙头歪了，有的则轮胎没气了，有的刹车不灵了，还有的呢，觉得车子一骑就喔当喔当响，于是就到观音桥堍，请黄鸿飞修一修。

"你一边修，一边吃好了！"总会有人这么劝黄鸿飞，因为放在工具箱上的大饼油条十分显眼，上面留着月牙痕。但黄鸿飞不吃，专心致志地修，连茶都不喝一口。他热爱这份工作，无论什么样的毛病，他都能把它修好，他以此为乐。

而别人的信任和夸赞，更是让他心里有一种甜滋滋的感觉。

轮胎没气，这是最普遍的毛病。一般都是小橡皮破了，换上一个，打足了气，就好了。也有被钉子或碎玻璃等锐器扎破的，这就要把内胎取出来，用马头牌胶水速补。但这也用不了几分钟。黄鸿飞继承了他父亲心灵手巧的传统，他总是能手到病除。

忙过一个早上，他一般就能闲下来了。闲下来他也还是坚守工作岗位，并不到处去闲逛。人说"结巴爱说，瘸子爱走"，黄鸿飞不是这样的，他是小瘸，他不爱走动。他在观音桥块的大树下，坐在一张小板凳上，没有生意的时候，也安安心心地坐着，看看过往行人，想想心事。

黄鸿飞被龙阿姨说动了心。文化站那么小的一点地方，能演什么戏？螺蛳壳里能做什么样的道场？他有点好奇。他终于决定去看一看了。他把挂在树杈上的一只自行车轮胎取下来，放进工具箱里。这只轮胎是他的幌子，挂在树上，就表示"营业中"。他锁好了工具箱，又用一根链条锁将工具箱锁在树干上。小板凳也串在链条锁里一起锁住了。

他跟在龙阿姨的后头，另外还有一些人，大家都兴奋得很，一路几乎是小跑着，很快就到了东栅头。

文化站果然在演戏。一拐过街角，他们就听到锣鼓声了。

一间会议室里,已经挤满了人。外面也挤了很多人。其实也不是演戏,只是彩排而已。黄鸿飞挤到窗子口,往里看,只见一班琴师坐在那里摇头晃脑地吹拉弹奏。有拉胡琴的,有弹月琴的,有弹扬琴的,还有敲锣打响板的。个个都很认真,像模像样的。其中打响木的一个老头子,黄鸿飞是认得他的,他是中学里的一名退休教师。他那时候在学校里,什么课都不会教,所以学校让他负责管理图书馆。没想到他还是一个戏曲爱好者。他坐着,一本正经地敲响木,都不知道自己的衬衣纽扣扣得歪了。第一颗纽扣,扣在第二个纽孔里。第二颗纽扣,当然只能钻在第三个纽孔里。以此类推。显得很滑稽。更可笑的是,他的鼻子上,挂了一道清亮的鼻涕。哈哈。

听边上的看客叽里咕噜地说,黄鸿飞渐渐明白了,会议室里是在进行彩排,表演的是一段越剧清唱。这个节目,明天要到县里去参加戏曲节。

黄鸿飞很快就被这个穿了戏衣正幽幽怨怨唱着的女人吸引了。以前黄鸿飞对中国的传统戏曲,是一点兴趣都没有的。不管是什么样的戏,京剧也好,锡剧也好,越剧也好,沪剧也好,他都不喜欢。他不光不喜欢听,还讨厌他们穿那种乡里乡气的艳俗的戏服。那些古代衣裳,穿在身上,就像是从棺材里倒出来的一样。要是夜里起来小便,一开灯,眼前出现一个穿着这样衣裳的人,黄鸿飞一定会被吓死。黄鸿飞喜欢听流行歌曲。他特别喜欢张行的歌,虽然

142

他不太会唱，但张行的歌，他每一首都是熟悉的。他坐在观音桥塝的一天天，总能听到斜对面一个杂货店里放张行的歌。他们有一只录音机，一天到晚开得震天响。如果是放迪斯科音乐之类的，黄鸿飞会觉得太吵，脑门都有点痛。但要是放张行的歌，他就觉得很愉快，一天的心情都很好。

这个女人是谁呀？她穿了这身戏衣，怎么就那么好看呢？简直不像是人啊！但肯定不是一个女鬼。她就是一个仙女呀！她的脸，虽然画了油彩，像一个面具，但是，她的眼波流转，是那么动人。她的手势，她的身段，她一甩水袖的样子，看上去仪态万方，把黄鸿飞的魂都勾了去了！

她的唱腔也是那么动人。她的嗓音清脆婉转，幽幽怨怨的，真是好听啊。她在唱什么呢？黄鸿飞认真地听，也就听出来了：

三杯酒，一撮土，两眼模糊泪已枯。愁肠百结如刀割，咽喉噎住口含糊。我满腹辛酸难倾诉，可怜我人前不敢唤亲夫，我只得放声痛哭哭一声哥。你为我抛亲别母离乡井，你为我失去珠凤着了魔，你为我卖身投靠到吏部府，你为我冒认媒婆作姑母，你为我改名换姓把小人呼，你为我不惜斯文甘作仆，你为我蓝衫撇下换青罗，你为我甘心忍辱作家奴，你为我堂堂一榜蟾宫客，不想连捷去京都……

原来她唱的是《双珠凤》啊,是"祭夫"那一段嘛!黄鸿飞虽然讨厌戏曲,但是,在这个江南小镇上,到处都是喜欢越剧沪剧的人,耳濡目染,几出著名的戏他是知道的,也把几段著名的唱腔听得熟了。在他的耳朵里,唱越剧很土,乡下老太太才喜欢的,一句话要唱半天,现在哪个年轻人会喜欢它呢?但是,现在会议室里这个女人正咿咿呀呀地唱,一字字一句句,清清楚楚地送进黄鸿飞的耳朵里,字字句句将他打动了。原来越剧这么好听啊!黄鸿飞觉得自己的眼眶都湿润了,他终于也为古人而伤心了,真是叫他自己都不敢相信。

我茶不思头不梳,深闺懒把脂粉敷。错怪你负心撇了我,哪知道你遭人陷害赴阎罗。我为了你主婢双双来出走,迢迢千里赴长途,千辛万苦来寻亲夫,都只为我终身两字已经托哥哥。实指望来到洛阳地,把手倾肺腑,珠凤成双对;明珠倾合浦,花开并蒂逢笑河。哪知道满天欢喜付清波,只落得三杯浊酒来祭亲夫。我是叫一声哥哭一声夫,为什么我哭破了咽喉你半言无?

这个女人在丝竹声中,唱得声声带哭,甩着水袖,转几下腰身,就好像真的像仙女一般,会飞起来。

黄鸿飞呆呆地挤在人群中,被边上的人挤得东倒西歪,他也不管不顾。他的眼光,只是钉子一样钉死在那个穿着古代戏衣的女子身上。他的心,随着她甩动的水袖而飘飘忽忽。他已经完全沉浸到了这种遥远年代悲哀伤感的气氛中了。仿佛他也是一个古人,穿着怪怪的很滑稽的衣裳,在洛阳城里不由自主地走着。女人幽怨悲伤的唱腔,被一阵阵北风送来,断断续续的。自己是人还是鬼?是不是那女人要找的丈夫?如果正是他,那么,他就是一个屈死的冤魂了。多么想上前,拉住女人的手,叫她一声"娘子"。然后将她拥入怀中,感受她软软的身体,温暖的体温。用自己的衣袖,擦去她的泪水,让她不再悲伤,不再幽怨,让她愁肠百结的心,舒展开来,让她的脸上,绽开花一样的笑容。但是人鬼阴阳相隔,纵使相见,也不能相拥,一个热身体,一个冰凉的鬼魂,又怎么相拥在一起呢!

女人早就唱完了。一班琴师也都散了,只有挂着清水鼻涕的退休教师,还在收拾着东西。会议室内外的看客,也都走得差不多了。但黄鸿飞还呆呆地立在窗外,呆呆地看着里面。唱戏的女人不知道哪里去了?她是在洛阳路上走远了,还是在古代哪一个微茫的角落里躲着藏着?

黄鸿飞惆怅得不得了,他突然感到了时代阻隔的可怕。他分明看到一个鲜活的女子,刚才还在他眼前咿咿呀呀地唱,唱得他心旌摇荡,唱得他心碎,可一转眼,她就不见了。她在她的古代,古代那么远,远比洛阳远,他到哪里去找她呢?要是她在洛阳,可以坐火车去,两天时间,也就到那里了。即使在那里见不到她,也可以感受到她的存在呀。抬头看同一片天,低头走同一条路。吃的是同样的水,呼吸的是同样的空气。可她在古代,这就麻烦了。古代是一个什么样的地方呢? 看不见,摸不着,坐火车坐飞机都无法抵达。而且我们离古代,只会越来越远,因此它只可能越来越模糊,越来越冰冷。

会议室内,只剩下黄鸿飞一个人了。他呆呆地站在窗子口,突然从窗玻璃中发现了一个人,那是他自己。他被自己在窗玻璃中的影子吓了一跳。玻璃中他的影像,就像一个鬼,正以一副呆滞的面孔,和一双闪亮的眼睛对着他。幽暗玻璃中的他,不会是一个古人吧? 那就是古代吗? 那个冷清的场所,孤独的人影,就是古代吗?

"你在那里干什么!"一个清亮的女声,在黄鸿飞的背后突然响起。这一次,他受了更大的惊吓。他的身体很厉害地颤动了一下。转过头来,发现了一个女人。她已经脱去了戏衣,擦掉了脸上的油彩,一脚从古代跨了出来。黄鸿飞不需要从她的脸上辨认出戏剧油彩的痕迹,她的一双大而忧郁的眼睛,一下子就让黄鸿飞认出来,她就是刚才唱戏的女子! 她的个头看起来比刚才穿着戏衣要略高一些。她皮肤白皙,简直白得耀眼。见黄鸿飞吓得一哆嗦,转过身来还是一脸的惊恐,她不由得笑了:"我又不是鬼!"她的笑容真是妩媚极了! 黄鸿飞觉得,她的笑,比她刚才唱戏时脸上的悲伤,更加令人心痛。他看清楚了,她的鼻尖略似鹰

146

钩,鼻子左侧还有一颗小小的黑痣。他看到那颗黑痣突然动了,它飞起来了,像一只苍蝇,嗡嗡嗡地飞走了。不过它没有飞远,它在空中打转。他觉得自己变成那只苍蝇了,他嗡嗡地飞起来,在空中打了两个转,然后停歇到了女人的鼻子左侧。他不见了,他成了她左侧的一颗美人痣。

女人叫戚佳萍,黄鸿飞第二天在县文化馆礼堂外的海报上看到了这个名字。越剧清唱《双珠凤·祭夫》演唱者:青湖镇文化站 戚佳萍——上面这么写着。

黄鸿飞决定第二天到县城去,去县文化馆看女人的演出。他这么决定之后,几乎一夜无眠。女人的影子,一整夜在他眼前飘来舞去。她一会儿穿着戏衣,悲悲切切;一会儿又取下脸上的面具,以她的洁白照耀着他。"你在那里干什么?"她突然把她的脑袋取下来,拎在手上,手上的脑袋怒睁了一双眼睛,这么问他。

他一大早就出发了。拿了一副大饼油条,上了小镇开往县城的头班车。由于没有带水,他几次噎住了。噎得很厉害,他以为自己会被噎死。他因此把只咬了几口的大饼油条扔掉了。他看到了车窗外农田里浮起的晨雾,梦幻一般延伸到天边。汽车就像一艘颠簸的船。一切都像梦境那么不真实。他多次在车厢里搜寻,以为女人也会坐这一趟车前往县城。她,还有一班琴师,也都坐在这个车厢里吗?

没有。

他开始怀疑事情的真实性。今天在县城,真有一场群众文艺会演吗?她果真会再一次穿着可疑的戏衣在台上出现吗?她难道不是一个真正的古人吗?她会真实地出现在他眼前吗?她鼻子左侧的黑痣还在不在呢?如果那颗黑痣不见了,也许是被油彩盖住了。也许它本来就是黄鸿飞脑子里的幻象。

在县文化馆礼堂门口,黄鸿飞和检票员发生了争执。他没有入场券。"你是哪里的?"检票员问黄鸿飞。他不告诉他哪里的。他只是说:"里面空了那么多位子,为什么不让我进去?"

他们争执不休。黄鸿飞试图冲进去,却被检票员拉住了。

各乡镇的演职人员,还有观摩的人,都在陆陆续续地入场。许多人都替黄鸿飞说话:"反正里面空位子那么多,就让他进去嘛!""又不是什么好戏,请人看还不来呢!"

但是检票员是个死脑筋,他就是拦着黄鸿飞不让进。黄鸿飞想,要是他有一把枪,他一定会拔出来,给他一枪。一枪打在他的脑门上,让他立刻脑袋开花。但他没有枪。他连刀也没有一把。

"你还敢把我杀了呀!"检票员好像看透了黄鸿飞的内心,他大义凛然地说。

黄鸿飞气得发抖,嘴唇发抖,手发抖,全身都在发抖。

"让他进去吧,他和我们是一起的!"这时候,响起了一个好听的女人的声音。戚佳萍来了,她背着一只大大的包,微笑地站在了黄鸿飞面前。她对检票员说:"他和我们是一起的,让他进去吧!"

进了剧场,黄鸿飞的脑子里,还晃荡着戚佳萍的那只大包。他知道这只包里装着一套戏衣,她只要一穿上它,她就跑到遥远的古代去了。遥远的古代,这距离,让黄鸿飞感到缥缈,同时又带给他无以言喻的美感。她在现在和过去之间穿梭自如,因此她是神秘的,她的美丽是那么不可捉摸。她虽然没有翅膀,但她是飞来飞去的。

上午没有轮到戚佳萍演唱。黄鸿飞坐在椅子上,翘首等待她唱。但是,一个接着一个出场,都不是戚佳萍。吃中饭的时候到了,散场了,观众纷纷离去,只留下演职人员,在剧场里吃盒饭。黄鸿飞不敢走出剧场,他怕他一出去,等会儿再进来就难了。想到那个守在门口的检票员,他的心里就蹿起了火,就不由得身子发抖。为了看下午的演出,他绝对不能出去。他们吃盒饭吃得真香啊。他们三三两两,或坐或立,一边说说笑笑,一边大口地吃着。因为剧场里比较暗,黄鸿飞看不清他们的盒饭里有什么菜,但他敏锐的鼻子,却闻到了酱汁大排的香味。还有芹菜炒豆腐干的味道。他饿了,他很饿。他为什么会这么饿呢?哦,他想起来了,他今天大饼油条没吃几口,就扔到车窗外头去了。他应该是早就饿了,只是一直专心地期待着戚佳萍的演唱,才将饥饿忘记了。现在他们喷香的盒饭,诱人的大排和芹菜炒豆腐干的香气,唤醒了他的食欲。他的肠胃叽里咕噜响起来,好像在为食物欢呼。

　　咽了一口唾沫,黄鸿飞觉得自己再不能在剧场里待下去了。他生怕有人过来问他:"你吃了吗?"要是被戚佳萍看见,她过来问他:"你怎么还在这里? 你不吃饭吗? 你不饿吗?"那他就会感到更加尴尬。他的眼光在剧场里扫了一圈,想看一看戚佳萍在什么地方。他要躲开她。那个穿了戏衣的是不是她呢? 好像是,又好像不是。

　　他从侧门走了出去。外面好亮啊! 他知道待在这儿也是安全的,就像在剧场里一样。虽然是室外,但这儿其实还是在剧场里。只有正门才有狗一样的检票员把守。本来黄鸿飞可以在这里待一会,挨过吃饭的时光。但是,这里竟也聚集着许多人,也都是来参加戏曲会演的演职员。他们也在这儿吃盒饭。在几乎是有点耀眼的天光之下,黄鸿飞看清了盒饭的内容。果然,白白的米饭上,堆着金黄色的大排,以及绿得好看的芹菜。每一个吃盒饭的人都那么狼吞虎咽,好像盒饭是世界上最可口美味的饭菜。他又咽了一口唾沫,觉得无处藏身。

　　最后他进了厕所。当然是男厕所。他躲进了厕所。在臭烘烘的厕所里,他的鼻子依然能闻到饭菜的香。他实在饿得很厉害,肚子叽里咕噜响个不停。他用拳头捶了一下肚子,责怪它不该如此乱叫。他把自己打痛了,肚子突然有点痛了。他干脆蹲下来大便。但蹲了半天,什么都没有拉出来。

他一直躲到陆陆续续有人进来方便,男厕所里所有的坑位都被占领了,这才走出厕所。他想,他们肯定都已经吃好了。

戚佳萍出场的时候,竟然断电了。剧场里突然一片漆黑。黄鸿飞的心在一阵喧哗中紧缩起来。他没想到会出这样的事故。他甚至过分敏感地猜测,也许是有人故意捣乱。在他看来,戚佳萍是唱得最好的。他听了一上午,大概有十来个人上台唱了,他觉得他们唱得都不及戚佳萍。有一个男的,唱《沙漠王子》,唱得可以,但黄鸿飞很厌恶他。他不喜欢男的唱越剧,他讨厌娘娘腔的男人。这个男人,他的手势,他的身段,他的发声,都像是一个女人。他甚至还翘起兰花指。黄鸿飞觉得要吐。而对于评委给他打高分,黄鸿飞感到很反感。他觉得给一个娘娘腔男人打高分,这些评委很变态啊!

他认为戚佳萍即使不能得第一,也至少会得第二名。如果是第三名,那就是评委有偏见了,评委喜欢娘娘腔男人。

突然断电,场内有些混乱。一个沙哑的男人的声音,在竭力喊道:"大家安静,在原地不要走动,正在抢修,正在抢修,很快就能修好!"黄鸿飞知道,这个声嘶力竭的人是文化馆馆长,他在演出开始前,曾上台作了发言。后来就一直在台上拉幕。他让大家安静,但台下还是有许多人在敲椅子。翻板椅子敲起来很容易，只要站起来，将坐板摇动，就会发出很响的噼啪噼啪的声音了。在黑暗中，黄鸿飞也站了起来，噼噼啪啪地拍响椅子。他一边拍，一边笑了。他享受到了暗中捣乱的快乐。

舞台上的灯又亮了。戚佳萍再一次出场。她穿着素白的戏装，迈着碎步，在琴声和鼓点中急急地上场。她的眼波流转，将整个剧场都照亮了。她仿佛一直是盯着黄鸿飞这儿看，眼睛里满是哀怨。她在台上风一样吹了一圈，身子杨柳一般飘着，最后在舞台中央站定了。她终于开始唱了：

三杯酒，一撮土，两眼模糊泪已枯……

她唱得真好听啊，她的声音轻轻的，却圆润而具有穿透力，一下子就拨动了黄鸿飞的心弦。黄鸿飞相信，评委也一定像他一样，感觉到了戚佳萍的唱功明显高人一筹。如果他们连这都听不出来，那么他们就是一帮白痴，根本不配当评委。他们只喜欢娘娘腔的男人。黄鸿飞认为，她光凭这开头的两句，就能稳得第一了。确实没有一个人有她唱得这么好。黄鸿飞虽然不是戏曲的行家里手，但从小在江南小镇长大，耳朵里听得多了，什么越剧沪剧锡剧，什么《双珠凤》《珍珠塔》《红楼梦》，每一句唱腔，都似乎是耳熟能详的。谁唱得好，谁唱得不好，黄鸿飞认为自己完全是有能力评判的。如果戚佳萍不能得第一，那么说明评委真的都是白痴。或者他们也不是听不懂,他们是拿了别人的红包。娘娘腔男人一定给每个评委发了红包,所以他最后能得第一。

戚佳萍幽幽怨怨地往下唱,突然麦克风发出了尖利的怪叫。她的演唱因此不得不停下来。"音响师,快调一下!"文化馆馆长沙哑的声音又响起了,他一直站在大幕边上,一边拉幕,一边负责舞台监督。

"好了,好了,继续唱!"馆长挥挥手,让戚佳萍继续唱。

> 我只得放声痛哭哭一声哥。你为我抛亲别母离乡井。

她的声音更哀怨了,几乎带着哭腔。黄鸿飞看到,她的眼眶里滚动着泪水。而他的鼻子也一阵发酸,眼睛潮湿了。

麦克风的尖叫,又响起来了。戚佳萍的演唱,不得不再一次中断。台下发出了一阵哄笑,剧场里变得很混乱。黄鸿飞看出来,许多人是在幸灾乐祸。他们巴不得戚佳萍出洋相,巴不得她失败,他们不希望她有更完美的表现,不希望她得大奖。在黄鸿飞看来,剧场里的许多嘴脸,都是阴险的。他要是有一把枪,他会拔出枪来,对准一些明显在瞎起哄的人开枪。他要让他们为他们的嫉妒和邪恶付出代价,让他们脑袋开花!

"怎么搞的! 怎么搞的!"馆长沙哑的声音,显得十分滑稽。

　　麦克风第三次捣乱,在戚佳萍的演唱中发出尖叫时,戚佳萍再也控制不住自己了,她在台上掩面哭了。她是真的哭了,而不是为了戏文里的悲剧流泪。她在台上掩面哭了几声,就赌气走了。她走掉之后,台上空空的,只有角落里一班琴师在那里傻瓜一样坐着。灯光把他们照得很亮。黄鸿飞看到,打响木的退休教师,鼻子底下又挂起了一道亮晶晶的鼻涕。

　　台底下发出了非常邪恶的哄笑。剧场里的气氛,邪恶而热烈。

　　黄鸿飞恨这个剧场,恨这剧场里所有的人。但他不知道应该用什么方式来表达自己的仇恨。他走出剧场的时候,回头看看剧场,希望它能突然倒掉。他尝试着运用自己的意念来使剧场坍塌,他脑子里很用力很用力。但是剧场并没有倒。他于是绕到剧场后面的角落里,对着墙撒了一泡尿。

　　回到家里,黄鸿飞遭到了父亲的责骂:"一声不响跑到县城去了,你去干什么？你生意不做,到处乱窜,你的脚比别人更能跑吗？"

　　连自己的父亲,都挖苦他脚的残疾,黄鸿飞感到悲哀。

　　他更为戚佳萍感到悲哀。愤懑不快的情绪,这几天一直笼罩着黄鸿飞。戚佳萍穿了戏服的影子,就像光一样在他眼前飘来荡去。在很深的夜晚,她的影子飘着,就像一个屈死的女鬼。冤啊……他听到她声音颤抖地说。他迷迷糊糊地睡着了,她的脸便向他贴过来,满是微笑。他睁开眼,却又看到了她的一副愁容。冤啊……她说。

他后悔自己没有在县文化馆礼堂造成更大的破坏。他可以踹掉一大排座椅,把它们踹得稀巴烂。或者干脆放一把火,把整个礼堂烧成灰烬。而不仅仅是在墙角撒一泡尿。

他在观音桥堍修自行车,赶不走眼前光一样飘来荡去的她的影子。她的面容,她的身影,就像一阵阵潮湿的雾气,在他面前升腾、弥漫。就像那来自道旁悬铃木的绒絮,没完没了地飘浮着,游荡着。他过敏的鼻子,因为这绒絮而不时打喷嚏。他惊喜地发现,戚佳萍每天要从观音桥堍往返四次。早上从西到东,中午从东到西,下午又从西到东,最后又是从东到西。她从家里到文化站上班,观音桥是她的必经之处。也就是说,她每天都要四次路过黄鸿飞的修车摊点。她的每一次经过,都带给他怎样的激动啊。他的心怦怦跳着,以至于她骑着自行车越来越近了,他都不能仔细地看清她。她穿着什么样的衣裳?穿裙子还是裤子?是不是背了包?她像一阵风吹过去了,只留给他白皙的印象。至于其他,他似乎一次都没有看清。

在她到来之前,他是不安的。他的全部注意,都在那个方向——会将她送过来的那个方向。他等待着,将一个个路人忽略、排除。就像在一堆沙土中寻找一粒细碎的金屑。不管是什么人，推了自行车来，不管是什么毛病，他都只是呆呆地说："放这儿吧!"他只说这一句，希望修车的人赶快走人。他要以全部的精力，等待东方，或者西方，将梦一样飘忽的戚佳萍交出来，送到他的面前。尽管她每次都只是风一样掠过去，但是，她掠过的一瞬间，他感到陶醉。幸福满足的感觉，比酒更令他醺然。他飘飘然，飞起来了。她像一阵风吹过去，他就被这阵风裹挟着，一起飘飞起来了。

直到她的背影走远，看不见了，他才甜蜜而惆怅地收回他的目光，开始埋头修车。修车的时候，他享受着内心的陶醉。他回味着，仿佛那一阵风，还在他周遭盘旋，围绕着他。那是一群无形的快乐精灵在围着他舞蹈，那是无色透明的火在燃烧。与此同时，他期待着她再一次从他面前骑车而过。那是她消失的方向。她在某一个方向消失，必然会在这个方向重新出现，由小变大，然后像一阵风吹过。

有一天傍晚，下班的时候，她骑到他面前，突然一刹车就下来了。她的丰满的胸部，是那么突出地呈现在他眼前。他的心跳得更快了，头有点晕。他的局促不安，显然让她感觉到了，她对他灿烂地笑了："看什么看? 不认识呀?"

她的车胎没气了。"我从文化站出来的时候还打了气，又没了!"她说。

他检查了小橡皮，发现它好好的，没有任何问题。他于是仔细地摸车轮，才摸了半圈，就摸到了玻璃屑。"玻璃扎

156

穿了。"他说。他把碎玻璃托在手心里，给她看。她的脸凑近了他的手，她真白。"哎呀，真的呀，怎么会有碎玻璃的呢?"

他又摸到了一粒。一个前轮，扎了三粒玻璃屑。玻璃屑在他的手心里，像钻石一样闪着奇异的光。

她用她小巧的手指，拿起了一粒。"路上怎么会有这么多碎玻璃的呀!"她说。

他看到了她无名指上戴着的戒指。

"你明天来拿吧。这么多洞，要补好久的。"他说。

"能补好吗?"她说。

"能。"

"不用换一个内胎吗?"她看起来还挺内行。

"看情况吧。"他说。

她脚尖一踮一踮地往她家的方向走了。他故意低下头，装着很专心地干活。可他的目光，还是被她的背影牢牢牵着。她每走一步，都将他的心牵动。他看到他的心从他胸腔里钻出来，就像一只小鸟，亮开翅膀，跟着她一路翩飞。

内胎不光被扎破，而且也老化了。黄鸿飞为她换了内胎。他为她换了一个好内胎。那种劣质橡胶制成的内胎，换上去没几天就会有裂缝。他把后轮的内胎也拉出来，检查了一遍。干完这些，他给两个轮子校正了钢丝。龙头也有些歪，他站起来，两腿夹住前轮，双手将龙头拧正了。最后，他从工具箱里取出一件旧汗衫，将她的自行车细细地擦拭。他把每一根钢丝都擦干净了。挡泥板则用水冲洗得干干净净。这辆车突然变得像是新车一样。他干得有点累了，他将身子靠在座垫上。座垫在他的胸口，突然像人体一样，变得柔软而有体温。这是她的一个什么部位？是肩膀，还是臀部？不知道，他不知道。只是有一股温暖，从这个坐垫传递出来，传递到他的胸，扩散到他的全身。他把脸贴在坐垫上，感觉这坐垫就像人的皮肤那么细腻。他突然就有了一种想要哭泣的感觉。他贴着它，就像贴着她的脸——如果真是她的脸，他敢贴紧吗？他知道自己不敢。每次看见她过来，他就紧张起来。她越来越近，他就越来越紧张。当她半蹲下来，脸靠他那么近的时候，他感到自己呼吸都困难了，几乎要窒息了。而后来她站了起来，离他稍稍远了些，他才还过魂来，感到安全和踏实。

他的脸与坐垫贴得那么紧。他像是能感受到坐垫的呼吸。一辆自行车，就像一个人。它的心脏在怦怦跳动，咚咚咚咚，将耳朵贴上坐垫，便有这样的声音敲击耳鼓。

他闻到了坐垫上特殊的气息。那是一种芳香吗？它绝对不是通常的皮革的气味。它让黄鸿飞迷醉。

干完这些，天暗下来了。观音桥下的路灯，已经亮了。黄鸿飞背着工具箱，推着戚佳萍的自行车回家。他匆匆吃过晚饭，拿了一个手电筒，走回到观音桥。他从观音桥开始，向着文化站的方向，一步一弯腰，在手电筒的光里，仔细寻找地上的碎玻璃。他像一个珍惜粮食的拾穗者，弯着腰，在麦地里鞠躬似的向前去。他这么一鞠躬一鞠躬，一直鞠躬到文化站大门外。他在这条道上，一共捡到了五十几粒碎玻璃。他的一只手掌，已经快装不下这些"害人精"了。他在心里把这些碎玻璃叫作"害人精"。他像一个扫雷的工兵，低头弯腰，把这一路的"害人精"全都除掉了。他顺便还捡走了几颗小铁钉。这条路上，再没有什么可以将戚佳萍的轮胎扎穿了。她完全可以放心地骑车了。她的车轮，可以无忧无虑地在这条路上滚过。他在捡碎玻璃的时候，有人好奇地跟在他身后："找什么？什么东西丢了？"他不予理睬，那么专心致志。一路弯腰低头到了文化站，他累得不行了，腰僵硬了，腿也酸得很，还有脖子，转动起来也不那么灵活了。他站起身来，关掉手电筒，觉得一阵眩晕，眼前昏昏的什么也看不见。但他的内心却充满了喜悦，他扫清了路面，从文化站，到观音桥，这一段路，再也没有"害人精"来对戚佳萍的自行车造成危害了。明天，焕然一新的自行车，上头将骑坐着风一样的她，风一样吹过，吹过。

黄鸿飞拿一把手电筒，捡了半夜碎玻璃。他累坏了，也困极了。因此他比平常起来得晚了。油条店的油条，已经蔫蔫的了。黄鸿飞不爱吃冷油条，他喜欢看着油条从油锅里膨胀开来，看着它被长长的竹筷子从油锅里夹出来。这时候他把油条取过来，折断了，它里面就会冒出一股滚烫的白烟。这样的油条，才是脆的，香的。把它夹在大饼里咬了吃，越吃越香，越吃越有劲。可是因为起来晚了，太阳已经升得很高了，余油条的炉子已经熄了，只剩下一些冷油条。冷油条软塌塌的，黄鸿飞宁愿不吃它。他买了两个大饼，一边很无味地嚼着，一边推着整修一新的戚佳萍的自行车，向观音桥走去。

他终于找到了戚佳萍的家。这是一幢很普通的水泥平房，沿河而筑。在小镇上，这样的房子很多。戚佳萍的家南面沿街，北边则紧贴着一条小河。也就是说，她家的北窗外，就是小河了。黄鸿飞家从前的房子，也跟戚佳萍家一样。他记得，他们家要从河里打水，就从北窗口放下一只吊桶去。手腕一甩，就打到了一桶水。还没用上自来水的时候，家里的水，都是这样从小河里打上来的。住在沿河老屋的时候，黄鸿飞经常贴着北墙玩。北墙虽然临河，但墙面一上一下分别有两道寸把宽的房腰。小巧机灵的黄鸿飞，经常脚踩着下房腰，手抓着上房腰，一寸一寸地移动，从西边出发，最终从东边绕回来。后来他们那条街沿河的房子全都拆了，变成了粮库的码头，黄鸿飞家才搬到现在的房子里住。

他对戚佳萍家这样的房子，实在是太熟悉了。

他天天都到这个地方来。每天吃过晚饭，他就过来了。他灵巧的身子，在她家的北墙上，壁虎一样移动。他身子贴紧在北墙上，手抓着凸出的房腰，就像铁环扣着铁环那么牢固。通常他都是用自己的右手，将身体固定在墙体上。

他的右手,除了小指头,其他四根手指,都有了一些畸形。它们已经变得像钢钳一样有力。白天他在修自行车的时候,经常是拧一些螺丝,都不用扳头。他直接就用右手,抓住六角形的螺帽,就把螺丝拧动了。他的右手,就是一把扳头。

她家的窗帘始终是拉着的,他什么都看不到。他的眼睛,无法透过那层橘黄色的窗帘,看到室内的景象。薄薄的织物,阻断了他的视线。他曾经感到绝望,他真想伸出一只手去,将窗帘唰地拉开。他差不多要丧失理智,用他的拳头砸碎那层恼人的玻璃,将窗帘拉开。他要看到她,看到室内的她,穿着睡衣坐在沙发上看电视,一边吃着瓜子。她的手指纤巧,皮肤更见白皙。那温暖的室内,与她有关的一切,那陈设,那芳香的空气,对他都是致命的诱惑。但他什么都看不到。他像一个轻薄如纸的鬼,虽然与她近在咫尺,却被冷漠地拒绝。玻璃窗和窗帘,就像人间与地狱的分界,将他与她阴阳相隔!

尽管如此,他还是每天吃过晚饭就过来了。他到这儿来,已经成为一种习惯。只有当他壁虎一样吸附在她家沿河的北墙上时,他的内心才得到宽慰。他必须要鬼影一样吸附在她家的屋子外头,内心才能平静下来。贴着古老的砖墙,墙的冰凉,传递到了他的全身,让他有一种阴冷的快意。砖墙上青苔腻滑的感觉,虽然有一股陈腐的气息,在他看来,却有女性化的妖媚和邪恶。他的夜晚是属于这里的。

天一黑,他的听力就变得十分发达。他贴在她家的北墙上,耳朵竖起来了,长大了,像雷达一样捕捉屋子里的声音。他经常听到屋子里两个人的争吵。男人的声音很粗,他的嗓子口,总像是有一口痰。他以这样粗俗的嗓音与她争吵,他从来不想到要清一清嗓子,更别指望他会把喉咙里的痰吐掉。她的声音听起来也不甘示弱。她甚至还会骂粗话。她经常对他骂娘,以侮辱丈夫的母亲为乐。他们吵得激烈的时候,还会摔东西。

当他们扭打在一起的时候,事情就发生了变化:争吵变成了做爱。她快乐的呻吟放肆地响起来,就像一只猫在叫。他们的床有点问题,一旦在床上剧烈运动,床就发出吱嘎吱嘎的声音。它会不会坍塌?这好像不是黄鸿飞应该操心的。它坍不坍与他有什么关系?床的激越的响动,以及戚佳萍放肆的叫床声,让黄鸿飞担心自己的双手无法抓紧墙箍。他即使真像壁虎一样,手指和脚趾上长满吸盘,也不能稳稳地吸附在阴冷潮湿的北墙上了。他身上一点力气都没有,他真的快要掉进河里去了。

当她白天骑着自行车从他面前掠过的时候,他总要放下手里的活,认真地看她。他很难将她白天落落大方的形象,与她的叫床声联系起来。她像猫一样嗷嗷叫着的时候,脸上的表情会是怎样?她的眉头一定不会是如此的舒展,她的嘴角也一定不会浮现如此矜持的笑容。她的脸会因为极度的快乐而扭曲吗?就像在痛苦的地狱中备受煎熬。

她的身体,也不会像坐在自行车上那么端庄。不会是这样的,风吹动了她的长发,以及她好看的裙子,她本身看上去就像是一阵风。夜晚的她,在那张嘎吱乱响的床上,她的身体一定是扭动着的,四肢僵硬,身体紧绷,头发散乱。当她属于夜晚的时候,她就像一场噩梦,是白天的背叛,疯狂的变形。

隔夜偷听他们夫妇的争吵和扭打,他听出来,她身体的某个部位,是被重拳击中了。因此第二天,当她靠近他的时候,他希望能从她身上看到昨夜受伤的痕迹。她一甩腿,从自行车上下来,到他的摊子上打气。他没有主动拿过气筒为她打气,他装作一点都不认识她的样子,不管不顾地继续他的工作。虽然他埋着头,但他还是看到她的一举一动了。她小心地拿过气筒,不是因为拿不动它,而是怕它上面的油污弄脏了她的手。她拧掉车轮上的气门帽,把气筒夹上去,就开始打气了。她用了很大的劲,她的胸部随着打气的节奏抖动。他的眼睛,一直在察看她的身体,他相信一定能在她身上发现乌青块。结果他什么也没发现。但他坚持认为,她身上一定有昨晚被打的痕迹。如果她把衣服脱光,那么青紫的瘀血的痕迹,就一定会暴露出来。

"好了吗?"她打了一通,停下来,问黄鸿飞。他这才停下手上的活,过去捏了捏她的车轮。车轮还是有点软。他于是接过气筒,替她打。她离他那么近,他闻到了她头发上洗发水的香气。他有力地打气,他似乎听到她在一边呼吸急促起来,她猫一般叫起来!他的心怦怦狂跳,他无法令自己的动作停下来。他越来越有力地打气,车轮已经鼓胀得铁一样坚硬,他还在为它充气。最后,车胎爆了,发出了一声巨响。

黄鸿飞终于在夜市场上见到了戚佳萍的丈夫。这个人头发很硬,像刺猬一样竖着。黄鸿飞就在心里叫他"刺猬头"。戚佳萍挽着刺猬头,向黄鸿飞迎面走来。她没有跟黄鸿飞打招呼,但她的目光,却在他脸上停了很久。他看不懂她目光的含义,他无法确切地知道,她到底是不认识他呢,还是故意装作不认识?是因为他是一个修自行车的瘸子,她才不愿意认识他吗?既然这样,那她为什么还长时间看着他?她的目光一点都不闪烁,她定定地看着他,正视着他。她的眼睛在昏暗的夜市场上像星星一样发亮。

她挽着刺猬头的手臂,与他擦肩而过。黄鸿飞闻到了一股烟草的味道,和一股隐约的香气。他知道,这两股气味,分别来自她和她的丈夫。他努力要将烟草的气味拨开,他希望闻到她的香气。但是,他越这样做,她的香气反而消失了。他只能闻到一股恶俗的烟味。

大家都在昏暗而热闹的夜市场上瞎逛。这条细长的街道上,卖什么的都有。小刀、钥匙圈、电池、剃须刀、小工艺品、价格低廉的服装,还有各种各样的食物:烘山芋、散装饼干、瓜子、水果、烤肉串。黄鸿飞转了一圈,又与戚佳萍夫妇相遇了。这时候戚佳萍在吃一串糖葫芦。她歪着头,咬着一颗糖葫芦往外拉。当她发现黄鸿飞正在看她的时候,她突然羞涩地笑了。她笑得像个孩子。他看到她的脸上甚至泛出了红晕。他为她的神态而感动。当他们与他擦肩而过之后,他反复地责备自己,怪自己没有以微笑相回报。她那羞涩的笑,毫无疑问是给他的。而他竟没有回报以微笑。他像一个呆瓜,一个木头人,只是呆呆地看着她,看她从自己的眼前飘过。她的香气,她唇间散发出的糖葫芦的气味,在他的鼻子面前久久不散。他在人群中恍恍惚惚的,他回忆着她的笑,回忆她吃冰糖葫芦时生动的神态。他回忆着,既觉得美好,又深为难过。他恨自己是个呆瓜。如果当时,她对他微笑的时候,他报之以同样快乐美好的微笑,那么,他的心里就不会难过。他会始终陶醉在那鲜花般开放的微笑之中。

好在,在夜市上绕了几个圈子后,他再一次遇见了他们。这一次,她没有挽着刺猬头。刺猬头正在与小贩讨价还价。他见到了她,他看见她也正在看他。他的心突然跳得厉害。他的脸红了,他红着脸,对她笑了。这一次他看见她的时候,她并不在微笑。他是主动对她笑。他像是看见了一个亲密的朋友,一个无比默契的朋友,他的笑是胆怯的,却发自内心。他傻傻地对她笑了,

事后,黄鸿飞真的是忘了,当时她的脸上是不是也展露了笑容。事情发生得实在是太突然了!戚佳萍的男人,

那个刺猬头,他明明是在认真地与小贩讨价还价,但他眼睛的余光,还是看到了黄鸿飞。更确切些说,他是看见了黄鸿飞的笑。黄鸿飞傻傻的笑,仿佛是闪烁的灯光,引起了他的注意。他认为一个腿脚有点不灵的陌生男人,对着他的女人傻笑,这是无法容忍的。他突然出手,上前揪住了黄鸿飞的衣领。他不由分说,就给了黄鸿飞一拳。在衣领被揪住的时候,黄鸿飞脸上的笑还没有完全收敛。他的目光,依然痴痴地投射在戚佳萍的脸上。一拳上来之后,他彻底蒙了。他被打得眼冒金星,身子也晃了一晃。要不是刺猬头还紧揪着他的衣领不放,他也许就会踉跄几步,跌倒在地。他闻到了一股血腥气,他知道自己出血了,却不知道究竟是什么部位被打出了血。

"什么事呀? 干吗打人呀?"有人过来围观了。

刺猬头并不向人们作出解释,他只是揪住黄鸿飞的衣领,将他用力一推。他一推,一松手,黄鸿飞就跌跌撞撞地后退了好几步。围观的人很多,他撞在几个人的身上。他感到那些人都很瘦,仿佛都只有一把坚硬的骨头,因为他身上被撞得很痛。

黄鸿飞站稳之后,调动了身上的力气,像一颗子弹一样,向刺猬头发射过去。他隐约感觉到,自己冲上去,是要揪住刺猬头衣领的。他知道自己的手劲,是远远超过一般人的。他的手就像一把钳子。如果刺猬头的衣领被他揪住,那么他就休想挣脱。如果他一把抓住了他的脖子呢?

黄鸿飞相信,刺猬头的喉咙也许会被咔嚓一声掐断。

可是他刚刚接近刺猬头,手还没来得及伸出去,就被一股扑面而来的力量推开了。那一推,是那么有力,那么不可抗拒。刺猬头像一个武林高手,动作像电光一闪,就把扑上前去的黄鸿飞推开了。

这一推,推得黄鸿飞直往后退,退了十几步,还收不住脚。围观的人们,似乎故意要让黄鸿飞不断地往后退,他们迅速让出通道,让这个小瘸子跌跌撞撞地一路后退。他像是被一股神力推着,不停地往后踉跄而去。直到撞上一个卖各种廉价小礼品的摊子,将它轰然撞翻。

木制的相框、玻璃风铃、钥匙圈、烟斗、打火机,还有水果刀——黄鸿飞的身体,和这些乱七八糟的东西一起打翻在地,发出了丁零当啷一阵乱响。围观的人们似乎都很快乐,大家的嘴全咧开了,大家一定认为,这是今晚夜市上最为精彩的一幕吧。摊主要求赔偿的嚷嚷声,被大伙儿的欢声笑语淹没了。

黄鸿飞从地上捡起了一把水果刀。是的,一把看上去非常尖锐锋利的水果刀就在他的手边。他捡起了它,他握紧了它。他从一地狼藉中站了起来!这时候他的目光,似乎是看到了他自己的血了。它挂在嘴角,散发出腥味。它多半是从他的鼻子里流出来的吧。

拿着水果刀的黄鸿飞站起来之后,围观的人群突然安静了。站立的人们,也开始调整位置。一些女人,躲到了稍稍后一点的地方。她们选择了躲在男人的身后观看。

赤手空拳的黄鸿飞是那么不堪一击，但当他手上有了一把刀子的时候，优势就不再属于刺猬头了。有人开始替刺猬头担心，同时也期待着鲜血从强悍的刺猬头身上淌出来。

与第一次不同，黄鸿飞不再像子弹一样飞也似的发射出去。他变得沉着了。他的步子，他的所有动作，都与刚才截然不同。他握着刀子，是慢慢向刺猬头走去的。他捏紧刀把，向刺猬头一步步逼近。

令所有的人都没有想到的是，刺猬头突然飞起一脚，就把黄鸿飞手上的刀子踢掉了。他像一个真正的武林高手，在将对手的刀子踢飞之后，又迅速上前，一把揪住了黄鸿飞的头发。他将黄鸿飞的脑袋按下去，按下去，一直按到地上。他把他的头拎起来，又按下去。他迫使他磕了几个响头。人们对于黄鸿飞的表现，显然十分不满。大家哀其不幸，怒其不争。怒的成分要更多一些。因此，看到他的脑袋被拎起来，又咚地按到地上，人们基本没有同情，只是觉得活该。躲在男人身后的女人们，重新跑到前排，饶有兴致地看黄鸿飞磕头。

刺猬头这时候更像一名演员。似乎为了不负观众的厚望，他在让黄鸿飞磕了十几个响头之后，随手将一只打火机拿到手上。他打着了火机，凑上去要烧黄鸿飞的头发。黄鸿飞的头发始终被他揪着，头不能动。虽然他的双手反过来紧抓着刺猬头的手，但完全无法帮助自己的脑袋脱离刺猬头的掌控。

一场好戏有滋有味地演着,戚佳萍却上来搅局了。

她上前命令男人放下打火机。刺猬头不听她的,她就去抢。刺猬头不松手,另一只手反将黄鸿飞的头发揪得更紧了。黄鸿飞痛得叫了起来。大家一直没听到黄鸿飞叫,现在他叫了,大家都很高兴。黄鸿飞为什么叫呢?如果是真的痛了,那么,刚才难道不痛吗?刚才为什么不叫?看来他是在向戚佳萍呼救。她去掰刺猬头的左手,要他松开黄鸿飞的头发。当她将注意力集中在刺猬头的左手上时,刺猬头的右手就点着了打火机。她过来灭火,刺猬头的左手就下狠劲,揪得黄鸿飞哇哇乱叫。她就这样在男人的左手和右手之间忙碌着。但她解决不了问题,黄鸿飞没能获救。

也许可以这么说,戚佳萍的上阵,对黄鸿飞来说,客观上是帮了倒忙。要是她不上来,刺猬头也不至于将黄鸿飞的头发揪得更紧。但是,要是没有她的营救,谁又敢说刺猬头不会真烧黄鸿飞的头发?不管怎么样,对于围观者来说,戚佳萍的出场,毕竟是一件好事。多了一个角色,戏就热闹了许多。她虽然暂时阻止了戏剧高潮的出现,但是,她让情节更复杂了。

在戚佳萍参与这场打斗之前,黄鸿飞始终没有喊痛。不管是被刺猬头揪头发,还是在地上咚咚地磕头,他都没有叫一声痛。他的心里只有一股仇恨。他为这仇恨所支持,变得那么坚强。当他在地上捡起一把刀的时候,他感觉到,他的仇恨像火车一样,呼啸着从他的内心深处,向刀尖上隆隆驶去。他知道它飞驰到了刀尖,依然不会停止,它会继续呼啸着前行,直到它扎入刺猬头的体内。它是嗜血的,这股尖锐的仇恨,一定要钻进刺猬头的身体里,接触到他温热的血,才会被释放,才会停止。

刀子被踢掉后,黄鸿飞身体里的仇恨找不到出口,它像一头关在笼子里的困兽,左冲右撞。头发被刺猬头揪住了,这股仇恨便升涌到黄鸿飞的十指。他像被捉住的螃蟹一样,摆着自己尖利的螯和爪子。他的手指,在自己的头顶上盲目地舞动着。它们抓破了刺猬头的手。他的头发,因此也被揪得更紧了。

但是,不管头皮有多痛,黄鸿飞始终没有喊叫。围观者对他惊人的忍耐力表示不满,那是围观者的事,黄鸿飞没有义务为他们而叫。他始终为内心奔涌的仇恨支撑着,舞动爪子,努力让指甲嵌入刺猬头的肉中。

戚佳萍一出场,情况就发生了变化。黄鸿飞很快就意识到,她是来救他的。她一会儿左,一会儿右,那么尽心尽力地掰她男人的手,为的就是要将黄鸿飞从困境中救出来。他的心突然软化了,刚才那股岩浆一样奔涌着的仇恨,突然间化为了感动,或者说是柔情。他其实不再感到痛了。或者说,头皮上的痛,对他来说,已经成为一种快感。他开始叫喊。当刺猬头将他的头发揪紧一点的时候,他就大声叫了起来。人们的哄笑他是不愿意听到的,他不愿意为围观者而叫。但是，他控制不住自己。他的快乐充满了激情，他必须要通过大声地喊叫才能来释放这种快乐。戚佳萍已经站到了他这一边，她在为他而战。他感动极了。谁都想象不到，他是因为快乐而大声喊叫的。

他和围观的人们一样，都不希望这场戏早早结束。他非常愿意就这样被刺猬头揪着头发。他的手指不再忙碌，他不再抓刺猬头的手。他放松了自己。他安静地享受着戚佳萍的营救。他就像一朵花儿，为了她蜜蜂般的忙碌而静静地开放。只要她的营救不结束，他的受难就不要结束。他愿意这份受难和这份营救同在，直到永远。

戚佳萍在男人的两只手之间奔忙，很快感到累了。她焦躁起来。她歇斯底里地喊，让他放手。打火机的火苗，差一点烧到了她的脸。她突然在男人的手上咬了一口。她一定咬得很重，因为刺猬头痛得大叫起来。他的叫声，与黄鸿飞明显不一样，他的嗓子里像是有一口痰，喊叫的时候，能清楚地听出来，痰在他的喉咙里震动。

戚佳萍这一咬，让刺猬头松了手。他两只手都松开了。左手松开了黄鸿飞的头发，右手松开了打火机。打火机和黄鸿飞，都落到了地上。

刺猬头与黄鸿飞的打斗，变成了戚佳萍夫妇的斗争。

他们夫妇两个，皆满口粗话。他们可真会骂，他们的互骂，把围观者逗乐了。人们有了一份意外的惊喜。谁都没有料到，会出现这样一场戏。戚佳萍在打斗中，把她男人的上衣扯掉了。刺猬头露出了结实的胸肌,还有茂密的胸毛。真是有意思啊,她想干什么?难道他们是要当众表演脱衣秀吗?她是故意将他的上衣脱去的吗?那么接下来,她会不会将自己的衣服也脱掉呢?

"脱!再脱啊!"有人起哄。

"都脱了啊!"

"脱光了!"

黄鸿飞始终坐在地上,呆呆地看戚佳萍夫妇打骂。他搞不明白眼前所发生的一切,到底是不是真事儿。他恍然是在一场梦里。他们夫妇俩骂了些什么,怎么打,他似乎也不太清楚。戚佳萍和刺猬头两个,不知是从什么时候开始停止打骂的。他们飘飘然地在黄鸿飞的视线里走了,只留给他背影,他们越走越远。他们肩并肩地走了,走出几步远,戚佳萍的手,还十分温柔地挽住了她男人的手臂。他们亲昵地回家去了。黄鸿飞这才突然心里一酸,接着心空空的,空得让人难受。围观的人们散去了,夜市上的摊头也收拾尽了。黄鸿飞坐在曾经热闹非凡的狭小的街道上,感受到了夜的阴冷和孤寂。他的想象力活跃起来,他想象戚佳萍夫妇一回到家,必定就是做爱。他们一进门,就在地板上滚作一团。戚佳萍快乐而放肆的叫声,是那么尖锐,那么响,响彻小镇的夜空,一直传到黄鸿飞的耳朵里。

大雨从吃晚饭的时候就开始下了。"这么大的雨,你死到哪里去呀?"母亲追到门外,大声问。黄鸿飞打了一把黑伞,扑进雨中,他似乎没有听到母亲的话。他只听到伞面上哗哗的雨声,大得就像是一头猛兽的咆哮。这咆哮之声激励着他跑得更快。他在雨中跑,一瘸一拐地飞奔,他的伞猛烈地起伏。

打了伞显然无法贴着墙过去。他把伞扔在灌木丛中,他真的像一条壁虎,那么大的雨,都不能影响他将身体牢牢地吸附在沿河的墙上。雨下得真大啊,仿佛一条巨川,倾过来,江水向他的身上冲击而来。从天而来的巨川,也冲击着戚佳萍家的房子。雨水在屋顶上击起了一股股白雾,鱼鳞一样的瓦片,在砰砰地震响。

铺天盖地的雨的声音,将屋子里所有的声响,都掩盖了,吞没了。黄鸿飞听不到一点儿屋里的声音。他们的争吵声,他们做爱的声音,床的嘎吱声,戚佳萍嗷嗷的叫声,都听不到了。只有雨的声音,哗哗哗哗。雨水贴着黄鸿飞的身体流淌,他的背上,他的腹部,都有冰凉的雨水在流。他被雨水打击着,冲刷着,撕扯着。雨,此刻一直在努力要将他的身体从墙面上掀掉,掀进河里去。但黄鸿飞的手却像铁钳一样有力,它牢牢地抓住了墙上突出的半块老砖。古老的墙砖上的青苔,在雨水的浸泡下,更加滑腻了。它在黄鸿飞的手上,就像一条泥鳅那么滑。但他还是牢牢地抓定了它,他的指甲,嵌入到砖头里面。

他从来都不去想一想,自己为什么要这么做。他在大风雨中,像一片可怜的叶子,说不定什么时候就从枝头凋落了。他为什么要来这里?为什么死命地贴住这堵北墙,死也不让自己被风雨刮走?他从来都不想一想,他不愿意想,觉得没必要想。他只是觉得,身体紧紧地贴在这堵陈腐的墙上,内心就获得了无比的平静。要是他此刻躲在家里,一个人躺在那张窄窄的床上,虽然没有风雨冲击他,但他内心的狂风暴雨,要比这自然界狂烈一百倍,一千倍。那内心滔天的巨浪,那要卷走一切的狂飙,会把他的心撕碎。他无法驱赶这样的风暴,他躲避不了那内心的狂躁。他只有来到这里,壁虎一样贴着这堵墙,这堵墙的后面,有他内心狂恋着的戚佳萍。她的气息,通过古老的砖缝,传递到他的身上,让他的皮肤感受到,他的毛孔贪婪地吸收着这份芳香温暖的气息。古老砖墙上的青苔,就像是她的皮肤,那么腻滑。腻滑的感觉,不仅安慰着他的身体,也安慰了他的内心。在这暴风骤雨之中,他内心的风暴平息了。他变得像婴儿一样安详。他的内心深处,竟然浮现了一首安逸的歌谣,那是遥远的从前,他还喜欢躺在母亲怀里的时候,他的母亲轻轻为他哼唱的——那是一些无风的日子,太阳光懒懒地栖息在屋顶上和树冠上,蚂蚁在爬,鸟在天空滑翔,所有的河面都是平静的,水就像镜子一样,倒映着天上的一切。

屋子里面,突然传出了一阵咿咿呀呀的唱,它像蛇一样从窗子的缝隙里钻出来:

明珠倾合浦,花开并蒂逢笑河。哪知道满天欢喜付清波,只落得三杯浊酒来祭亲夫。我是叫一声哥哭一声夫,为什么我哭破了咽喉你半言无?

黄鸿飞的耳朵立刻竖起来了,就像风雨中一株强健挺拔的植物。他听出来了,这不是电视机或者音响里播放的,这是戚佳萍的声音,是她在唱!狂怒的风雨,顿时显得欢快起来。仿佛天地都在沙沙地舞蹈。真的是她在唱吗?不是一种幻觉吗?她怎么突然在家里唱起来了呢?她为什么要在这时候唱呢?难道她发现了北墙外贴着的他了?她为之感动,不知道以什么方式来回应他,她选择了唱。她亮开嗓子,悲情地唱了起来。

她穿了戏衣吗?化了彩妆吗?她是不是一边唱,一边甩动水袖,葱白一样的手指,又从袖口开放出来,散发出兰花的幽香?

墙消失了,屋子消失了,黄鸿飞看到了戚佳萍,她的戏衣在大雨中飘了几下,很快就粘紧了她的皮肤。她洁白的皮肤,在湿的戏衣后面若隐若现。雨水冲乱了她脸上的彩妆,她看上去就像一只大花猫。但她的眼睛依然清澈动人,隔着雨帘,他看到了她眼波的流转。她浑身都湿透了,薄薄的戏衣贴紧在身上。她身体的线条因此充分显示出来了,她丰满的胸部和浑圆的臀,此刻显得如此夸张。她在大雨中将身子微微扭动,她就像一条鱼,在连接天地的巨川之中游了起来。

观众只有黄鸿飞一个,大风雨就是他的掌声和喝彩声。天地间哗哗的巨响,是他心的欢呼声。

黄鸿飞也变成了一条鱼,他甩动一下自己的尾巴,身体就游动起来了。他和戚佳萍游到了一起,他们在连天的猛雨狂风中,靠在了一起。他们触到了彼此凉滑的鱼鳞,他们的鱼尾,欢快地摇摆着,撩拨着对方。更确切一些说,他们就像两条蛇,在风雨中彼此纠缠。他们的尾巴,越缠越紧,拧成了一根绳子。

身体里的热血,在升涌,在沸腾,在膨胀。比起那寂寞之夜令他自惭形秽的一场场手淫来,这一刻的感受,才是真正要命的。他分辨不出这是极乐呢,还是一种死亡的体验。他愿意就这么死去。如果这就等同于死亡,那么死亡真是妙不可言的一件事。如果这就意味着即将死亡,那么他一点儿都不会有犹豫,他会坚定地赴死。

他不知道自己是不是早已勃起。他全身都已勃起。他在风雨中颤抖着,痉挛着,他的欲望在风中呼啸,像滂沱大雨一样喷射。

雨不知什么时候停了。一道强烈的手电筒的光,突然将壁虎一样吸附在老墙上的黄鸿飞照亮了。这光像一张网,将黄鸿飞湿透的身体笼住。"什么人?"手电筒的光,是从河对岸射过来的。"不许动!"对岸的人高声喊,声音像是顺着光柱爬过来的。

黄鸿飞一松手,身体像一片真正的叶子,从滑腻的老墙上飘然而下。扑通!他掉进了河里。手电筒的光,就像舞台上的追光,始终笼罩着他。他在水里游着,他想逃离那手电光的追踪。可是他们很快就追上了他,两个手持手电筒的联防队员,奔跑着越过小桥,来到了此岸。他们大声喊着,追赶着黄鸿飞。黄鸿飞于是掉过头,向对岸游去。

　　他们不知道从哪里弄来了竹竿,两个人,每个人的手上都有了一根竹竿。他们兵分两路,分别在小河的两岸追击黄鸿飞。他游近此岸,这里的竹竿就啪啪地抽打着河水。他游往对岸,对岸的竹竿就舞动起来,在夜空中划出呼呼的风声。他像一只惊惶的鸭子,在小河里游来游去。

　　有更多的人出现在小河的两岸。住在两岸的居民,听到屋外的动静,就出来看热闹了。岸边人越来越多,他们兴奋地喊着,指点着,不知道是在为黄鸿飞鼓劲呢,还是将他当作一只过街的老鼠。挥舞着竹竿的两名联防队员,斗志越来越旺盛,他们追着水里的他,把河水抽打得啪啪作响。如果小河是一个人,那么它早已是遍体鳞伤!

　　许多人从家里取来了手电筒,强的、微弱的光,从不同的角度射向黄鸿飞。有人捡起河边的碎砖头,向他扔过来。他这才明白,没有人站在他这一边。没有一个人站在他一边。"差一点!哦!差一点就中了!"大家兴奋地喊。

　　黄鸿飞想起他小时候,也是用这河边的碎砖,扔河里游着的几只鹅。鹅的身体洁白,脖子优雅,头顶上橘红色的鹅冠,看上去是那么鲜艳漂亮。他手上的碎砖向它们扔过去,他扔出第二块砖,就击中了一只鹅。他清楚地看到,他击中了它艳丽的鹅冠。它颓然倒下,在水面上转了几个圈,就不再挣扎。它洁白的身体浮在河面上,安静地随流水向远方飘去,像一朵云。

他现在就像那只鹅。如果一块砖头击中了他的脑袋,他就会像那只鹅,头部绽开鹅冠般的鲜红,然后被水流安静地带去远方。

显然是有更多的人加入到了向他投掷砖块的队伍中。扑通!扑通!他的周围,到处都在扑通。他不知道自己是不是已经被某个砖块击中。他的手脚变得没力了,他的身体,似乎是在水里打转。他感到脑袋很痛,也许是在流血。

啊!啊!哦!哦!小河两岸的叫声此起彼伏。所有的人都在袭击他,竹竿像鞭子一样抽打着河水,碎砖像冰雹一样从天而降。他终于沉下去了,他没有一点儿力气,他看到自己就像一只身体洁白的鹅,重新浮出水面的时候,已经一动不动,像一朵云,被流水带向远方。

他在炫目的手电光中醒来。他看到满世界都是人头。无数张人脸在他面前飘来荡去。这些脸的表情是那么怪异,他们是凶狠的,却又漾着笑。他们的眼里,都闪着兴奋的光。他感到身上到处都在痛。他躺在河岸上,他被他们从河里捞上来,他身上本该是湿的,但是,他能感觉得到,衣服和头发,其实已经是半干了。夜晚的风一阵阵吹过来,拂过他的身体,他的衣服和头发,渐渐地干了。他想动弹一下,但剧烈的疼痛让他立刻放弃了。无数张人脸,在他面前晃荡、旋转,他感到头晕,他想呕吐。

哇的一声,他真的吐起来了。他吐出了一泡水。他感到肚子里轻松了许多。那些人脸,往后退了退,又向他聚拢来了。它们像幻影一样飘来荡去,围绕着黄鸿飞。这些脸,在他看来,是既远又近,既陌生又是熟悉的。

他突然发现了她的脸。戚佳萍的脸,也在这飘荡的人群中出现了。它是那么白,就像夜空上一轮皎洁的月亮。略有些鹰钩的鼻子,鼻子左侧一点小小的黑痣。她的脸上没有笑意,她的眉头紧皱着。她是不是画了油彩?是不是穿了戏衣?是不是正在舞动水袖,正咿咿呀呀地唱着呢?他的心舒展开来了。他被她的面孔照耀着,他在人群中不再感到孤独和恐惧。因为她的出现,他觉得身上也不痛了。如果他这时候想站起来,那么他就能站起来。他认为,只要稍一用力,身体就能轻盈地站起来,从地上站起来,毫不费力地站起来,像风一样走动。甚至他的腿都不瘸了,他一定能像常人那样风度翩翩地走路。他甚至能比常人走得更好,他真的会像风一样向前飘行。

可是他不愿意站起来。他就这么躺着,仰天躺着,接受着她脸蛋月亮般的照射。他看到了广阔的天空,看出了天的乌蓝,看到了夜空中快速掠过的云。他还看到黑色的树影,那云一样的树冠,他听到了树叶的响动。他就这么躺

着,看她的水袖像风一样轻舞,整个天空都是她的舞台。她哀怨动人的唱腔,他是清清楚楚地听到了:

> 我茶不思头不梳,深闺懒把脂粉敷。错怪你负心撇了我,哪知道你遭人陷害赴阎罗。我为了你主婢双双来出走,迢迢千里赴长途,千辛万苦来寻亲夫,都只为我终身两字已经托哥哥。实指望来到洛阳地,把手倾肺腑,珠凤成双对;明珠倾合浦,花开并蒂逢笑河。哪知道满天欢喜付清波,只落得三杯浊酒来祭亲夫。我是叫一声哥哭一声夫,为什么我哭破了咽喉你半言无?

他心中涌起一股悲伤的美感,他发现自己流泪了,眼泪像几只小虫子,从他的眼角爬出来,爬过太阳穴,直往他的耳朵里钻进去。

"哭了! 哭了! 小流氓哭了!"他听到有人喊。

所有的手电光,又一次密集地照射到他身上。他闭起了眼睛,他实在无法再睁着眼了。

"你还知道哭!"粗重的嗓音,喉咙里颤动着一口痰,这不是刺猬头又是谁! 刺猬头穿着拖鞋的脚,踩住了黄鸿飞的脸。围观的人们也都伸出脚来踢他,穿皮鞋的脚,穿球鞋的脚,更多的是穿着拖鞋的脚,乱纷纷向他的身体踢过来。他感到痛呀,他这才想起来刚才浑身疼痛的感觉。刚才全身的疼痛，原来是真的，并不是虚幻的。现在他的身体在人们雨点般的脚的袭击下，开始了更为剧烈的痛。他想躲起来，将自己的身体蜷缩起来，像西瓜虫一样缩成一颗豆子的形状。但他似乎没有一点儿力气，他的四肢无法动弹。

他实在痛得受不了啦，他睁开了眼睛。他在炫目的手电筒的光里，看到了戚佳萍的脚。她穿了深色的高跟鞋，她的脚显得那么秀气。他看到她脚的时候，它正飞起来，向他的腿上猛踢。她的脚像是一只有嘴的动物，它张开嘴，露出尖利的牙齿，在他腿上狠狠地咬了一口。他感到钻心的疼痛。他相信，他的大腿上，被咬去了一块肉，血管也被扯出来了，血正在向外喷射。

与此同时，他听到自己的心破碎的声音。它像一个气球，啪地爆裂了。心里边的血溅开来，从他的五官，从他身上无数的破洞口，溅了出来。这血花溅到了围观者的身上、脸上，溅到了乌蓝的夜空中。它是绝望的花朵，在雨后清洁如玻璃的夜里开放。

他闭上眼，决定接受死亡。他愿意自己死去。他真的不想再让自己的眼睛睁开了，他也不想再爬起来了。他就这样躺着吧，死亡已经穿过黑云般的树冠，抵达他的身旁了。死神的黑袍，袖口宽大，就像戚佳萍戏台上舞动的水袖。它风一般吹拂，终于拂到了黄鸿飞的身体。他决定不再疼痛了。他不必考虑痛与不痛的问题了。他闭上了眼，决定死去。他感到自己的身体像一片树叶，在死神黑色袖口的拂动下,飘起来了,轻盈得就像云,就像一股水雾,腾空而起,很快就在半空中散尽。

现在黄鸿飞成了一个真正的瘸子。他的右腿被打断了,他不得不支起了拐杖,再也不能像从前一样风度翩翩地走路了。他以前只是断了几根脚趾头,走起路来,两腿似乎有些长短不一。粗心的人,甚至不能看出他的腿疾来。而现在,他的右腿被打断了,整个腿不能着地。他不得不撑起了拐杖,不是一根,而是两个木拐。他再也不能修理自行车了,他没有了工作。一天到晚他窝在家里,学会了两件事,一是写日记,二是做饭。

他的菜越烧越好。母亲早晨去菜场把菜买回来,父母去上班了,黄鸿飞就在家里把菜细细地择,认真地洗,饶有兴致地烹饪。他在烧饭做菜中消磨时间,也从中获得了乐趣。他在这上头无师自通,显然有着这方面的天赋。他日益高超的烹饪技术,使他父母的脸上重新出现了慈爱的笑容。他重新获得了双亲的爱。他美妙的铲刀功夫,让父母从痛苦绝望走了出来。他们在儿子的身上,重新发现了优秀品质,发现了才华。他们开始商议,要凑足本钱,在镇上租一个铺面,为儿子开一家餐馆。大厨和经理,由儿子一身兼了。他们相信,儿子凭了这份手艺,不光能够自食其力,兴许还能发财。他们希望全家人能因此从屈辱中走出来。

做菜的时候,黄鸿飞的录音机里,总是播放着越剧磁带。必须有这样的伴奏,他才能将菜烧好。他做菜精益求精,拒绝味精,不间断地熬着高汤。高汤通常都用猪骨熬成,为了节省液化气,他经常生一只煤炉,专门用来煮汤。煮汤都是用大火,他不喜欢文火。他觉得文火熬出来的汤,既不鲜,也不香。筒子骨必须在汤里沸腾,沸腾两三个小时,这时候的汤,才是喷香的,浓烈的。用这样的汤做菜,什么菜都香了,鲜了。

他一边做菜,一边听录音机里的越剧。那些哀哀怨怨的唱腔,经常会从录音机里跑出来,宽大的水袖甩一甩,拂到了他的面颊。这水袖舞出的风,是带着一股幽香的。那是戚佳萍身上特有的香——那时候,她骑车经过他的自行车修理摊,经常会留下一阵似有若无的香。他还曾经在她自行车的坐垫上闻到过这香。他对香气的记忆,胜过对往事的记忆。痛苦的屈辱的往事,也许是他故意避免去回忆。但是,戚佳萍所特有的淡雅香气,却常常随着哀怨的越剧唱腔飘过来,让他闻到。她的白皙的皮肤,她妙曼的身段,她穿着戏衣咿咿呀呀地唱,她风一般的水袖,因此浮现在他眼前。

下午他就写日记。他的日记内容,从不涉及日常生活。基本就是两部分,一部分是写梦。他每天晚上都要做很多的梦,当他醒来,他会将所记得的梦在脑子里整理一遍。到了下午,他就摊开一本精美的日记本,把这些梦记下来。另一部分,我们当然能够猜想得到,他所写的,都是有关戚佳萍的。今天想起她,是一种什么样的情形,是一种什么样的心情。他天天想起她。他想象她此刻正在干什么,晚上是不是又跟刺猬头吵架了?最后是不是扭打到了一处,然后疯狂地做爱?

梦与戚佳萍,这两部分,其实很多时候,是重叠交叉在一起的。他的许多梦,确实都是与她有关的。而他的现实,与她有关的现实,其实就是他的白日梦。白天的梦与夜晚所做的梦,又有什么区别呢?

虽然想到她,他的心里会是酸涩酸涩的。她那凶狠无情的脚,穿了高跟鞋的脚,像猛兽一样咬他的腿,她让他的心流血,让他心碎。他无法忘记那一幕,在乱纷纷的手电光里,她冷漠的脸,皱着眉头的脸,经常在他脑海浮现。但是,他又不能做到一天不想她。每一次,当他决定再也不要想起这个人时,他的心就紧缩起来,身心都在沉沦。他不想让自己沉沦,他在掉落悬崖后,竭力要抓住一些什么,从而不致坠入深渊。他能抓住什么呢?世界光秃秃的,世界就是光秃秃的石头。唯一能够抓住的,就是戚佳萍了。她是悬崖边的树。只有想到她,在日记里写下她的名字,他才会感到自己是抓住了一样什么东西,才停止了沉沦。

他一个字一个字地写,一行行地写。有时候,一天能写上好几页。大半年下来,他已经写了两大本厚厚的日记了。戚佳萍的名字在他的日记里不断地出现。她在他的日记中存在,活动。她在他的日记里,还是不是戚佳萍这个人了呢? 她只是黄鸿飞脑海里的女人, 她美丽着, 生动着, 爱着, 恨着, 哭着笑着, 她与现实中的她, 已经不是同一个人了。她是戚佳萍完全不知道的人物。她生活在她不知觉的地方, 她的痛痒和喜乐她根本无法知道。她是她的派生物, 是她的影子, 是她的倒影, 是与她既密切相连而又完全无关的一个女人。她是黄鸿飞的女人, 是他的秘密, 是他的想象赋予了她血液和肌肤、呼吸和温度。

她在黄鸿飞的日记里永远年轻着, 白皙着, 不食人间烟火。而事实上的她, 生活却出现了很大的问题。黄鸿飞在日记里说: "有很长一段时间没见到你了, 戚佳萍, 你到哪里去了呢? 你不会是从来都没有在我们小镇上出现过吧? 你不会是根本就没有你这个人吧? 不会只是我想象出来的一个人吧?" 黄鸿飞现在吃过了晚饭, 有时会拄着拐杖, 一个人跑到观音桥上去。黄鸿飞曾在这座桥的桥垛下, 摆了几个月的自行车修理摊。这是一座古老小镇上非常古老的石桥, 它的石阶歪歪斜斜的, 看上去像要倒了。但它一直没倒。黄鸿飞还是光屁股的时候, 它就是这样子了。多少年过去了, 它仍然是这样子, 没有倒。黄鸿飞登上高高的桥面, 视野开阔了, 天更大了, 镇子上密密麻麻的老房子, 黑屋顶接着黑屋顶, 尽收他的眼底。他看到了市河里人家灯光的碎片, 在水里跳跃。还有屋顶上蜘蛛网一般的电线天线。戚佳萍的家离观音桥很远, 黄鸿飞的腿被打断之后, 他就再也不去她家了。他已经丧失了壁虎一样贴在墙上

185

的功能。每想起那个风雨之后的夜晚,他掉进河里,被呼呼生风的竹竿抽打,被乱砖袭击,捞到岸上之后,在炫目的手电光里,被人们飞扬的脚踢,他就禁不住打战。他脸部的肌肉,也随着抽搐。他也不再每晚都出来了,他只是偶尔到观音桥来,在桥面上吹吹风,看看这个低矮的、黑乎乎的镇子。

偶然,他会看到戚佳萍骑着自行车,在小街上风一样吹过。从黄鸿飞的角度望过去,她就像一只飞不起来的风筝,被一根无形的线拖着,一路拖着跑。由于光线很暗,小镇上的路灯,是那么昏暗,他看不清她的脸。她骑着自行车从小街上过去,在黄鸿飞看起来,只是一个影子。但是黄鸿飞确定这个影子一定是戚佳萍,而不是别人。他坐在高高的观音桥上,怀里抱着粗笨的木拐,俯视着这个小街上的影子,看它飘过来,又飘走。

“这几天怎么看不见你呢,戚佳萍?你的影子只要飘过来,即使街上的路灯全都不亮,我也能立刻发现你。就像一只羽毛洁白的鸽子,在夜空中飞过,我会从它出现,一直看到它消失。可是这几天,小街空荡荡的,从桥顶上看下来,细长的街道就像一条灰色的绸带。它在风中飘动,空荡荡地飘动。我的心更加地空空荡荡。整个小镇,就像是一座坟墓!”黄鸿飞在日记里这么写道。

他不知道,戚佳萍那几天住进医院了,她得了子宫肌瘤。肿瘤在她的子宫里,已经长得很大了,大得差不多像是怀孕四个月了。开始他们夫妇都很高兴,以为他们可以当爸爸妈妈了,他们因此不再没完没了地争吵,更不打架了。刺猬头变得温柔了。他甚至经常克制自己的性欲,尽量不和她做爱,为的就是她肚子里孩子的安全。他深明大义地表示,不管她生儿子还是女儿,他都会十分高兴,都会做好一个爸爸,好好疼爱孩子。他们甚至恩爱地在一起翻字典,给即将出生的孩子起名。名字起了一个又一个,他们将这视为一项经常性的高雅娱乐。可是竟然是假象,竟然是骗局!戚佳萍肚子里一天天长大的,根本不是什么孩子,而是一个肿瘤!医生说,这个肿瘤的生长速度,比胎儿还要快,如果不将它切除,它很快就会撑破子宫,引起大出血,危及生命。

她不得不住院了。她在切除肿瘤的同时,也割掉了她的子宫。

子宫仿佛是她的脸色,是她的元气,割掉之后,她的皮肤不再白皙,脸色发黄,皱纹也出现了。她还没有做够女人,还没有生育,没有当上妈妈,就已经不再有月经,生育成了与她毫不相干的事。她的脾气变得更为暴躁,骂起她男人来,更加粗话连篇了。当然刺猬头也不会相让,因为他认为,她割掉子宫,绝对不是他的错。如果必须要追究到底是谁的错,那么他想,一定得由她来承担错误。世界上有一半都是女人,而割掉子宫的又有几个呢?既然绝大多数的人的子宫里都不生肿瘤,她为什么偏偏要生呢?而他有什么错呢?肿瘤不是他放进去的,他只射进去精液,只把精子输送进去，为的是要让她怀孕，怀上他们的孩子。但是，她却长出了肿瘤。她的肿瘤，跟他一点儿关系都没有。他只是受害者。他的妻子，成了一个没有子宫的女人。他和她一辈子厮守，将断子绝孙。所以他无法忍受她的暴躁，他以牙还牙，她粗俗地骂他，他也用同样的话回敬她。他打她，用脚踢她。他踢在她肚子上的时候，一点都不心疼，反而有一种惩罚的快意。他们的打骂，成了纯粹的打骂，不再像从前一样，打着打着就绞到了一起，开始痛快淋漓地做爱。他们现在已经不做爱了。与一个没有了子宫的女人做爱，他感到别扭。再说了，她是那么凶恶。她不再温柔，不再白皙，皮肤也缺少了往日的弹性。她成了一个真正的黄脸婆，母夜叉。和这样的人做爱，他即使主观上努力，客观上也办不到了。

这一切，黄鸿飞都是不知道的。这些发生在现实生活中的事，黄鸿飞真的一点都不知道。他只是生活在他的幻想中，在他的日记里接近她，塑造她，令她存在，令她生动，让她永远美丽。

如果戚佳萍看到黄鸿飞的日记，她一定不敢相信这日记中的戚佳萍，就是她自己。她一定对这个"自己"感到陌生，对这样一个人居然名叫戚佳萍而感到不可思议。这有点像她第一次看自己的演出录像时的感觉。屏幕上一阵开场锣鼓之后，穿着戏衣化着戏剧彩妆的她出场了。她身段袅娜，水袖轻舞，她哀哀怨怨地唱了起来。戚佳萍一眼不眨地看着电视屏幕,内心的感受复杂极了。她惊异于电视机里且唱且舞的这个人,竟然就是自己!在她眼里,这分明是别人呀!但是这个别人,她又是那么熟悉。既陌生又熟悉,既熟悉又陌生。她感到一阵阵的恍惚,不知道在那一刻,她是在唱呢,还是在看戏。究竟唱戏的是自己呢,还是看戏的人才是自己。她像是看着已经成为鬼魂的自己,在另一个世界里唱戏。或者是自己这个鬼魂在哀怨地倾诉,向另一个冷漠的自己,在诉说人间的不平和命运的不济。

戚佳萍一定会捧着黄鸿飞的日记对他说:"你是在瞎说!"但她同时又不得不承认,日记里的这个女人,确实与她又有着一种血脉的联系。你能说她不是自己,但你能说她与你就完全没有一点儿关系吗?她至少是你的一个影子,或者是你的一个亲生骨肉吧!

唉,别提亲生骨肉这个词儿了。戚佳萍在医院,觉得割去的不是她的子宫,而是她的心。她的胸腔里空荡荡的,她的心,甚至所有的内脏都被割掉了,掏空了。出院的时候,她由她男人扶着,感到自己是没有重量的,是一个空心人。或者说,更像一个自己变成的鬼魂。

一个多月后,黄鸿飞再次看见戚佳萍的时候,他只是觉得她瘦了,她的身影,显得更轻了。她骑着自行车,在黄昏的小街上飘过,从观音桥下飘过去的时候,黄鸿飞觉得她更像是一只没有飞上天的风筝了。他看不清她的脸,看不清她的五官,当然更看不清她肤色的变化和她的表情。

他只看到了她的身影。她瘦了，轻了，像更薄的一片云，飘然而过。他不知道她内部的变化，不知道她的子宫已经被割去。也不知道她割去子宫后的感受。他怎么可能晓得她已经没有了心，没有了内脏呢？

他在当天的日记里记录下了他重见她的感受："戚佳萍，你失踪有一个多月了，你到哪里去了呢？我没有任何人可以打听。我只有猜测。你外出了吗？到一个很远的地方去了这么久，你去干什么了呢？是去演出吗？演出要这么久吗？说不定你们就是去巡回演出了。要是早知道你们去外地演出，我会跟了去。戚佳萍，我要一个码头一个码头跟着，看你演出的每一场戏。如果你不是外出演戏了，为什么失踪了这么久呢？是不是病了，住院了？生了什么病？是什么病让你在医院住了这么久？戚佳萍，戚佳萍，你到哪里去了？"

黄鸿飞的猜测，越来越逼近事实了："你不会是死了吧，戚佳萍？那么我在观音桥上看见的你，应该是你的鬼魂了。怪不得你瘦了，那么轻，你那辆自行车，看上去也不像是一辆真的自行车。人死了，变成了鬼，也会骑自行车吗？"黄鸿飞突然被自己的想象吓着了，打了一个寒战。

他的母亲走进他房间里来了，他赶紧合上日记本，随手把它藏在褥子底下。他的父母对他整天坐着写日记非常不满，他们怀疑他是不是脑子有了毛病。他断了一条腿，已经够让他们伤心操心的了，他们绝对不能让他的脑子再有毛病。母亲告诉他,她已经物色到一个店面,可以用来开一家小餐馆,现在正在谈租金问题,希望黄鸿飞有个思想准备,振作精神,把餐馆开出来,开红火了,赚钱娶老婆,成家立业。"我们不能养你一辈子啊!"母亲语重心长地说。

母亲还告诉他,餐馆开出来之后,他们打算请邻居伍大海的女儿伍丽娟到餐馆帮忙。

"她能帮什么忙!"黄鸿飞说。

伍家与黄鸿飞家做邻居,已经有好多个年头了。伍丽娟是一个胖姑娘,胖得很过分,脸上整天有事没事都挂着笑。在黄鸿飞看来,她的神经是有点问题的。至少也是一个弱智儿吧!关于伍丽娟是弱智还是神经病,黄鸿飞家专门讨论过。黄鸿飞坚持认为她脑子有问题,他的父母却不同意他的看法。他们凭他们几十年的人生经验作出判断,伍丽娟虽然看上去有点呆,但她绝对不是个神经病,也不是弱智。如果她是弱智,她怎么能读到高中毕业?她是有高中毕业文凭的。她没有进大学深造,是因为她的父亲伍大海身患多种疾病,她在高三阶段,经常向学校请假,回家照顾她的父亲,严重影响了学业。而且伍家的经济条件也实在太差了,即使她考上大学,也不会供养得起。伍丽娟高中一毕业,就到幼儿园食堂帮工了,挣钱贴补家用。后来因为她偷了食堂的半袋味精回家,人家查问,她就承认了。人家就不要她了。黄鸿飞母亲的意思是,伍丽娟在食堂工作过,有一定的餐饮方面的经验,请她到餐馆帮忙,应该是专

191

业对口的。黄母不知道儿子内心对伍丽娟这么反感，他们老夫妇其实还有另外的如意算盘。他们希望伍丽娟在即将开出的小餐馆工作，和儿子朝夕相处，日久生情，能够最终成为他们的儿媳妇。儿子是个瘸子，讨老婆是人生一大难题。伍丽娟虽然太胖，长得不好看，不够机灵，但她肯定没有病，人忠厚老实，也能吃苦耐劳，配一个瘸子，应该是绰绰有余的。

黄鸿飞最恨有人说伍丽娟是他的老婆。那时候，还在上初一，有次几个同学来他家玩，见到了伍丽娟。她一个人坐在墙角落里做作业。看到几个男孩子过来，就放下作业，对着他们傻笑。"她是谁?"同学问黄鸿飞。黄鸿飞恨恨地回答说:"不知道!"同学说:"哈哈黄鸿飞，她不会是你老婆吧!"黄鸿飞正色道:"你敢再说!"同学说:"豆腐要吃得烫，老婆要讨得胖，黄鸿飞你真适意啊!"

黄鸿飞追上去就打。同学并不逃跑，只是绕着圈子躲黄鸿飞。黄鸿飞追不上他，就端起家门口的一只痰盂，将半痰盂尿向他泼过去。黄鸿飞泼得不准，尿没有泼到同学，却全都泼在了伍丽娟的身上。

两个月后，黄鸿飞的小餐馆开张了。店离观音桥不远，店名就叫"古桥饭店"。黄鸿飞做的都是家常菜，霉干菜烧肉、肉嵌油面筋、猪脚烧毛豆子、葱烤鲫鱼、清蒸臭豆腐、凉拌芹菜、酱爆小肠、肚肺汤、猪头糕、糖醋栗肉、烂焐白菜、红白羹……这些都是他的拿手菜。菜做得好，但是小镇上的人们却不太瞧得上古桥饭店的菜，觉得它太家常，不洋气，不高档。小镇上的人，喜欢排场，喜欢"不家常"。所以食客寥寥。倒是斜对面豆腐店的龙阿姨，经常光顾。一来也算是老相识，照顾一点生意。二来呢，她有时候中饭不回家吃了，也不带饭了，图个省力，等她老伴过来之后，就一起在黄鸿飞的店里随便吃点。因为是老熟人，那时候黄鸿飞摆自行车摊头的时候，她对他也颇多照顾，所以黄鸿飞基本只收她成本费。

伍丽娟因为没有工作，到古桥饭店做了一名服务员。她除了上菜添茶，还给黄鸿飞打下手。她长得胖，行动不太方便，但手脚还是挺麻利。黄鸿飞是经理，天不亮就去菜场采购。伍丽娟这时候也到店里了，把几只炉子都生起来，烧足了开水。黄鸿飞买了菜回来后，她就择菜。该洗的洗，该切的切。忙到吃中饭的时候，黄鸿飞开始炒菜，她就负责端菜。她的脸上始终挂着微笑，那笑容，就像是画到她脸上去的，那么一成不变。

客人吃过之后，伍丽娟就开始洗碗碟。那么多的碗碟，全都是她一双胖手洗干净的。她洗碗一点也不马虎，不管有多累，都要把碗碟洗得干干净净。她洗碗的时候，黄鸿飞就坐下来，给自己泡一壶茶喝。他喝茶不用茶杯，就是捧着一把茶壶喝。他用的是一只紫砂茶壶，不值钱，几块钱买来的。他除了掌勺，其他时间里，都捧着它。茶壶的外表，在他的摩挲下，变得很亮很光滑。他就着茶壶喝茶，与茶壶嘴对嘴，喝得呼噜噜响。

有时候伍丽娟洗好碗走出厨房，看到黄鸿飞坐在那里睡着了。他睡着了，手上还捧着茶壶。她怕他一松手，茶壶就会掉下来，因此上去将茶壶从他手上拿过来。她一拿，他就醒了。他也不理她，眨巴眨巴眼，对着壶嘴又喝了一口。

晚餐时候，来古桥饭店吃饭的人就更少了。只是偶尔有几个人，会端了自己家里的菜盆子，来这里炒一两个菜，带回家去吃。因此通常晚上黄鸿飞和伍丽娟都很轻松。炒几个菜，等有限的几个客人吃完了走人，伍丽娟就去洗碗刷锅，最后把黄鸿飞的围裙也洗干净了。黄鸿飞这时候就开始喝点儿酒。他一个人，用一只搪瓷杯子，给自己倒了满满一杯黄酒，端出特地为自己炒的菜，在店堂里坐下来，慢悠悠地吃。他喝酒吃菜的时候，眼睛看着店外面，那古老而破败的观音桥，就在不远处，它在夜色里歪歪斜斜的，一阵风大一点，就能把它吹倒了似的。店外小街上的路灯，是那么的昏暗，行人都像鬼影一样，匆匆而过。有时候，突然飘过的影子，不正是戚佳萍吗？她骑着自行车，风一样吹过去了。黄鸿飞的心怦地一跳，他差一点儿站起来，追出店门外，去看她的影子。他会站在店门口，一直看到她的影子消失。

伍丽娟洗涮完毕，就端上一碗汤过来了。汤是她做的。她估计黄鸿飞这时候酒应该喝得差不多了，该吃点儿饭了，于是就做了一碗汤。有时候，汤里放了一点儿豆腐，还有几根青菜；有时候，是几片番茄，打一个鸡蛋。经常是，她悄悄地把汤端上来，吓了黄鸿飞一跳。黄鸿飞的注意力，总是在店门外。他的心，风筝一样跟随着戚佳萍。他喝酒的时候，总是浮想联翩。"你吓了我一跳，你像一个鬼！"他对伍丽娟说。

伍丽娟不说什么，脸上还是带着她特有的微笑。这笑容，就像是画在她脸上的。

放下汤，她又去盛了两碗饭。一碗给他，一碗她自己吃。她埋着头吃，偶尔会夹一点菜。饭吃剩半碗的时候，她就拿起汤勺，给自己的饭碗里加满了汤。然后，稀里哗啦地，很快就连汤带饭一起吃了。她饿了吗？也许只是尽快完成一项吃饭的任务。

黄鸿飞看她埋头吃饭的样子，觉得她真是蠢极了。父母希望自己能娶这个女人为妻，他们真是脑子有病啊！我就是两条腿都断了，也不会娶她，黄鸿飞想。

伍丽娟吃完饭，就坐在另外一张餐桌边等。她要等黄鸿飞吃完，然后收拾他的碗筷去洗。一天一天，都是这样的。黄鸿飞也不跟她客气，只顾笃悠悠吃喝，完全无视她的存在。吃饱了，喝足了，他就站起身来，进厨房去看一看。看看冰箱里还有哪些原料，看看油盐酱醋缺少什么。他视察完了，就拄着拐一个人回家了。他有时候直接回家，有时候呢，就跑到观音桥顶上，坐在那里吹吹风，看看风景。

伍丽娟洗好最后的几只碗碟,就锁上门,埋着头往家里去了。

有一天晚上,黄鸿飞吃完后照例进厨房视察,发现伍丽娟撅着个大屁股在洗碗。她的屁股真大,肥嘟嘟的。她的裙子面料很薄,有点透,能依稀看到里面的内裤。他不禁伸出手去,在她屁股上摸了一把。伍丽娟转过头来,脸上突然没了笑,只是一阵潮红。她白里透红的惊慌的脸色,突然打动了黄鸿飞。他上前捧住了她硕大的脸,她的脸就像一轮满月。他发现她在颤抖,像一头惊恐的小野兽。如果她反抗,黄鸿飞一定就此放手了。如果她主动地将他抱住,他也许会厌恶地推开她。她不反抗,也不主动,她只是一副惊慌失措的样子。他捧着她的脸,不知道接下来应该干什么。是松开手呢,还是继续这样捧着?

他们就这样对峙着,厨房里很静,冰箱的嗡嗡声,响了几分钟,也突然停下了。黄鸿飞听到了自己的血液流淌声。那是掺杂了酒精的血流。伍丽娟手上的水,也慢慢滴光了。她系着小围裙,腰被围裙勒紧,乳房显得更硕大了。黄鸿飞注意到了她的乳房,那么丰满肥厚! 他解去了她的围裙,接着解开了她的衣襟。他的手伸进去了,他摸到了她温热而绵软的乳房。那么软,那么大!

就在厨房的地上,他进入了她的身体。他压在她绵软肥大的身上,脑子里想到了戚佳萍。她化了戏剧彩妆,穿着戏衣,一甩水袖,翘起兰花指,咿咿呀呀地唱起来。他感觉

196

自己是趴在戚佳萍的身上，压着一堆艳俗的戏衣。他剧烈地动作着，不过，只动了几下，他就泄了。

从地上爬起来，穿衣服的时候，他发现自己身上满是油腻。他回家之后，在浴室里擦了几遍肥皂，还感觉到身上油腻腻的。他坐在浴缸的边沿上，努力要想清楚，刚才和伍丽娟在饭店做爱的，究竟是不是他黄鸿飞。如果真的是他，那么，这是不是一场梦？他并没有喝多酒，他每天都只喝一搪瓷杯黄酒，不到一斤吧，又怎么会醉？所有的细节都是真真切切的，回忆起来叫他感到惊心的后悔：她潮红的脸，棉花堆一样的身体，他们身体撞击时，因挤压了空气而发出的怪声响……

他不断地在日记里忏悔，怪自己鬼迷了心窍，居然把自己的童贞给了伍丽娟。同时他诅咒伍丽娟，认为她就是一个魔鬼。他现在只要想起她，想起她棉花堆一样的身体，就会感到恶心，就会回想起小时候，自己将一痰盂尿泼在她身上的情形。当时她的头发全被尿泼湿了，一脸的尿液，她的衣裳，她面前的课本作业本，全都湿了。尿从她的脸上、头发上滴下来，她坐在那里一动不动，好像泼到她身上的并不是尿，而是清水。就是被劈头盖脸地泼了一盆清水，也不会像她那么镇静呀！黄鸿飞感到恶心极了，他在日记里写到她的时候，字迹都变得潦草了。他下定决心，要把她赶出古桥饭店。古桥饭店不需要她这个服务员，他不想整天都和这个棉花堆一样的姑娘在一起。

但要辞退她，又是谈何容易。黄鸿飞的父母知道后，非常生气。父亲大发雷霆，又是拍桌子，又是跺脚。母亲则狠狠地拧儿子的脸。她一边哭一边抱怨自己命苦，生下黄鸿飞这么一个不争气的儿子。"我怎么啦？我不要伍丽娟，就是不争气啦？"黄鸿飞心里这么想，却不敢说出口。因为他从来都不敢违抗父母，尤其是母亲。他不敢顶嘴。如果他顶嘴的话，母亲就拧他的嘴。她下手很重，拧得很痛，而且总是要把他的腮帮子拧肿了。父母是那么维护伍丽娟，好像她倒是他们的亲生女儿似的。他知道他们的心思，他们是铁定了要将她娶回来当儿媳妇的。他们那么看得中她，好像她是什么金枝玉叶，是仙女。其实啊，他们并不是没见过好姑娘，他们实在是瞧不起自己的儿子。不错，他是个瘸子，而且还是因为耍流氓才被打断了腿的。这镇上谁不知道呀。人们私下里根本就不把古桥饭店叫古桥饭店，而是叫它"瘸子饭店"。在父母看来，他们的儿子，能娶到伍丽娟这样又肥又傻的女人，已经是菩萨保佑了。

黄鸿飞感到悲哀。

"你要是辞了她，你就不要开什么店了，你滚，你滚得远远的，我们就当没生你这个儿子！"母亲把话说得很绝。他们显得很绝情。

黄鸿飞在日记里请戚佳萍原谅，他希望她明白，他其实是一点都不爱伍丽娟的。在他眼里，戚佳萍是天使，伍丽娟是魔鬼。他居然和这个肥胖的魔鬼在油腻的饭店厨房里做爱,这要是被戚佳萍知道了,她不知道会怎么嘲笑他呢。他简直就是畜生,真正是禽兽不如!自从第一眼见到戚佳萍,他的心就完全不属于他自己了。那么是不是属于她了呢?至少,他的心离开了他的胸腔,像一只风筝那么飘飘摇摇,像一只飞不起来的风筝,始终跟着戚佳萍。她当然看不见有一颗心像风筝一样跟着她,他的心是红是白,是圆是方,她浑然不觉。她只知道他是一个躲在她家后窗口偷窥的小流氓。她曾经用穿了高跟鞋的脚,无情地踢他。她当然不会听到,他的心被她踢破了,像一根钉子扎在了气球上。他的腿被他们打断之后,他是多么绝望。想到她曾经用她的皮鞋尖使劲地踢他,他痛苦万分。他觉得人死后到了地狱里,也不会有这么痛苦。他希望自己的心,被她踢破之后,就此死了,没有了。他就做一个没心的人,安安静静糊里糊涂地活着。但是他做不到。他的心曾经被踢得爆裂,踢得鲜血四溅,踢成了碎片,但在他的腿伤还没有好之前,他的心却愈合了,长好了,重新变成了一颗心。这颗心,仍然从他的胸膛里跑出来,风筝一样跟着戚佳萍飘啊飘啊。跟在她的身后,她看不到,但它却像飞不起来的风筝,线头紧系在她身上,她在小街上骑着自行车,它就跟随着她,在她的身后飘,战栗。

因为与伍丽娟有了这么一次,黄鸿飞不断地自责。他的自责是那么深!他没法辞掉她,也没能从这种堕落感中挣脱出来。相反,他越陷越深了。第一次之后,他与她又有过好几次。他们在他的饭店里，晚上打烊之后，他们就在餐桌上搞。他总是什么话都没有，上去就把她的衣服剥掉了。他就在她棉花堆一样的身体上折腾。他脑子里想的是戚佳萍。当他睁开眼睛看清楚压在他身子底下的是伍丽娟的时候，他厌恶得快要软下来了。他闭上眼，怀着罪恶感，努力让戚佳萍的形象在脑海里清晰起来。伍丽娟总是顺从的，她干着活，系着围裙，突然被他拖过去，粗暴地剥光，她没有丝毫的反抗。但她也从不主动。她就像驯顺的动物，一切都由他摆布。通常他压着她，她就躺着不动。只有一次，她突然翻身，到了他的身上。她像一堆巨大的棉花堆，几乎把他覆盖了。他被她压在底下，觉得呼吸困难，有了被埋葬的感觉。他在下面挣扎，就像一个溺水的人，拼命要把脑袋探出水面。但她是那么重，像天空一样压着他，他根本无法将她掀掉。他感到沉沦，几乎窒息。

某一天母亲很严肃地把黄鸿飞叫过去，她要黄鸿飞站到她面前。她并不因为他用木拐吃力地支撑着身体而让他坐下。他似乎已经多少年没有仔细看母亲的脸了，现在他有了这个机会，在母亲没有开腔之前，认真地打量她。她的脸上，是什么时候有了这么多皱纹的？皱纹又多又深，叫人吃惊。她的眼袋也因为表情的严肃而沉沉地垂下来。她看上去，已经是一个典型的饱经沧桑的老太婆了。作为儿子，他突然对母亲产生了同情和怜悯。在他的印象中，母亲不应该是这么老的。当然啰，他也从来没有考虑过这个，母亲是老是嫩,他从未在意过。母亲就是母亲,就像家里一件熟视无睹的家具,谁会去注意它有什么异样呢?

母亲像宣布一个沉痛的消息,告诉他,伍丽娟怀孕了!

"不可能,不可能。"黄鸿飞嘟哝着。

"怎么不可能?她说了,她两个月没来月经了,要她把小孩生下来,你才相信啊!"母亲说。

黄鸿飞呆呆地站在那里,嘴上不说什么了,但心里还在嘀咕"不可能"。

"现在只有一个办法,就是娶她!"父亲像一个幽灵一样,不知什么时候出现了。

"不!我不!"黄鸿飞很坚决。

"你去死!"母亲恶狠狠地说。

父亲居然在这个时候冷笑了一下,说:"你没有别的路可走。伍叔叔他们过来说了,要是你不正正当当地和丽娟结婚,那么,他们就要告你强奸。"

一阵恐惧,或者说绝望的感觉,突然将黄鸿飞笼罩了。和伍丽娟结婚?天天和她厮守在一起?天天和这个棉花堆一样的女人睡在一张床上?

"我去坐牢好了!"他轻声说。

父亲终于忍不住跺起脚来:"你是个流氓!小流氓!我怎么生出你这么个流氓来的呀!"

黄鸿飞显然对"流氓"这个说法极为反感,他的脖子变得僵硬了,他的身体,也极为不配合地转过去,他用他身体的侧面对着他恼羞成怒的父亲。

"你说,是结婚还是坐牢?"父亲连跺了几脚。

黄鸿飞不屑地说:"你去和她结婚好了!"

父亲跳起来了,他跳得很高。仿佛他是要到高处去寻找制服儿子的办法。但他很快落下来了。他落到地面上之后,在屋子里东转西转,他要干什么呢? 我们也不知道他家里有些什么东西可以用来打人,我们没办法帮他找。他一个人转来转去,急得像掐了翅膀的苍蝇一样。他在家里居然找不到一样打人的工具,最后,不得不将黄鸿飞的木拐抢了一根过来。被他夺走一根木拐,黄鸿飞晃了两晃。不过他没有倒下。父亲抢过木拐,将它高高举起,对着黄鸿飞的脑袋劈过去。如果他把黄鸿飞劈死,那么坐牢的就是他了。

母亲像个女干部一样,很有风度地举起手,制止了丈夫这一野蛮举动。她喝令丈夫将木拐还给儿子,然后让他出去。"这儿没你的事!"她说。

接下来,她苦口婆心劝说儿子。她讲出了她作为母亲的肺腑之言。她含辛茹苦,用甘甜的乳汁将他抚养大,送他去上学,为他操碎了心。但是,他又带给父母什么呢? 她的眼泪下来了,她希望黄鸿飞能够换位想一想,要是他是为人父母者,有这样一个儿子,又会有什么样的感受。"好不容易开了一个店,你腿不好,年龄也不小了,你不是什么白马王子,不是大学生,也不是国家干部,你的条件不好,很不好！伍丽娟除了人胖点，又有哪点配不上你？你嫌弃她，我还担心人家嫌弃你呢！你娶了她不会吃亏，她人老实，又会干活，现在肚子里又有了你的孩子，你不要她，不光是白白错过好姻缘，还是伤天害理呀！"

黄鸿飞的眼泪也下来了。开始，他觉得这一切都是一个圈套，所有的人，伍丽娟和她的父母，还有自己的父母，他们勾结起来，设置了这个圈套，要他往里面钻。后来，看到母亲那么伤痛欲绝。她一哭，脸上的皱纹更多了。黄鸿飞还很少看见过人的脸上会有如此多的皱纹，他没想到，人的脸上，竟然会有如此多的皱纹！而这个人，竟然是自己的母亲！她哭诉着自己内心痛苦的感受，她看上去真是伤心极了。黄鸿飞的感觉是，如果自己不依了她，她也许就会活不下去了。黄鸿飞的心突然一软，眼泪就下来了。

他终于妥协了。他支着拐站在那里，他站得很累了。他流着泪，主动向母亲表示，他认命了，他愿意服从父母之命，愿意和伍丽娟结婚。他让母亲放心，他一旦决定了，就不会再改变了。

母亲的泪流得更欢畅了。她现在是喜极而泣。她没有想到，事情会突然出现转机，会解决得这么圆满顺利。她激动地过来拥抱儿子，她扑上去将他紧紧抱住，先是让他吓了一跳，继而觉得有点尴尬。他不习惯母亲拥抱他。事实上，母亲好像从来都没有拥抱过他。但他没有把母亲推开，他不忍心推开她。当然他也没有足够的力气将她推开。他

203

只是十分被动地被她抱住。他听到她说："傻儿子,怎么是服从我们呢?这是你自己的事啊,是你的喜事啊!"

母亲身体的重量,几乎都压在了黄鸿飞身上。他的身体突然一软,就和母亲一起倒在了地上。

和伍丽娟结婚都快一年了,也没见她把孩子生下来。她的肚子,也并不见得特别大。虽说腹部有点鼓,但那是她的胖。她哪儿都鼓。"骗子!"黄鸿飞经常在心里这么骂她。但他并不说她。他懒得跟她计较。不管在饭店里,还是在家里,他都懒得跟她说一句话。他们之间,基本没话。就像是两个聋哑人生活在一起。不对,聋哑人还打手势呢。他们呢,连基本的交流都没有。

是不是反倒体现出他们的默契了呢?彼此间不说话,生活却有板有眼地进行着。这不是默契又是什么呢?

对于这一切,伍丽娟看上去也并没有什么不满。她只顾默默地干活,脸上挂着画上去一样的微笑。她对这个世界,对生活,看上去是十二分的满意。她从不愁眉苦脸。作为丈夫,黄鸿飞对她实在是太冷淡了。哪个女人能接受丈夫如此的冷淡呢?伍丽娟能。你从她脸上,看不出任何的痛苦。她一天到晚机器一样工作,脸上挂着永恒不变的微笑。回到家里,干完家务活,她就一个人坐在沙发上看电视。她什么电视都看。任何节目似乎都是她感兴趣的。她一个人坐在那里看,经常看得咧开嘴笑。她也不亏待自己,她经常是一边看电视，一边吃着零食。她特别喜欢吃五香豆、花生米之类芳香的东西。吃得屋子里香喷喷的。黄鸿飞经常听到她在客厅里放屁。

她从不主动跟丈夫说话，也从不对他做任何亲昵的举动。黄鸿飞和她做爱，她也从不拒绝。即使她正来月经，她也不拒绝。她像一大堆棉花，在床上躺着，听任他的摆布。他在她身上折腾的时候，总是闭起眼，脑子里想的都是戚佳萍的样子。偶然他睁开眼，看到身子底下一大堆白花花的肉，以及那张脸上恒定不变和满足的微笑，他就没兴趣进行下去了。他半途而废，从她身上爬下来，她也没什么意见，老实地穿上衣裤，转过身去睡了。很快就打起了呼噜。

伍丽娟在客厅里看电视的时候，黄鸿飞就躲在房间里写日记。他日记里的戚佳萍，离现实越来越远了。所有的一切，都只是他脑海里的现实。每次他在暮色中的观音桥上看到小街上拂过的戚佳萍，他都要在日记里感慨半天。其实，那昏暗街道上骑着自行车飘然而过的，到底是不是戚佳萍，这都是个问题。也许只是一个别的女人。小镇上长像戚佳萍的女人有的是。她们穿着和她差不多的衣裙，就喜欢骑了自行车在暮色中穿行。

黄鸿飞日记之外的戚佳萍，不光红颜正在悄然老去，而且生活也出现了一些大问题。她在子宫被莫名其妙地割去之后，与刺猬头的婚姻，也终于走向了破灭。他经常打她，猛踢她的肚子。而她也渐渐失去了反抗的热情。她最

205

后连粗话都不骂他了。随着子宫的失去,她似乎变了一个人,变得那么软弱。他们夫妇之间,除了他单方面的打骂,就没有别的了。往日打骂之后激情似火的做爱,也没有了。常常是她带着伤,躺在地上,而他,则在床上呼呼大睡。她曾经想到过死,从北窗口跳进河里,她不止一次地想过。但是,她不会游泳,她怕水。想到自己将会在水中无望地挣扎,一通挣扎之后,就大量呛水,最后肚子里灌满了水,变得臃肿不堪,被人打捞上来——想到这些,她害怕极了。她也曾备下了足够多的安眠药,放在隐秘的地方,刺猬头发现不了的地方。那地方,还藏着她的一些私房钱。她没事的时候,经常会取出这包药片,看着它。它们一颗颗安静地躺着,在她的注视下,渐渐有了生命似的蠕动起来。想到它们被吞进肚子里之后,在她的体内,突然摇身变成一个个妖魔,举着各式武器,猛砍她的内脏,她感到害怕极了。她没有勇气去死。她为自己的懦弱而感到悲伤。

最后她终于选择搬出去住。她与刺猬头分居了。她搬到了文化站,在一个摆放道具的仓库里暂时安下身来。她总算可以不挨打了。但她感到孤独,感到生活中依然存在着一种难以摆脱的恐惧。她常常失眠,因此她备下的一大包安眠药,很快就被吃完了。她现在爱上了这白白的小药片,不再觉得它们进入她的胃里,会变成妖魔。它们简直就是天使。它们会在压抑的夜晚,用透明的翅膀,向她扇出清凉的风,安抚的风,催她安静下来,放松下来,最后进入梦

206

乡。她因此不再对安眠药表示恐惧了,她又开始积攒这种白色的小药片。她越来越舍不得吃它们。能不吃的时候,她尽量不吃。她要省下来,一颗颗省下来,积累到足够多,以备不时之需。

她在充满霉味的文化站仓库里住着,半夜睡不着,又不想吃药的时候,就干脆从床上爬起来,将堆放着的戏衣,一件件拖出来穿着玩儿。腐朽的气息,随着一些尘灰,在屋子里飞扬。她什么样的戏衣都试着穿。她每穿一件,就跑到落地的大镜子前,看镜子里的自己。戏衣大多色彩艳俗,因此她的脸,就显得无比苍白,她觉得自己的形象,真的很像是一个鬼。就像是从棺材里倒出来的。有时候,她走到镜子前,真的被自己吓着了。但是这种惊吓,对她来说,似乎是挺有乐趣的。她在吃了一惊之后,感到心情好了许多。她上了瘾,经常故意要吓自己。她要让自己受刺激,她觉得被自己吓着了之后,心里特别的舒服。

而这些,黄鸿飞又怎么能知道呢?

他只是在某一天,坐在观音桥顶上,发现戚佳萍骑着自行车,向她家的反方向骑去。他突然觉得有一点儿奇怪。方向反了?他转动脑袋,手比画着,想要弄清,是戚佳萍骑车的方向真的反了呢,还是自己搞错了方向。

他在当天的日记里,重点记录下了自己的疑惑。他反复研究,到底是自己错了,还是事情果真是有了一点异样。

他开始写日记的时候,憋了一泡尿。后来尿急得实在不行了,他就出来,要去卫生间方便。他一出来,伍丽娟立刻将电视的频道换了。她慌慌张张的。她为什么要这样?黄鸿飞感到奇怪。他就走过去,问她:"你怎么啦?"伍丽娟的脸上,已经不再慌张了,重新出现了画上去似的固定微笑。"没什么。"她说。

黄鸿飞抢过她手上的遥控器,换了几个频道。突然,电视上出现了一个穿着戏衣,正咿咿呀呀唱越剧的女人。这个人是谁?她是戚佳萍吗?看一看屏幕左上方的台标,正是本县地方台。黄鸿飞因此确定,这个唱戏的女人就是戚佳萍。虽然她的脸上画了浓重的油彩,但他从她的体态和声音上,能够确定是她。她迈着碎步,在屏幕上云一样飘来飘去。他手里拿着遥控器,呆呆地看,也不坐下来,也忘了膀胱里那一泡满满的尿。他感到现实虚幻起来,仿佛一切都在一场梦里。

他看着电视上的女人,这个从时间的缝隙中滑落的古代女子,在屏幕上甩着宽大的水袖,梦一样飘来飘去。他一直盯着她看,直到她在电视中消失。

只有他一个人在客厅里站着,手上拿着遥控器。伍丽娟是什么时候不见的?她不要看电视了吗?

他把遥控器扔在沙发上,进卫生间撒了一泡热尿。他的这泡尿真长啊,他站在马桶边上,不知道撒了多久。很久很久,他才轻松地走出来。

伍丽娟又坐在沙发上看电视了。她怎么又出现了呢?

208

刚才她去哪里了？也许她根本就没离开过客厅,她一直坐在沙发里看电视吗?

她为什么要突然换掉频道呢?她慌张的样子,难道不是真的,只是黄鸿飞脑子里浮现的幻象吗?

黄鸿飞回到房间里,发现他的日记本被动过了。他仔细地观察,发现几处戚佳萍的名字上,有很深的指甲划痕。划得很深,划痕透过好几页纸,有一处,纸都被划破了。他在这划痕上,看出了仇恨,恨得像刀子,划痕上仿佛在淌血。名字好像就是戚佳萍的脸,她惨白的脸,被刀子划破了,血流出来了。

他知道这是谁干的。除了伍丽娟,还会是谁呢?他拿着日记本,身体大幅度地摇晃,摇到她面前,质问她,为什么要这么做。她却做出一副很无辜的样子,目光清纯地看着他,脸上还是挂着要让他发疯的笑。他扇了她一记耳光。她脸上的肉又多又松软,她也不躲避。一切都在告诉他的手,她其实很希望他扇她。

从此之后,无论他把日记本藏得多好,上面只要新写上戚佳萍的名字,名字上便会出现指甲的划痕。这就是说,不管他将本子藏在哪里,她都能够找到。他简直要疯掉了,他在写日记的时候,就会感到身后有一双眼睛在盯着她,她躲在他的身后,一眼不眨地偷看着他。他常常突然转过头来,却什么都没有!他把日记本随身带着,睡觉的时候就压在枕头底下,它一分钟都不离开他,他甚至进卫生间,也会把它带进去。但是，划痕还是在不断地增多。只要字里行间出现戚佳萍的名字，伴随着这个名字的，就是充满了仇恨的刀子一样的划痕。伍丽娟像是化成了一个幽灵，紧盯着戚佳萍的名字，她专门咬这个名字，只要这个名字一出现，她就会张开嗜血的嘴，狠狠地撕咬它，让它流血。

黄鸿飞在观音桥上，第二次看到戚佳萍骑着自行车，在暮色里向她家的反方向飘过去，他这才肯定，自己前些天所看到的，并非幻象。他坐在冰凉的桥栏上，不回家。他要守在这里，等待她的身影从文化站的方向出现，最终向她的家飘过去。风很凉，已经进入冬季了。他虽然穿了夹层的夹克，但还是被冷风吹得直淌清水鼻涕。他在黑暗中不时地吸着鼻涕。他一直坐到后半夜，戚佳萍还是没有出现。

他就向文化站的方向走过去。

他的木拐，在小街上发出咯咯咯的很响的声音。后半夜真静啊。他决定不用拐杖，他把它像枪一样扛在肩上，向东栅的文化站瘸去。由于不用拐杖，他的身体晃动的幅度实在是太大了。路灯下，他看到自己的影子像是在跳大神一样。他的影子，从此岸跳到彼岸，又从彼岸跳回此岸。它在小镇空荡荡的街上狂跳，像一个巨大的魔鬼。

他悄悄地潜入文化站，这个漆黑的院子，在白天它是那么喧闹，响着丝竹之声，响着锣鼓，响着咿咿呀呀的戏曲唱腔。可现在,它安静得只有风吹动香樟树叶的细碎声音。风推动了地上的一片枯叶,它唰地叫起来,像老鼠一样从他的瘸腿下溜过去。

他看到了院子角落里的一丝微弱灯光。他既紧张又兴奋。他猜想,那亮着灯光的屋子里,一定有她。她为什么还不回家,都后半夜了,还待在文化站里,她究竟在干什么呢?

他扛着木拐,向那个屋子潜过去。

很厚的窗帘垂挂着,他无法从窗子口看到什么。他蹲下来,眼睛贴到了开裂的门板缝隙上。他通过门缝,看见了屋子里的戚佳萍。她又失眠了。她在这间堆放各种戏衣和道具的仓库里,以试穿戏衣为乐。她今晚穿了一袭白衣,披麻戴孝,她迈着碎步,在屋子里转了两圈。她赤着脚,捷步如飞,却没有一点儿脚步声。她最后在落地的穿衣镜前站住了。

在此之前,他只能看见她的背影。她素白的身影,就像一个屈死的女鬼,让他的心紧缩起来。他确实感到有点儿害怕。他怕她转过身来,她突然转过脸来,会是一张狰狞的脸吗?她的身段苗条秀气,却有一股儿鬼气。她转着圈子,转圈的时候,始终用宽大的衣袖挡着她的脸。她为什么要挡着脸呢?她长着一张什么样的脸呢?化了彩妆的脸,还是青面獠牙的脸?

当她在穿衣镜前停下来,放下她的衣袖的时候,他才看清她的脸。他与她同时看到了镜子里的脸。这不是一张厉鬼的脸,而是一张人脸。这张脸在一袭白衣的衬托下,显得有些灰黄。这就是她啊,戚佳萍,这不是她又是谁呢?黄鸿飞的心在收缩,身体也在收缩,他紧张得不得了。他真的不知道她是人是鬼,不知道自己是真的在文化站仓库外呢,还是在梦中。

要说他感到害怕了,这是不对的。他不害怕。他只是紧张。除了紧张,他有一种迷醉的感觉。如果她真是一个鬼,那么他愿意自己也是一个鬼,不用开门,他就可以像一缕风,逸进屋子里去,与她缠绵在一起。他从门缝里闻到了仓库陈腐的气息,而这陈腐的霉味中间,夹杂着她所特有的香气。这香气也被他闻到了。

他不是一个鬼。他不能变成一个鬼。所以他与她,只能阴阳相隔,他只能隔着这扇陈旧的木板门,通过一道窄窄的裂缝窥视她。就算他能变成鬼,又能怎么样?当他以鬼的身份进入室内,她会接纳他吗?她会冷冰冰地看他一眼,说:“我不认识你!你给我出去!”或者只是对他微微一笑,说:“你来干什么?你出去吧!”

如果她不是鬼,她作为一个人发现他在门外窥视的话,她会怎么样?她一定会惊恐得大叫起来。然后,沉睡的人们被她凄惨的叫声惊醒,大家提了家伙赶过来,将他拿住。木棒、石块,就会雨点一样向他的身上落下来。这时候她走出来,她一袭白衣,袅娜而出。见了他,她一定会抬起

212

脚来踢他。她虽然赤着脚,但她踢得够狠,踢中了他的心窝,他就会啊地惨叫一声,听到自己的心爆裂的声音,就像一个气球被锐器点中,瞬间就炸裂了,变成碎片。

他又开始鬼使神差地,每晚都将木拐枪一样扛在肩上,幽灵般晃过小街,潜入文化站,去那道窄窄的裂缝边,窥视仓库里的戚佳萍。他蹲在那里,像一块黑色的石头。

尽管黄鸿飞对妻子伍丽娟说,她要是再动他的日记本,他就会杀了她。但是,戚佳萍名字上的指甲划痕,仍然如影随形。不止于此,有些地方,戚佳萍的名字都被抠去了。黄鸿飞用他的拐杖,敲打伍丽娟的身体。木拐打在这一堆棉花般蓬松柔软的身体上,似乎并没有多少打击的效果。他就用它捅,像上了刺刀的步枪一样,要刺穿她的身体,在她的身体上捅出一个个窟窿来。她号叫着,就像一头被绑住了四蹄、准备宰杀的猪。但是她没有眼泪。她从不在他面前流泪。她甚至在叫痛的时候,脸上都是带着微笑的,那恒定不变的、就像是画在面具上的笑。他可以把她的笑,和她的不流泪,看成是对他的反抗和挑衅。他用木拐抢她、捅她,一点儿都不心疼。仿佛他的压抑,他无望的暗恋,都是由她一手造成。甚至他的残疾,他的沉沦,也都是她带来的。她是他的灾星。她那肥胖松软的身体,就像一团巨大的棉花球,压着他瘦弱的残疾之躯,让他无法自由,无法呼吸。他每一天都觉得,这堆棉花快让自己窒息了。

他那带着肮脏痰迹的拐杖头,刺中了她的腹部。他刺中的仿佛不是一个人,而是一部会发出警报一样巨响的机器。她叫声的凄厉,其长度,其高分贝,让他吃惊。他吃惊地收回拐杖,吃惊地看着她叫。看着她随着自己的叫声,倒在了地上。一大堆棉花!他看到蛇一样的鲜血,从她身子底下蜿蜒而出,他想,他把她打坏了!她会不会死呢?她闭着眼,就像死了一样。她流血了,她安静下来了,不喊叫了,蓬蓬松松地在地上,一大堆,就像棉花。她的脸上,也不再有笑容,就像睡着了。就像死了。

这一回她是真的怀上了。不过,被他用拐杖捅掉了。他的木拐,就像一柄真正的步枪。他枪毙了自己一个尚未成形的孩子。

她在床上躺了多少日子,他没有统计,也许连她自己也搞不清了。她就那么一直躺着,不起来。他把吃的喝的端到她面前,给她吃。她不理他,他就放在床头柜上。她闭着眼,直挺挺地躺着,就像一个植物人。但是当他再次出现在她面前的时候,碗都空了。她总是趁他不在的时候,将他端来的食物吃光。他发现她一直都是躺着,闭着眼,长眠不醒的样子。她是什么时候吃的呢?她是躺着吃呢,还是爬起来吃的?她怎么就干得这么利索呢?由于长时间躺着,她看上去更胖了。她的身体,占据了大床的一大半。并有覆盖整个床的趋势。如此肥硕的身躯,又是如何做到身手敏捷的呢?

已经约定俗成,他端过去食物,也不再邀请她吃。只是在床头柜上放下就走。然后，过了一会儿，他就去收空碗。她每一次都将食物吃光，一点不剩。每只碗都像是洗过了一样。难道她会伸出舌头，将碗舔干净？她始终都是直挺挺地躺着，安详地闭着眼，一动不动。好像他端进去的食物，是被另一个躲在角落里的饕餮之徒吞噬而去的，与她一点儿关系都没有。

他总是要在文化站仓库外头蹲到深夜，就像每天都去一个固定的地方上夜班。他处理掉妻子床头柜上吃空的碗，放上一杯水，然后就出门了。仿佛已经习惯了与幽灵打交道，他轻悄悄地做着一切，对于这个长眠不醒的肥胖女人，他不再去探究她到底会在什么时候，以什么样的方式来吃掉这碗里的东西。他知道碗里的东西一定会被吃掉，他不管是谁吃掉的。在碗里盛放一些食物，把它放在她的床头柜上，这成了他的一项工作。

他总是要在那扇陈旧的木门外头，蹲到里面熄了灯。咔嗒，门缝里所有的景象，都归于黑暗，归于无。霉味的戏衣，袅娜的背影，苍白的脸，一瞬间都没有了。

他仿佛从春花烂漫的地面，突然跌入漆黑的陷阱。

这一晚，他憋了一泡尿回家。他直接向卫生间走去。他推开卫生间的门，打开卫生间的灯，突然看见伍丽娟坐在马桶上。她瞪着一双大眼睛，她的眼睛瞪得真大！她突然暴露在灯光里，她从黑暗中冒了出来，她以惊恐的眼光看着他。好像是他突然闯入了她的宁静，他这个陌生的、意外的事物,突然出现,让她吃惊。

当然,他受到了更大的惊吓。他差点儿吓得叫出声来。他完全没有料想到,她会突然在他的面前出现。她应该是躺在床上的,闭着眼的,一动不动的。她不应该出现在卫生间里,不应该坐在马桶上,不应该是在黑暗中,更不应该以惊恐万状的目光看着他。她到底是谁?她在干什么?

他们对视着,对峙着,良久良久。

双方终于都镇定下来了,不再以为自己是撞见了鬼,都清醒地认识到,突然在自己面前出现的,只是自己朝夕相处的伴侣。黄鸿飞的心情,变得轻松一些了,他这才想起自己是憋了一泡尿的。膀胱的胀,现在又感觉到了。

"你好了吗? 快点!"他说。

伍丽娟站起来,拉上裤子,抽水马桶发出了哗的一声响。在寂静的夜里,水声很响。

黄鸿飞站在马桶前,急匆匆掏出自己的家伙来,但他的尿,并没有酣畅地射出来。他在马桶里发现了可疑的东西。这是什么? 零碎的,一片片呈灰黑色的,究竟是什么东西呢? 它们是从伍丽娟的身体里排泄出来的吗? 那是从她肠子里排出来的经过消化了的食物吗? 还是她脱落的子宫内膜? 他感到奇怪极了,他对那个肥胖松软的身体,感到更加莫名其妙了。她的经过了发酵似的硕大躯体,是那么陌生而不可思议,是那么荒诞,那么叫人厌恶。

他又抽了一下,眼看着一股力量,将马桶里的水吸下去,同时也将这莫名其妙的灰黑色碎片吸走。一些碎片被吸走了,另有一些碎片,却在马桶里转了几个圈,顽强地留了下来。水的漩涡在马桶里平静下来,残留下来的碎片,又浮在了水面上。

他产生了一种幻觉。他以为这些碎片,其实就是他的妻子伍丽娟。她被一场灼烈的火焚烧了,烧成了灰烬。抽水马桶抽去的,不正是她的灰烬吗!她肥胖松软像一堆棉花的身体,变成了零碎的、灰黑色的碎片,变成了灰烬,已经被隐藏在马桶下面的怪兽一口吞了下去。只不过还有一些碎片残留着罢了。

那么她的身体,是不是已经不复存在了呢?黄鸿飞一边撒尿,一边想。他看着自已淡黄色的尿柱,向马桶里射去,冲击在那一汪清水里。它令浮在水面上的灰黑色碎片动荡起来,旋转起来。它打破了马桶里的宁静,扰得那些残留的灰烬不得安宁。

他撒尿完毕,再抽了一下水。现在,马桶里已经基本没有了灰黑色碎片了。水变得清澈了。除非仔细看,已经很难看到什么杂质了。灰烬只剩下比芝麻更小的零星的几点,在水中浮游。他弯下腰来,将脸凑近马桶。他看到了它们,零星的几点,细小的,灰色的,很难被一眼看到。它们在他的注视下,像是一个个活物,在清水中畅游。

可是他回到房间,又在床上看到了她。伍丽娟的身体,看上去更为硕大了。她躺在床上,几乎占据了整个床。所幸的是,这一段时间,黄鸿飞早就不和她同床而眠了,他一直睡在客厅的沙发上。

她的身体没有被焚成灰烬,她还那么硕大着,蓬松着,几乎占据了整个大床!

变成了灰烬的,只能是他的日记本。它不见了。他找遍了所有的地方,都没有找到它。它肯定已经消失了,没有了,被她烧掉了,烧成了灰,最后扔在马桶里冲掉了。

他冲进房间里,对着她吼,要她说出来,是不是被她烧掉了。她安卧着,一动不动,她就像真的死了一样。无论他怎么样咆哮,她都不为所动。她的身体舒坦地摆放在大床上,那么松软,那么夸张。

他摇她,用拐杖推她。她纹丝不动。她像一座山,一块砥定石,那么沉稳。

他真想在床底下点上一把火,让火熊熊地烧起来,把她,把这屋子,把一切的一切,都烧成灰,烧成轻飘飘的碎屑,漫天飞舞,最后随风飘散。

1989 年夏秋之际,一场冷雨之后,天气仿佛一下子进入了冬季。小镇上的梧桐树,就像是一夜之间落尽了叶子。所有的树,看上去都是光秃秃的,那么不堪。豆腐店职工龙阿姨的儿子,在武汉读大学二年级,他的骨灰盒,就在这个时候被送回来了。那一天豆腐店没有开门,所有的豆腐,都被龙阿姨家自己包下来了。亲戚和朋友们,大家聚拢到古桥饭店，一起吃了一顿豆腐餐。这顿饭当然是由黄鸿飞掌勺，打下手的，则是龙阿姨家的一些亲戚。店里所有的桌子，都拼到了一起，所有来吃豆腐餐的人，都围坐下来。黄鸿飞将豆腐做成了各式各样的菜。有豆腐肉丝羹、油煎老豆腐、红白汤、豆腐烧鲶鱼、毛豆子炖豆腐干、百叶炒韭菜等，一共有七八样。客人们轻声赞扬黄鸿飞的菜做得好，大家脸上没有笑容，但依然能让人感觉得到，他们的赞美是由衷的。所有人的手臂上，都缠着黑纱，缀着白色绒线绕成的小花。黄鸿飞也套上了一个。他见过龙阿姨的儿子，记得他那瘦削修长的身材，以及脸上非常显眼的眼镜。黄鸿飞在观音桥塅修自行车的时候，天天看见他路过。他骑自行车飞快，仿佛分分秒秒都在赶时间。不过，他路过豆腐店的时候，看见他母亲龙阿姨跑到门口来跟他打招呼，他总是会挥一挥手，脸上露出英俊但又有些稚气的笑。在黄鸿飞看来，他是十分可爱的青年。他每次到黄鸿飞的摊头上来打气，总要主动付一角钱。黄鸿飞后来也不再拒绝他付钱。他觉得他的礼貌是发自内心的，如果执意不要他付钱，黄鸿飞生怕他的心里会不舒服。

这个孩子一直是龙阿姨的骄傲。龙阿姨每天到古桥饭店里来吃中饭，有时候一个人吃，大部分时间是和老伴一起吃。他们夫妇一起来的时候，黄鸿飞听到，他们谈话的内容，就是他们远在武汉读大学的儿子。天冷了，两口子就担心儿子受冻；天热了，又为他该穿什么衣裳而操心。吃到好吃的菜,就说,要是儿子在就好了。龙阿姨的老伴总是安慰妻子,让她相信儿子已经是个大人了,完全能够照顾好自己,让她不要太为孩子操心。碰到龙阿姨一个人来吃饭的时候,她就会和黄鸿飞聊她的儿子。她向他介绍儿子在大学里的情况,学习怎么怎么好,对自己怎么怎么要求严格,不抽烟不喝酒不谈恋爱,是一个呱呱叫的好学生,担任着学生会的组织委员,如此云云。

黄鸿飞曾跟她开玩笑说,龙阿姨,你这么喜欢你的儿子,将来他讨了老婆,你和儿媳妇会处不来的。

黄阿姨觉得自己一味地夸儿子,有点不好意思了,她突然想到要顺便夸一夸黄鸿飞这个听众。她对黄鸿飞说,人各有志,行行出状元,我儿子读书好,你呢,菜做得好,也是有出息的。

黄鸿飞很自卑地说,我有什么出息?我是最没有出息的!

听黄鸿飞这么说,龙阿姨就叹了一口气,说,我觉得你其实是蛮好的,你的心好。他们那么打你,把你的脚都打断了,真是太狠心了!

听她这么说,黄鸿飞的脸上火辣辣的。他不愿意她就此话题继续往下说,他就问她,这个菜好吃不好吃啊?那个是不是有点咸啦?

龙阿姨说,其实,她是舍不得儿子到那么远的地方读书的。将来他大学毕业了,也一定不会回到家乡来工作。

220

他这一出去，就可能是永远不回来了。

黄鸿飞安慰她说，即使以后在外地工作，逢年过节还是会回来的嘛！

龙阿姨的眼睛红了，说，你如果是我的儿子，我也会很高兴的。你手巧，菜做得好吃，心好，整天伴在一起，其实也是蛮幸福的。

黄鸿飞突然感到鼻子一酸，眼泪差点儿流下来。

在古桥饭店吃豆腐餐的时候，龙阿姨一直抱着儿子的骨灰盒。抱着骨灰盒怎么吃饭呢？她不吃。她一直在哭。她不敢大声地哭，她只是伤心地哭泣。因为她的儿子，死得不太"光彩"，因此亲戚朋友们来吃这顿豆腐餐，大家让黄鸿飞把饭店的门关上，尽量不事张扬。所有的人说话都是轻轻的，脸上没有笑容。一些人负责安慰龙阿姨，劝她把手上的骨灰盒放下来，吃一点东西。但她坚持抱着骨灰盒。有人就喂她吃几口。有的人则陪着她流泪，大家的脑袋都低垂着。黄鸿飞的心里也非常难过。

街道上所有的树，都脱尽了树叶。古老的观音桥，也在这个秋天被拆去了。黄鸿飞听人说，这是一座元代的古桥。元代，距今有多少年了呢？黄鸿飞找到一本《新华字典》，在屁股后面查到了《我国历史朝代公元对照简表》，算了一下，元代离今天至少也有六百多年了。一座在风雨中挺立了六百多年的桥，一下子就不见了，真是有点儿可惜！取而代之的，是一座崭新的水泥桥。桥是平桥，为的是能让汽车开进镇子上来。而镇上的街道,原本石板铺就的路面,也都变成了平整的水泥路。石板一块块撬掉,铺上了水泥,为的也是能让汽车开进镇子上来。

白天,这个小镇开始有了汽车喇叭声。镇子的白天变得更喧嚣了。原先的人声,自行车铃声,再加上汽车喇叭声,小镇显得一下子热闹起来。黄鸿飞的古桥饭店,随着汽车的进入,生意也有点好了起来。陌生的客人多起来了。但是龙阿姨这个熟客,却再也没来吃过中饭。她变得病恹恹的,在豆腐店里上班,也不说话。下了班就回家了。她好像是不再吃东西了,她自从失去了儿子,就再也没有来黄鸿飞饭店里吃过一次饭。那顿抱着骨灰盒吃的豆腐餐,是她在古桥饭店的最后一顿饭。

古桥已经没有了,但黄鸿飞的饭店还是叫"古桥饭店"。

戚佳萍与她的男人分居之后,就一直住在文化站的仓库里,与一堆散发着霉味的戏衣,还有其他演出道具睡在一起。刺猬头来过几次,向她讨饶。但她就是不肯答应跟他回家。他就打她,揪住她的头发打她,踢她的肚皮。她不叫不喊,也不反抗,听凭他打。好像她没了子宫,就没有了脾气,连痛感都没有了。有时候,他打她的时候,她居然还笑出来。他打了她,走了之后,她就把门关起来,感到困了,就睡了。她睡得很香,不需要安定片了。好像他的打,是能够催眠的一样。当然有几次,他把她打趴在地上,剥掉她的衣裳,强奸了她。她也不反抗,听任他的摆布。他走了之后,她也懒得爬起来,就这样在地上睡着了。

有一天晚上,黄鸿飞偷偷地潜入文化站,走到仓库门口,发现门直直地开着。戚佳萍躺在地上,虽然穿着戏衣,但衣襟敞开着,看得见胸衣,高耸着。黄鸿飞站在门口,一阵脸红心跳。他弄不明白,她为什么要以这样的装束,以这样的姿势躺在地上睡觉。她睡着了吗?她真的不知道他出现在她门口吗?他屏住呼吸,呆呆地看着仰躺在地的她,看着她被胸罩紧裹着的饱满的胸,看着她平滑的肚皮,肚皮上有精致的肚脐眼,也有一道清晰的伤疤。仓库里的霉味,飘进了他的鼻子里。奇怪的是,门敞开着,他反而闻不到她的香气了。往日,透过一道窄窄的门缝,他总能闻到她的香气,像一缕风,从仓库的霉味中穿透而出,让他真真切切地闻到。

他试着往里走。夜实在是太静了,他听到自己的脚步声了。他以为她也会听到,她会突然惊醒,坐起来,从地上爬起来,惊恐地看着他,愤怒地斥责他,骂他流氓,让他走,让他滚。但是没有,她依然仰卧在地上,她睡得真香啊!她就这样睡在地上,不怕着凉吗?

他走近她了。他一步步走近她,心跳得越来越快。当他近到能用手摸她的脸了,他才觉得有些异样。她会不会是死了?她怎么一点儿反应都没有呢?他拉住了她的衣襟,他拉了拉,她还是没有反应。他摸了她的脸,摸了她的头发,她还是一动不动。他放下木拐,两只手捧住了她的脸,她的脸冰凉冰凉。他跪在她面前,拉起了她的手,他觉得她也许真的是死了,她的手不仅冰凉,而且有些僵硬。他握住了她的手,他感到自己的心里,像是有一股风吹过去。他紧紧地抓着她的手,抚摸着她洁白的手臂。她的手臂像瓷一样细腻、洁白、光滑、冰凉。

他坐到地上,他把她抬起来,抱在了自己的怀里。他抱紧了她,他突然觉得有一股眼泪要涌上来,他真的抑制不住自己,他哭了起来。他的眼泪簌簌地淌下来,滴在了她的脸上、胸前,以及戏衣上。他看到戏衣上的蓝色部分产生了变化,一点一点地,蓝色变得更蓝了,深得像是黑色了。

他在泪光中看清楚了她肚皮上的疤。他抚摸她的肚皮,抚摸这一道蜈蚣似的疤。他不知道她的肚皮上为什么会有这么一道疤。她的子宫已经被割去,手术刀将她光滑的肚皮划开,取走了她的子宫,留下了这一道粗暴的伤疤。这些,他一点儿都不知道。他只是想象,她的肚皮被什么人划开,将她的所有内脏都剜走了。心、肝、肺、胃、肾、脾、胆,都没有了。所以她再也不可能将眼睛睁开了,她成了个空心人。

他解开了她的胸罩,她饱满而高耸的双乳,就呈现在他眼前了。他脱去了她的戏衣,发现她光着脚,只穿了一个三角裤。她的腿真白,真饱满! 他把她紧紧地抱在怀里,他紧紧地抱着她,胸贴紧了她的胸。他的手在她的肩上、背上、臀上、腿上,轻轻地抚摸着。她的身体冰凉,而他的体

224

内,却涌动着火。火在涌动,在燃烧,在呼呼地蔓延,要把他,和他怀里这具美丽而冰凉的身体,一起焚烧了,烧成灰,烧成升腾的热气,烧得整个天空都红了,烧得全世界都毁灭了!

黄鸿飞被逮捕之后,他的父母带着伍丽娟一起去看守所。他们跪在警察面前,哀求他们,向他们发誓,他们敢以他们的生命做担保,人肯定不是黄鸿飞杀的。伍丽娟趴在地上,把头磕得咚咚响。她肥胖的身体,匍匐在地上,就像一大堆棉花。她连续给警察磕头。警察将她从地上拉起来的时候,她满脸都是血。

镇上很多人都认为,戚佳萍肯定不是黄鸿飞杀的。杀她的人,一定是她的丈夫刺猬头。因为自从发现她死了,刺猬头就不见了。他一定是畏罪潜逃了。如果人不是他杀的,他又为什么要逃呢?他用皮带勒死了自己的妻子,他就逃走了,事情一定是这样的。

但是警察说,死者身上的精液,经化验,是黄鸿飞的,这一点,肯定没有错。

我的双胞胎女儿

我的女儿谈优说,她打算开春以后去洛杉矶参加世界矮人大会。我们都不知道有什么矮人大会,闻所未闻。倒是听说过有世界妇女大会,某一届还在北京隆重举行。世界各国,日本啦,韩国啦,罗马尼亚啦,还有泰国,都派妇女代表前来参加。我们全家都对谈优的想法表示不理解。她这是怎么啦?是不是这几天感冒,高烧上来了,正说胡话?我的妻子,也就是谈优的母亲,还伸出手去,在谈优的额头上摸了一下,以确定这荒唐的念头是不是高烧搞的鬼。但妻子的手被谈优重重地挡开了。谈优说,世界矮人大会每两年在美国召开一次,你们从没听说,只说明你们孤陋寡闻。两年一次,来自全世界各地的成千上万的矮人都聚集到了一起。那是矮人们的狂欢节。在那短短的一周里,没有歧视,没有同情,有的只是相互的尊重和无边的欢乐。除了召开各种会议,还有舞会、音乐会和时装秀,以及五花八门的体育比赛。当然,这黄金般的一周,也是矮人们谈情说爱的大好时机。说到这里，谈优的脸上露出了羞怯的神情。我看她其实是不知羞，想恋爱都想疯了的样子。难道说不远万里飞到美国，就是为了去跟某个外国矮人谈情说爱吗？我对中国女孩子嫁给外国男人，历来都有意见——除非是外籍华人——何况还是外国矮人！何况还是我的女儿要嫁出去！我想，如果真有什么矮人大会的话，矮人中的花花公子和水性杨花的女子，在这一周里倒是能够大显一番身手。

说起谈优的身高，我真是禁不住要长吁短叹。唉，天知道她怎么会长得这么矮！你看看我，看看我妻子，我们虽然算不上颀长苗条，但也绝对不是矮子呀！怎么就生下这么矮的女儿呢？而且还是一双！要是早知道会生这么一对双胞胎小矮人下来，还不如不生呢！或者只生一个——如果两个人的高度合在一个人的身上，那简直就可以去当时装模特儿了！但是生儿育女的事情，真是由不得我们自己。那由谁掌握着呢？我也不知道。谁也不知道。糊里糊涂地结婚，糊里糊涂地就要生孩子了。妻子的肚子，当时也看不出跟别的孕妇有什么两样，倒是她的臀部比原先翘得高了。可她居然一生就是两个！当初两个女儿生下来，她们是多么可爱啊，简直是人见人爱。圆圆的脑袋圆圆的脸，圆圆的眼睛圆圆的嘴，两个小姑娘别提有多讨人喜欢了。一时间，我真的认为我是这世界上最幸运的父亲，是世界上最幸福的人。可是，等她们长得有点大了，问题就来了。两个孩子怎么不长个儿呢？她们直到上了高中,还像两个幼儿园的孩子。这问题就大了。我们夫妇曾带着一双女儿,到许多大医院去,想知道症结所在,想能够有一种药,吃下去个子就呼地长高了。我作为一名医生,竟然心存如此反科学的幻想,显然不太应该。世上当然没有这种药。奇怪的是,所有的医院都说不出原因来。"遗传呗!"他们只是说。可你们看看,我个头不矮呀,我妻子的个头也不矮呀,这是明摆着的嘛,只要有眼睛,就能明白无误地看到这个事实。通常经我这么一说,医生就不说话了。但也有的医生,会狡辩说:"也许是隔代遗传。"这一说显然也缺乏根据。据我所知,我的家族中可绝对没有矮人史。而我的妻子也曾对天发誓,她们家哪怕上溯十八代,也绝不会有一个矮子。我相信她的话,因为我不仅见过她的父母,还见过她的祖父母和外祖父母,以及她除此之外的其他种种亲戚,他们无一例外都是长身玉立。那么问题究竟出在什么地方呢?有一天深夜,一个念头水泡一样冒上来,令我猛然感到一阵恐惧:难道说,问题会出在妻子的身上?难道说这两个小矮人,或许并非我的骨肉?我在深夜里沉沦,感到痛苦,不可自拔。

谈优说,她是在某个安静的下午,从电视中收看到关于世界矮人大会的节目的。她的心一下子就被打动了。我们都无法想象,在这短短半个小时的节目中,她究竟流了多少泪。她几次在电视机前失声痛哭。不过这并没有引起

228

我们的注意。因为,这个孩子,躲在自己的房间(当然同时也是她妹妹谈秀的房间)里哭哭啼啼的情况,是经常出现的,我们不以为怪。当然,她也曾哑然失笑,电视中那个热情乐观而又滑稽可笑的亚美尼亚矮人,他怪异的表情,他对自己身世妙趣横生的表达,让她不禁含泪大笑。她当即就萌生了要亲自参加世界矮人大会的想法。"可是,你哪来那么多钱去美国?"我们提醒她,她的父母既不是当官的,又不是做生意的老板,那点菲薄的薪水,只够维持日常的生活开支,要我们供她去美国参加什么世界矮人大会,除非让我们从今天起开始卖血。我只是一名中医,中医在医院里可不是什么令人羡慕的行当。最吃香的是那些开刀的,开一个阑尾炎都能拿几千元的红包。好像从病人肚子里挖出来的不是发炎溃烂的阑尾,不是被石子撑破的胆囊,不是肉芽般的肿瘤,而是黄金和钻石似的。谈优低头不语。后来她清点了自己参加工作以来的积蓄,认为购买一张到洛杉矶的往返机票,应该不成问题。"可是吃呢?住呢?还有其他花销呢?"妻子扯高了嗓门问。她从来都是说话大声,这与她小学教师的身份有关。可是谈优相信,在世界矮人大会期间,一切都将是免费的。她说:"世界矮人大会,又不是商品交易会!"她真是天真过了头,她以为美国人都是慈善家,就不赚矮人的钱吗?说不定洛杉矶市的地方财政,就仰仗这两年一度的矮人大会呢!可谈优不信我们的,她主意已定,驷马难追。她决定以一个中华矮人的身份,去公安局申请护照。结果是,她在公安局遭到了意料之中的嘲笑。众警察指着一名警察的酒糟鼻,调笑他说:"哪天你也到美国,参加世界红鼻子大会去吧!"

谈优的请求被无情地拒绝了。她从公安局出来,还没有跨上她的小自行车,就遇上了一个人。这个人个子很高,长相也不错。他驾驶着一辆踏板助力车(由于身材高大,他仿佛是蹲在街头供孩子们玩乐的卡通电瓶车上)靠近谈优。他在谈优身边停下车来,问谈优道:"你今天不是上日班吗?"谈优早就认出了他,她当然认得他,这个人到我们家里来过两次,看样子他正在跟我的二女儿谈秀谈恋爱。他居然会看上谈秀,真是不可思议。虽然常言道,癞痢头儿子自家的好,在我的眼里,一双女儿,两个小矮人,应该始终都是可爱的。但是,人不可能永远生活在感性中。用理性的眼光来分析,我的女儿谈秀,是无论如何也配不上小万这样的小伙子的。是的,他姓万,我们都叫他小万。小万虽然只到我们家来过两次,但从谈秀的态度上,我们就看出,她是爱上这个小伙子了。因此我们不得不对小万心存戒备。万一他是个爱情骗子呢?虽然谈秀是个矮人,但她作为一个人,其尊严跟常人没有什么不同。她作为女人,最宝贵的贞操也跟别的女人同样宝贵。然而我妻子对小万的态度,看了都叫人生气!她的一张老脸,对这个小万堆起厚厚的巴结的笑,她不仅给他泡了咖啡,还给他递烟。好像是她看上了小万似的。她的烟从哪里来?还不是从我抽屉里偷来的！我的抽屉，只有一只是常年上锁的，那就是放烟的那只。我的烟都是别人敬我的。上班的时候，总有人在我面前掏出烟来。这时我就要庄严地对他们说："这里不能抽烟！"或者说："你都病成这样了，还抽？"他们于是赶紧解释说："我不抽烟，这烟是敬您的，请抽烟！"我一边说："医院是不能抽烟的，除了上厕所的时候。"一边就把病人递上来的烟接了过来，扔进抽屉里去了。你别看我这烟盒是飞马牌，里面可是什么烟都有。有云烟、红塔山、南京、上海，还有中华和飞马。你可别以为我是个烟鬼，其实我不抽烟，我至少是不太抽烟，我没瘾，我一点瘾都没有。我只是十分珍视这些烟，我觉得这烟的形状非常可爱，一支支修长玲珑，小巧迷人，颇具收藏价值。有时候我下班回家，什么都不想干，就是坐在写字台前，把一根根牌子各异的香烟看来看去，从这只烟盒里抽出来，凑近鼻子闻了闻，再放到另一只烟盒里去。你们看，我有这么多烟！我感到了难言其妙的心理满足。是啊，一名普通的中医，人老无用，在医院确实是捞不到更多的油水，甚至还不如一名牙医呢！只有这些烟，才让我有受尊重的感受，它们给我以尊严！可是，为了巴结这个小万，我的妻子，居然把我的烟偷出来给他抽。她能够轻易地拿到我的香烟，这说明她掌握着另一把抽屉钥匙。她真是个卑鄙小人！而那个小万，显得更加可恶，他接过我妻子递给他的烟，理所当然地抽了起来。他甚至还仰起头吐了几个烟圈，你瞧他有多得意！

谈优知道小万是认错人了。上日班的不是她，而是她的妹妹谈秀。我的两个女儿，在同一家丝织厂工作。这份工作可是来之不易。当初，两姐妹高中毕业后，一直找不到工作。几乎所有的单位，都商量好了似的，以个子太矮为由，将我可怜的两个小矮人拒之门外。"我们可不招童工！"一个可恶的厂长竟然还这么说。那段日子真是不堪回首，我们家整日笼罩在阴云之下。后来一个偶然的机会，我治好了一位丝织厂厂长久治不愈的便秘。厂长当然感激万分，他亲自将一面"华佗再世"的锦旗送到医院，并且邀我在过年的时候随他一同前往泰国旅游。我乘机对他说，游泰国并不是我最大的心愿，我希望他看在大便就此畅通的份上，能接收我的两个女儿进他单位工作。"没问题，没问题！"他当时一口答应。可是，当谈优谈秀姐妹站在他面前的时候，他惊诧得嘴都半天没有合拢。"我这不是用童工了吗？"他居然也说出了这样的话。"你几岁了？你们究竟几岁了？"他反复问了几次，最后看了她们的身份证，才相信她们确实已经成年。"要不是你医好了我的便秘，说什么我都不能要她们！"厂长最后在电话里对我这么说。丝织厂是三班倒，姐姐上班的时候，妹妹就在家里睡觉。一个日班，一个就是夜班。因此在她们的房间里，干脆只安排了一张床。两张床基本上是没有必要的。她们反正是轮流睡觉。谈优要不是去公安局申请护照，她此刻一定是在家里睡觉。她知道小万认错了人，便白了他一眼。我知道她对小万，这个也许会成为她妹夫的人，一点儿好感都没有。小万第一次来，待在她们的房间里不出来。正是一天中日班和夜班交替的那一段时间，两闺女都在家中。谈优便不高兴了，觉得自己的窝被妹妹独占了。她在起居室里收拾餐具，把碗碟弄得乒乒乓乓地响。她几乎把一只盘子都甩碎了。第二天我洗碗的时候发现，这只盘子上有了一条碎纹，一定就是这丫头甩的。谈优这么做，我的妻子着起急来。小万对她来说，好像是天上掉下来的一个金元宝。她生怕谈优这么甩甩掼掼的，把小万给得罪了，人家就不愿意再跟谈秀交往下去了。她这样子，虽然有点贱相，但我还是能够理解的。第二天她对我哭哭啼啼地说了半天，虽然并没有令我有多少感动，但我至少是能够理解她的一番苦心的。她说："你想想，谈优谈秀年龄也老大不小了，可她们这样的身材，嫁给谁去？谁愿意娶这么一个小矮人做妻子？人家宁肯娶一个哑巴，漂漂亮亮的不会说话，也没有什么关系嘛！带出去不还是风风光光的？或者娶一个瞎子，个子高高挑挑的，也比小矮人强。人家小万不知是哪根筋搭错了，会看上我们家谈秀？"我说："你怎么知道他看上了谈秀？""不看上？不看上他怎么上我家来，还跟她关在房间里半天不出来？又没有人把他绑架来！你看这小万吧，长得多好，要身材有身材，要长相有长相，我看着比谢霆锋还顺眼些呢。这可是一个机会，一个不可多得的机会。如果我们不抓住机遇，把它给错过了，那可真是要抱憾终生的！我看小万这身材，起码也有一米八吧。这样的人娶了我们家谈秀，真是再好不过了。我们已经生下了两个小矮人，这种情况是再也不能继续下去了。你不想你的小外孙，或者小外孙女儿也是小矮人吧？好，有了小万这样的女婿，相信谈秀的孩子就再也不会是小矮人了。即使没有小万这么高，至少也不会像谈秀这么矮了吧？这可是百年大计，你可不要一副满不在乎的样子！"不可否认，妻子说得有理。但是，我还是提醒她说："对这小子，我们可得注意一点，免得到时候被他白占了便宜，那谈秀不是太惨了吗？"妻子却说："惨什么惨？你是什么脑子？猪脑呀？你的意思是说，万一他们有了那种关系，谈秀就吃亏了？我才不这么认为呢。我巴不得谈秀尽早怀上他的孩子呢！谈秀要是真的怀上了他的孩子，我相信他就是插上翅膀，也飞不掉了！"

妻子于是把谈优拖到我们的大房间里，对她说："老大啊，我求求你了，你不要再乒乒乓乓地甩东西了，这样多不好！人家小万要是听到了，不再来了，这不是要了谈秀的命吗？也是要了我的命啊！老大啊，你是要妈妈跪下来求你吗？"谈优说："这是我的家，我要轻就轻，要响就响，关别人什么事啊？"她说话的声音提得那么高，简直都盖过她当教师的妈妈了。我估计，小房间里的谈秀和小万，应该都听到了。我觉得谈优这孩子实在是太过分了，她这样做，真的是很过分了。她从小就任性，跟她妹妹谈秀比，她一点都不温

234

顺,不像一个女孩子。我记得,有次她妈妈给她们姐妹俩一人买了一双红皮鞋,都是那种后跟特别高的,在我看来都赶得上高跷了,她们应该感到满意。但是,这谈优竟然去厨房取了菜刀,当着我们的面,把她的一双劈了。她当时的神情,就像一个疯狂的杀人犯。她发了疯似的砍那鞋,仿佛那鞋是她仇人的头颅似的。"干什么?干什么?"妻子上去想把她的刀抢掉,结果手臂上挨了她一刀,缝了八针呢。幸亏是缝八针,多少还给了妻子一点点可怜的安慰,八,发嘛!谈优说:"这么低的后跟,我砍了它!砍了它!"流血的妻子说:"这后跟还低吗?你要是嫌低,我可以去换嘛!"谈优的疯劲并没有因为母亲的流血而消失,直到把两只鞋砍烂了,她才住手。她一边砍,一边说:"死了好!死了好!生下我这种丑八怪,死了可比活着好!"她真是个不讲理的家伙。矮人怎么啦?矮就不是人啦?谈秀不也矮吗?她怎么没有砍鞋?她怎么不像你那样说"死了倒比活着好"?不就是个头矮一点吗?人家说,矮子的智商就是比高个子高呢。矮人还长寿呢。科学研究表明,未来人一定会想方设法使自己变得更矮。矮人除了更健康,还节省能源呢。科学家相信,如果真有外星人到地球上来,他们的个子一定比我们要小得多。但他们聪明呀,文明比我们发达几千倍呢。矮人有什么不好?有什么值得你寻死觅活的?白雪公主要是没有七个小矮人,她早就没命了,还怎么去跟白马王子谈恋爱?要我是白雪公主,我就在七个小矮人中挑一个,只有这样,才会过上真正幸福的生活。

小万第二次到我们家来,他就不再跟谈秀窝在房间里了。我知道,一定是聪明善良的谈秀做了工作。他们两个,坐在厨房里聊天。妻子这就不安心了,她不住地在我面前唠叨,说厨房的光线不好,那只电灯泡上满是油腻灰尘。她这可就是多虑了,谈恋爱要光线好干什么? 谈恋爱巴不得暗一些才好呢。花前月下,不就是图个光线暗淡吗? 人家舞厅和 KTV 包房如果都开着大灯,那就不会有客人光临。可是,妻子又担心,厨房里的味道太不好了,一股抹布的气味,哪有什么诗情画意? 显然这又是她的多虑。她是没有注意到,谈秀的身上,搽了好多香水的。如果他们靠得很近,他更多闻到的,应该是香水的香,而不是厨房的异味。这个唠唠叨叨的女教师,又说厨房离卫生间太远,他喝多了水,多不方便呀! 你真是想得太周到了,周到得有点过头了吧? 活人还能被尿憋死? 尿急了,再远的路也会赶着去解决的,你担什么心呀! 要是实在不愿意上卫生间,那就少喝点。少喝点不就行了吗? 我倒是觉得,他们完全可以不在厨房里谈,他们可以到外面去呀。外面玩的地方多得是呢! 有酒吧,有茶馆,有迪厅,还可以到网吧去上上网。如果实在怕花钱,到马路上逛逛总可以吧? 看看我们城市的夜景,市政府伟大的"亮化工程",总比窝在昏暗的厨房里强呀! 是啊是啊,妻子说,我怎么没想到呢? 我怎么就没有想到呢? 为什么不出去逛逛呢? 外头好啊,外头不比家里好吗？瞧她的样子,好像正在谈恋爱的是她,好像她巴不得跟这个小子到外面灯红酒绿的马路上去擦亮爱情火花似的。为什么为什么？道理不是很简单吗？让我来告诉你吧！这小子呀,还是嫌谈秀矮,他觉得跟谈秀在一起丢人呢!他才不愿意带着她一起到外头去呢,他怕被熟人看见呀。就是没有熟人看见,陌生人对他们这高矮悬殊的一对指指戳戳,他也会觉得受不了的。现在你明白了吧？他宁肯跟她窝在气味不佳的厨房里,也不愿意到什么酒吧茶馆迪厅去,更不愿意到马路上去。

谈优白了小万一眼,打算跨上自行车走人。小万却上前一把拖住她的手臂,他确实是认错人了,他把谈优认作了她的妹妹谈秀,他对她说:"你想我吗?"谈优于是哭了起来。她在公安局的门口大哭。也许她的哭,更因为是没能在公安局申请到去美国的护照。她原本就窝着一肚子的火,现在正好被小万一激,就发了出来。这时候大概小万也突然明白,他是认错人了。他骑上他的助力车,放出一阵青烟,就开走了。

正是发生了这件事,再加上几乎是同时发生的"电视剧事件"(该事件下文将会详述),导致了小万与谈秀的恋爱告吹。小万再也不到我们家来了。而谈秀呢,为此而整天哭丧着脸。她不仅伤心,而且委屈。与姐姐比起来,她的嘴笨,她想说什么,常常并不说出来;她即使想说出来,也说不好。她只是苦着脸。后来谈优对她说:"这件事,你不要怪我,不是我的错。是他在大街上不知羞耻地抓住我的手臂,我怎么办?我难道应该让他抓着吗?我要是让他抓着我的手臂,你反倒要怪我了!"谈秀呢,听姐姐对她这么说,她也不吭声,只是哭。在我的印象中,她好像哭了整整一个星期。我们都没有想到,她原来这么会哭。她从前可不是这样的,她从小到大,都不是这样的。倒是谈优,像只蚌壳精(碰哭精)似的,动不动就哭,非常烦人。看来,谈秀这一回是真的伤了心。她生而为人二十多年了,还没有好好哭过呢,这一次却哭得这么惊天动地。我当时就非常担心,担心这孩子会出什么事情。因此我一直出面制止妻子埋怨这埋怨那。她那样子,要不是我不断提醒她,她真不知道会啰唆成什么样呢。她唠唠叨叨的,说得嘴角满是白沫,看上去就像是一只螃蟹。好像失恋的不是别人,而是她似的。我对她说,这个家里已经够烦的了,你就不要再唠叨了,你再唠叨,谁都活不成了!结果呢,结果被我不幸而言中。看来我的担心不是多余的,我就是预感到谈秀这孩子会出什么事。果然,那天夜里,她在房间里大叫了一声"救命"。这声喊,真是凄惨啊,我相信所有听到的人,都会毛骨悚然的。我清楚地听到,这声音是从女儿的房间里传出来的。而这时候,谈优正在上夜班,只有谈秀一个人在房间里。"是老二出事了!"我听到自己的腔调,在夜里是那样恐怖。我跳起来,冲向女儿的房间。可是房门锁着。我推了几下,都没有推开。在推门的时候,我又听到里面的谈秀喊了一

238

声"救命"。"老二,开门! 老二,开开门!"我一边撞门,一边喊。后来妻子也来和我一起撞门,但她并没有把门撞开,倒是踩着了我的脚,疼得我也差一点喊救命了。"爸爸!爸爸!"我听到谈秀在屋子里喊我。我就说:"老二,别怕,爸爸来了,你快开门!"谈秀说:"我不能开门,我不能开门,救命啊!"换了谁,都会以为屋子里有一个歹徒,他正用刀子抵着谈秀的喉咙。或者就是,歹徒已经逃走,而谈秀则被死死地绑在一张椅子上。这回我决定把门撞开。为了防止里面有歹徒,我让妻子去厨房把菜刀取了来,我决定一撞开门就与他进行殊死的搏斗。结果是门撞开了,而我的手臂也差一点儿被撞断。我看到我的女儿谈秀,右手紧紧地握住自己的左手,脸色惨白。而她的身上,以及被褥上,则是刺目的鲜血。

你为什么要想不开? 你年纪轻轻,怎么就想到了要自寻短见? 这世界上最宝贵的,就是人的生命。而生命对每个人来说,都只有一次,你怎么能这么对待自己? 年轻人,一定要树立正确的人生观,正确对待生活中的失败和挫折。要把国家的前途和人民的利益放在首位,要立志为祖国为人民奉献青春。要有使命感、责任感,要肩负起建设祖国开创未来的重任。在谈秀住院的这几天,许多人都来看她,她的朋友,她厂里的领导和同事,大家以各种各样的语言开导她,安慰她。失恋一次算什么? 就像是被蚊子叮了一口,有点痛,有点痒,有一个红疹子,如此而已。过几天不就好了吗,犯得着搭上自己的命吗? 还有人遭受离婚的打击而照样勇敢地面对生活呢。当问到她为什么用刀片割了自己的手腕又要大喊救命时,谈秀说:"那么多的血出来,我就害怕了,我就突然不想死了。"

后来谈秀就跟一个配钥匙的好上了。我们都认识那个人,他配钥匙的铁皮棚子,就搭在我们小区外的街口。他的面孔长得蛮好看的,但他是一个瘸子。要不是亲眼看见他一瘸一拐地到我家来,我们谁都不会相信他是一个瘸子。他坐在他的铁皮棚子里,谁也想不到他会是一个瘸子。他皮肤白净,眉清目秀,还戴了副眼镜,看上去是那么斯文。有时候我看到他,没有活干的时候,坐在铁皮棚子里看一本杂志,有点像是一个读书人。谈秀说,他的钥匙配得好。女儿房间的门锁,被我撞坏之后,谈秀就到铁皮棚子里去修锁。谈秀中午下班的时候,锁就修好了。他还在钥匙上挂了一个十分好看的钥匙圈,送给谈秀。谈秀说:"这个小猪钥匙圈,真的是非常好看,我一直都是喜欢猪的,我觉得猪最讨人喜欢了。总有一天,我要买一只猪回来当宠物养。我都恨自己不是出生在猪年,这辈子都不能属猪。真的非常感谢你送我这个小猪钥匙圈,你怎么会知道我特别喜欢小猪呢? 只是你白白地把它送给我,我觉得不好意思的。你帮我修了锁,还不要钱,这怎么行呢?"铁皮棚子主人对谈秀说:"没什么不好意思的,是一点点小意思。你不认得我,我是认得你的,你们家就住在这个小区里面,是不是?"

谈秀说:"你认得我,就因为我是个小矮人,是不是?你觉得我样子非常滑稽,是不是?你觉得我很可笑,是不是?"铁皮棚子主人赶紧说:"你不要这么说,我可没这么想。只是你每天都出出进进,我就认得你了。你好像昨天晚上还上的夜班,怎么今天白天又要上班?你一天工作几小时?你可不要累着了啊!"谈秀说:"昨晚上夜班的是我的姐姐,我们是双胞胎。哪有一个人夜班日班连着上的,不要把命送掉啊!"配钥匙的笑了起来,说:"怪不得呢!"后来他提出来要跟谈秀交个朋友,他自我介绍说:"我叫刘球,足球的球。我原来叫刘少鸣,跟刘少奇只差一个字。因为我特别喜欢足球,所以前年自己改了名字,我现在就叫刘球。"谈秀当时还不知道他是个瘸子,她对他说:"那你一定踢球踢得很好啰?"刘球坦率地说:"我不会踢球,我的脚有毛病,小时候得了小儿麻痹症。但我喜欢看球。电视里只要有球赛,我都要看的。德国的联赛,意大利的联赛,西班牙的联赛,还有我们国内的,我都要看。我还经常到上海去看球呢。你要也是一个球迷,你就会知道我刘球的名字的。"

谈秀就这样跟刘球认识了。不久就把他带到家里来。这下妻子不乐意了。她认为,老二谈秀找一个瘸子,显然是不合适的。"瘸子比矮人还不如呢!"她说,"如果矮人能打60分的话,那么瘸子只能打30分,最多也只有40分。而且他的瘸呀,瘸得不好看。"天晓得她这是什么歪理,她这个评委究竟是凭什么规则在给矮人和瘸子打分!再说,哪

241

有瘸子瘸得好看的？是瘸子当然就是不好看了。但你要注意，他的脸长得很英俊呢，这就是优点。看人嘛，总要多看到人的优点。"要是他们以后生下一个小瘸子来怎么办？"这倒是个问题。不过据我所知，小儿麻痹症并非先天性疾病，一般来说是不会遗传的。"你能保证吗？要是生下小瘸子怎么办？"

我完全可以这么说，刘球这样的男人，也许是世界上最会讨丈母娘喜欢的男人了。他三次两次一来，妻子就完全接纳他了，也不管以后是不是会生下小瘸子。他每次来都不空着手，给妻子带这样带那样的。在我看来，这也都不是一些什么值钱的东西，比如处理价的真丝围巾啦，什么人到俄罗斯海兰泡去一日游带回来的廉价法国香水啦，却把她哄得乐颠颠的。他还有一双巧手，有时候会帮这位咋咋呼呼的小学教师把浸在脚盆里的衣服洗了。他还帮她熨衣服，他的手艺不错。他甚至还替她把衣服上掉了的纽扣钉上去。这样的女婿真是踏破铁鞋都难找啊！她很快就不在乎刘球的腿了。她甚至时常在不经意中流露出对瘸腿特别的偏爱。她讴歌瘸腿。她说身有残疾的人，常常就是心灵手巧的。她买来台湾歌手郑智化的 CD，一遍遍地听，像个发烧友。我知道，其实她并不喜欢听什么歌，她就是个五音不全的人。她之所以要听郑智化，就因为他们都是下肢残疾者。残疾人奥运会召开的那阵，她从学校一回来，就坐在电视机前收看比赛。她还以少有的诗意口吻说，

242

她在这种特殊的奥运会中,看出了一种美,得到了美的享受,精神也受到了鼓舞。她说她因此变得更加热爱生命了。

刘球似乎很快就成了我们家庭的一员了。他自作主张地配了一套我们家的钥匙,还堂而皇之地把它挂在他的裤腰上。他走路幅度过大,因此钥匙发出丁零当啷的声响,仿佛是在演奏一件古怪的乐器。他其实应该知道,他这样做是违法的,谁允许他持有我们家的全部钥匙了?谁给了他这样的权利?我怀疑,我那只装香烟的抽屉钥匙,他也私自配了一把。好在他并不抽烟,也就随他去吧。

我们全家都熟悉了刘球上楼的声音。丁零当啷,丁零当啷,是刘球来了!他给我们家带来了欢乐,这么说一点也不过分。他可不像从前那个小万,一张脸一天到晚板着,不知道他是在扮酷呢,还是天生就不会笑。而刘球则不同了,他的脸上始终挂着微笑。给人的感觉是,他从来都没有什么烦恼,他就是欢乐的化身。仿佛瘸腿是一种天大的乐趣,偏巧让他给轮上了,就是三生有幸。他的欢乐鼓舞了我们全家,我们家庭的每一个成员,都因为刘球的到来而笑逐颜开。刘球真是个人才,他有足够的本事取悦我们家的每一个人。有时候,他就像是一个高明的魔术师,他的上衣口袋里会变化出无穷无尽的小玩意。一打火就会出现美人图案的打火机,当然是送给我的。还有精美的古巴雪茄,它的香气令人着迷。他显然是个十分时尚的青年,在他的口袋里,永远不会取出老土的东西。一切都是水果一样新鲜的。他除了给我们这两位尊长赠送各种各样的礼物,还费尽心机地讨得他女朋友姐姐的喜欢。是的,我们的老大,可怜的谈优,对刘球的印象好得不得了,只要一提起刘球,她就会竭尽赞美之能事。不像以前,小万来了,谈优的脸马上冷若冰霜。有时候,我真是十分羡慕刘球,这个腿脚不灵的小伙子,怎么年纪轻轻,就有这么大的本事呢? 他的本事是那些四肢健全的青年都望尘莫及的。他给他的女朋友谈秀送什么样的礼物,必定同时也送一份给谈优。他还这样风趣地说:"反正不用动脑筋,一式两份就行了。"他对她们两姐妹,真有点一视同仁的意味。甚至有时候,在我看来,他对谈优还更迁就些。但这也没什么好奇怪的,因为谈优从小就刁蛮任性,不像老二谈秀那么好伺候。我想这也正是刘球的聪明之处、高明之处,光知道"一式两份",是远远不够的,做人的艺术在刘球的身上,体现得真可谓淋漓尽致。

有时候,刘球还带她们两姐妹一起去逛街。三个人在商场里走来走去,自然吸引了不少眼光。大家都像打量怪物一样看着他们。这怪不得人家。他们这三人"青春组合",确实在我们的城市里并不多见,换了我,也会忍不住驻足观望的。因为刘球,因为他的乐观和智慧,因为他良好的心理素质,两姐妹也不再为人们的围观而感到烦恼。她们也变得落落大方起来。她们在人们目光的交织下,显得自然、活泼。她们似乎已经走出过去"电视剧事件"的阴影了。这令我们做家长的，感到前所未有的宽慰。我的小学教师妻子，似乎也因为这种可喜的家庭变化而变得温柔一点了，她居然破天荒地提出来，要进卫生间帮我擦背。朦胧的雾气之中，我们赤诚相待。我们虽然默然无语，但我们的内心却感到了一丝久违的甜蜜。

我们全家，还在刘球的影响下都成了球迷。而在此之前，我们都不看球。妻子甚至认为，为这么一个皮球而迷得神魂颠倒，多少有些脑子不正常。可是现在，我们家所有的人，都成了铁杆球迷。只要有球赛，我们就聚集在电视机前，一起看球，一起为好球而喝彩，一起为中国队的臭脚而懊恼，而恨铁不成钢。原来看球竟是这么一种紧张刺激而富于艺术激情的事儿啊！因为看球，我的血压开始出现了问题。因此妻子不得不在每次看球之前提醒我不要忘了服用降压片。对于足球，我们从不喜欢到喜欢，从不懂到懂，这都是因为刘球。每次重要的球赛，我们这家子球迷中间，必定有刘球。他坐在三人沙发的中间，一条残腿安放在一只小板凳上，而我们夫妇和两个小矮人女儿，则对称地围坐在他身旁。他看起来就像个皇帝。他对足球的理解，以及他精辟而恰到好处的解说，比起电视里的那些个乌鸦嘴来，不知道要好多少倍。谈优和谈秀都认为，要是刘球的普通话再好一点，那么他到电视台去当一位体育播音员，就会让许多"臭嘴"下岗。刘球还曾租了一辆面的，带我们全家到上海虹口区体育场，去观看过一场上海申花对江苏舜天的比赛。刘球进入体育场，竟然受到了无数球迷的起立欢迎。他们齐声喊着刘球的名字："刘球！刘球！"这令我们全家惊诧不已。刘球原来是个名人，在华东地区，许多球迷都知道刘球的名字。我们跟随着刘球，真是感到风光无限。我看到幸福的红晕浮上了女儿谈秀的脸，她真是一个幸运的小矮人。我同时看到，幸福的红晕也浮上了女儿谈优的脸，她也是一个幸运的小矮人吗？那天看完球赛，刘球带我们到上海著名的红房子吃了一顿西餐。是他教会了我们，将叉子和刀子左右呈八字放好，仿佛一个人叉开双腿。是他让我们知道了什么是开胃酒，什么是甜点，什么是鱼子酱。我们全家都成了乡巴佬，而刘球，则俨然是一个归国华侨。他让我们酒足饭饱，最后潇洒地买了单。那天他花了五千多块钱。他出手真是大方，同时也令人纳闷：他哪来这么多钱？就靠他锉钥匙锉出来吗？我不由得偷偷打量了他几眼，想看出他是不是一个手持万能钥匙，专干撬门入室偷盗钱财勾当的梁上君子。想起自己一名堂堂的医生，生活却是那样的寒酸，内心不禁对这个满面春风的瘸子暗生了几分嫉妒。

刘球身体一向很好，他一年四季都不间断游泳。他的上半身，肌肉的确非常发达。每次我们家出现拧不开瓶盖的情况，都是刘球一到便迎刃而解。那只扬州酱菜瓶盖，我们全家都使出吃奶力气拧过了，盖子还是纹丝不动。我采取了各种办法，在火上烘烤，然后包一块毛巾，拧得龇牙咧嘴,盖子还是无法打开。但刘球一来,他只是轻轻地一旋,就打开了。哇——我的两个可爱的小矮人,一齐欢呼起来。看样子,她们是恨不得冲上去抱住刘球,要在他的脸颊上留下一个香吻。彼时彼刻,真的令人恍惚:她们两个,到底谁才是刘球的女朋友啊?

可是刘球却突然病了。他配钥匙的铁皮棚子,紧腾腾地关了起来,就像一只铁皮盒子。铁皮盒子上挂了一块牌子,上面写着"因店主不幸生病住院,暂停营业,请大家原谅"十八个大字。泌尿医生说刘球的肾脏出现了问题。"肯定有问题!"泌尿医生说,"要是没有问题,绝对不会有血尿的!"刘球说,他的身体一向很好,他根本不相信自己小便里会有血:"只是有一点点红,那是因为水喝少了。"他甚至还怀疑,抽水马桶里的红,其实是谈秀或谈优留下的。但化验结果表明,他的尿里确实有血。我们全家,真是比他的亲人还要着急,我替他安排了最好的床位,朝南向阳,是两人一室的小病房。作为一名本院医生,虽然只是个人老无用的中医,这点特权还是应该享受的。谁要是连这点特权都不给我,我就跟谁急!为了这个病床,我一改平日里好好先生的形象,突然变得青面獠牙,一直闹到院长室。也许当时我的脸都有些歪斜,激动得嗓音都变了,以至于院长一时都想不起来我到底是何方神圣。我相信院长被我这头突如其来的怪兽吓着了,他反过来狠狠地批评了泌尿主任,说他对同事漠不关心,事不关己,高高挂起,完全是自由主义的表现。他让泌尿主任无论如何也要把床位给我安排好,他说:"谈医生的需要,就是我们的需要!"

刘球的病,牵动了我一双女儿的心。她们几乎放弃了工作,她们把她们可怜的假期,全都用到了刘球的身上。她们为刘球端水送汤,甚至还争着为他处理大小便。刘球病床边的床头柜上,摆放着芳香的水果和鲜艳的花朵。这些都是两姐妹的杰作。她们平日里省吃俭用,连深受蛊惑的"增高药"都舍不得买来吃。现在为了刘球,却毫不吝啬地花钱买这么好的鲜花和进口水果。谈优啊,她不是还要省下钱来去参加什么世界矮人大会吗?届时到了洛杉矶,想吃了,想玩了,口袋里却没有美金,那该多惨啊!也有损于我发展中国家的国际形象。而谈秀呢,她一直想要买一套魅可化妆笔,却每次都以舍不得掏钱而告吹。医院里的人,包括一些病人和病人家属,以及全体医务工作者,都为这两姐妹的事迹所感动。有人甚至提议,要请电视台来拍一拍这对不怕累不怕脏的小矮人。但这一想法还刚刚萌芽,就被扼杀在摇篮里了。老大谈优立即提出抗议。她说,如果谁去把电视台叫来,并且电视台也果然来拍她们的话,她就要以侵犯肖像权把谁告上法庭。请不要责怪这孩子吧,不要责怪她狗咬吕洞宾不识好人心,她实在对上电视有着非常的恐惧。一朝被蛇咬,十年怕井绳。当初,那还是老二谈秀跟小万谈朋友的时候,一个偶然的机会,老大谈优被一帮拍电视剧的找了去,扮演一个青楼女子。谈优涉世未深,作为一个普通的女孩子,希望能够成为明星,这一点,是与天下所有的女孩子没什么两样的。她是个小矮人,但并不妨碍她同样有理想,有幻想。当机会突然降临时,她自然喜不自胜,决定要将它牢牢把握住。这个电视剧里有一场戏,是说有个土匪,在江湖上令人闻风丧胆,也就是说,他是个杀人不眨眼的魔王。但他个头奇矮,且非常好色,每到一处,都要去洗头房按摩厅之类的色情场所。一次他来到某地,居然提出要召一个个头比他还矮的小姐。这可难为死了妈咪。妈咪当然不敢对矮魔王说不,但是,又到哪里去找这样的小姐呢?最终他们踏破铁鞋,终于弄来了一个可爱的女性小矮人,赏以重金,让她跟矮魔王行鱼水之欢。"这个角色就由你来演。"导演对谈优说。导演希望谈优放开来演,不要有什么顾虑。导演说:"演戏这个行当,你越怕丢人,就越丢人;你要想不丢人,就要不怕丢人!"谈优演得很好,博得了演职人员的一致好评。剧中的男女主演甚至建议谈优去考北京电影学院,或者中戏、上戏,相信她通过正规系统的专业训练,日后能够成为一名演技派明星也未可知,甚至还能进军好莱坞,成为享誉世界的侏儒明星呢。后来电视剧播出了,引起了多大的轰动啊!简直是风光无限。人们对剧中的青楼矮小姐,普遍发生了兴趣。报纸的娱记,通过各种渠道,打听到了我们家的住址。他们不舍昼夜地前来骚扰我们。那真是一段昏暗无助的日子。谈优和谈秀那一阵身心俱伤,差不多就要垮掉了。她们厂子里,谁见了她们都要指指戳戳。以至于后来厂领导都亲自找她们谈话了。找到老二谈秀的时候,谈秀明确表示,参加拍电视的不是她,这事儿跟她一点儿关系都没有,不管发生了什么事,都不要来找她。于是厂领导就找谈优谈话,领导说,这件事,影响实在太不好,对工厂,对工厂的全体职工,都有一定的不利影响。谈优当然不买账,她说:"这是演戏,又不是真的。如果我真的去做了一次鸡,那你们就处分我好了!我是演戏,既然是演戏,就是假的。现在都什么年代了?人们还这么点水平!这不跟当年土改时演《白毛女》一样了吗?演黄世仁的演员,差一点吃了苦大仇深的战士一颗子弹。这对头吗?这样的悲剧难道要在我们光荣的新时代重演吗?"分管政治思想工作的党委书记兼副厂长是个和蔼可亲的女同志,她劝谈优不要发火,她说:"道理是这样的,但是,你演得可真像啊!就像你有过亲身经历似的。你演得是不是太像了一点?太投入了一点?我们都收看了这个电视,你跟那个矮魔王,调情调得,真是,哎哟哟,我们都为你捏一把汗,担心你犯错误。我们是真心地爱护你啊!"在这困难的时候,小万非但没有站在我们这一边,他还十分恶劣地埋怨谈秀。这很不公平。谈秀再三向他解释,演电视的不是她,这事儿跟她一点儿关系都没有。谈秀要他相信:"如果你不相信,你可以去问我爸妈!"可是小万蛮不讲理,他对谈秀这个可怜的小矮人说:"我可不管是谁,反正是你们家的人,这人可丢大了!去演一个妓女,还演得那么栩栩如生，像真的一样，比真的还真，可见是些什么货色！"也许正是这件事，导致了谈秀的自杀未遂。唉，往事不堪回首啊！上电视，对我们一家来说，实在不是一件好玩的事儿，简直就是一个噩梦。即使我的女儿们愿意，我也决不会答应她们再到电视上去露脸了，这差点儿要了我们的命。

　　不知是谁得到的消息，说刘球的两个肾脏可能都有了问题。而我们知道，如果双肾都失去了，那么这个人也就无法再活下去了。在事情还没有得到泌尿医生证实的情况下，我可怜的女儿们，这一对小矮人，就争着吵着要把自己的肾脏献给刘球。如果刘球确实是双肾都有了问题，那么肾移植将是他唯一的活路。谈秀首先提出来，要割下她的一个肾来，安进刘球的身体里去。她这样想比较正常，因为她是患者的女朋友。可是谈优却不甘示弱，表示她也愿意把肾捐给刘球。她甚至说，她的身体比妹妹强，由她来捐肾，似乎更为合适。从小到大，什么事都是老二让着老大，每当我们批评老大谈优的时候，她都要搬出这套理论来回敬我们："什么我比妹妹大，就要让着妹妹？你们不是说，双胞胎里边先出生的那一个，其实才是真正的妹妹吗？我虽然比谈秀先出娘肚皮，但我事实上比她小，我才是妹妹，凭什么要我让着她？"我说过，老二谈秀是个老实人，她从来不跟姐姐争，她什么事都让着姐姐，好像她总是理亏似的。可是这一次，她却非常倔强，她坚决不同意用谈优的

251

肾。最后谈优耍赖，表示要给刘球换两个肾，"一人一个，这样公平了吧？"

作为父亲，我不希望她们在事情还没有搞清楚之前就这么吵吵嚷嚷。我对她们说："刘球是不是要换肾，这还是个问题！即使要换，你们的肾是不是适合给他换，这又是个问题！"

我的内心忽然变得十分焦虑。我觉得在我的孩子们和刘球之间，确实是出现什么麻烦了。我有一个不好的预感，这件麻烦事，也许会损害到我们家庭中某个人的生命。我忽然感到害怕，心怦怦地一阵乱跳。头也忽然晕了，就像有几次看球一样。我知道我的血压又上来了。我看了看身边的妻子，她显然一点都没有意识到事情的严重性。她似乎还在为女儿们的高尚行为而感到骄傲呢。你瞧她喜上眉梢的样子，好像家里中了福利彩票头奖似的。她不知道，灾难已经悄悄地逼近我们家了。灾难就像远处的乌云，在风的推动下，正向我们的天空飘过来，压过来。

我决定找老大单独谈谈。我希望我能够耐心些，希望我的表达能够精确些。总之我希望我能跟这孩子有很好的沟通，以便将可能出现的灾难驱散。至少也该把损失降到最小。

"老大啊，这件事你要想清楚啊，你可不要越位啊！"你看，我用了一个足球的术语，不可谓不当。我希望谈优认清自己所处的位置，做她自己该做的事。我知道她不是个愚

252

笨的姑娘，跟她谈话，真的要十分注意，知女莫若父，她太敏感，太容易受到伤害了，我绝对不能直截了当地对她说："刘球是谈秀的男朋友，你掺和什么？"这样的话是绝对不能说的。谈优低下了头。她低了一阵头，突然抬起来对我说："爸爸，你今天就是要跟我说这些吗？"我肯定地点了点头。这一次我有点意外，我没想到她会直接把话说到这个份上。她说："可是爸爸，我爱刘球，那怎么办呢？我知道他是妹妹的男朋友，但是我爱他，爱得他发疯。如果没有他，我真的愿意去死，真的。爸爸你说我该怎么办呢？"问题正如我所预料的那样，十分严重。我可以大言不惭地说，我还算是一个比较开明的父亲。如果在她们中间，不是发生了这样严重的事，我是根本不会去过问的。但是作为父亲，已经看到了事情的严重性，如果再不及时出马，恐怕后果不堪设想。我伸出我宽大的手掌，轻轻抚摸着女儿谈优的头发。她的头发光滑如丝，黑亮如漆。真是一头好发啊！可是一头好发也无法改变她作为小矮人的不幸。应该说，对这双女儿，我的爱比山高比海深。我相信世界上没有一个父亲对儿女的爱会超过我。对她们的关心和爱护，以及深深的同情和祝福，充满了我的内心。我的世界里除了这双小矮人女儿，就不再有别的了。因此我在单位不是一个好医生，我学中医出身，却常常忘了药名。开错方也是常有的事。好在中药马马虎虎，只要不是错下了毒，一般也不会有什么问题。治好丝织厂厂长的便秘，也许是我此生唯一的辉煌成果。我的脑子里,装的都是我这一双女儿,她们的泪与笑,她们的歌与哭,她们的过去与未来。对于她们为什么会是小矮人,这个疑问一直毒蛇一样在我心中徘徊不去。我已经说过,我们夫妇双方的家族,都没有一例矮人。因此而怀疑妻子对我不忠,这也是顺理成章的事。只要我带她们其中一个,去做一个亲子鉴定,那么真相就会大白,心中的疑团也会随之解开。但是我不能这样做,我知道一旦我这样做了,无疑就是让这个家庭彻底毁灭。我不能让这个家毁灭。这个家虽然寒酸简陋,但它毕竟能给这双可怜的女儿遮风挡雨,毕竟能够在她们受到嘲笑和感到委屈的时候给她们以安慰和逃避。我并非要在此标榜我的崇高。我说过,对她们的爱,难以用世间之物来比喻。从某种意义上说,我简直就是因为她们而活着的。我爱她们,我爱这一对可爱的小矮人,不管她们是不是我的亲生骨肉。我希望她们健康、幸福,永远都快乐。抚摸着谈优如缎的秀发,我的泪都差一点儿淌下来了。此时此刻,我能对她说什么呢?"老大,我的好孩子,你爱刘球,这我知道,这我已经看出来了。但我要对你说的是,你不该爱他。因为他是你妹妹的男朋友啊!"谈优说:"其实我才是妹妹,她为什么不能让让我?"我说:"老大啊,这可不是让不让的问题。爱情这种事情,虽然说谁都是自私的,不存在让不让的问题。但是,它却有个先来后到的问题。如果完全无视这个原则,那么这个世界就乱了套了! 就像我是爸爸,你是女儿,为什么呢？就是因为我先到这个世界上来，而你呢，来得晚了，就只能做女儿。你总不能说，你想做我的妈妈，让我做你的儿子，这不可能吧？你要真想做我的妈妈，那你当初就得早点儿出生。"本以为这么说，能让她心情轻松一些，能让她笑起来。可她却哭了。她把我的手从她的头上推掉，以很不友善的口吻说："什么先来后到，那要看谁更爱刘球，谁爱他更深！""老大啊，你怎么知道老二爱得不如你深呢？"这个孩子，她听了我的这句话，居然将一把鼻涕甩到了我的身上，她说："你总是袒护老二，你偏心！我这样的人，还是不生出来的好！你们为什么要生我出来？你们要生我，就该把我生得正常一些。生出这种丑八怪来，还不如不生呢！你们干脆让我去死！"谈话基本上算是失败了。我最后这么对谈优说："老大啊，说话不能太主观，要客观一些。你说爸爸偏心，那是你的印象。而爸爸可以负责任地告诉你，爸爸对你们两个的爱是一样的，你们两个，谁都是我的宝贝心肝。"可她居然又向我甩了一把鼻涕。

其实刘球并不需要换肾，检查下来，他的肾脏，甚至比我们所有的人都要健康。出血只是因为尿路感染。用了几天抗生素，他就完全康复了。出院的时候，他手持一束鲜花，从泌尿科病房的楼梯上走下来，仿佛胜利归来的奥运健儿走下飞机的舷梯。两个可爱的小矮人一左一右陪伴着他，一同登上了一辆破烂的面的。那一刻，我忽然内心对这个瘸子产生了一丝厌恶。你瞧他美的，大摇大摆地走着，有点妻妾成群的样子。这个精通锁道的年轻人,他究竟是用一把什么样的钥匙,同时打开了我一双女儿的心门? 面的吵吵嚷嚷地开走了,我站在医院门口,身体不由得在炫目的阳光下晃了几晃,差点儿跌倒。感谢我的妻子,在这个时候及时地扶住了我。她做出要拉我返回病房的样子,说:"反正刘球刚走,床位还空着,你去躺一会儿吧!"

后来听说,载着刘球他们的面的,在刘球的再三要求下,直驶他的铁皮棚子而去。铁皮棚子关闭了数日,要打开门上已经生锈的大挂锁,看上去有点困难。但这显然难不倒刘球。他对着锁眼吐了几口唾沫,锁就打开了。刘球在他的铁皮棚子里深情地躺了下来,他说看到这些琳琅满目的钥匙,他的心里就特别踏实。他说,如果这儿是一片树林,那么一把把钥匙就是一片片树叶。他呼吸着这些金属的气味,感到生命是那样美好。谈优和谈秀因此也掀动她们的鼻翼,像闻花香一样将铁皮棚子里金属的气息吸入肺部。谈秀后来谈及她当时的印象时说,她闻到了血腥。

当老大谈优独自前往距铁皮棚子五十米远的公共厕所,在十分钟之后返回时,铁皮棚子的门紧腾腾地关上了。无论她怎样推门、拍门、打门、踢门,门都不开。"可我知道他们在里边!"谈优肯定地说。她说,她清楚地听到,里面成串的钥匙因晃动而发出的响声。风吹动着这些金属的树叶。当然它们的声音,比树叶要响几十倍。这暴雨般的金属的响动,仿佛摇滚乐,使铁皮棚子的体积,有节奏地忽大忽小着。铁皮棚子仿佛一叶金属的肺,它在急剧地呼吸。铁皮棚外的谈优,傻傻地站着,她知道里面发生了什么事,但她不知道自己应该怎么做。这个可怜的小矮人,就这样站着,眼看着这叶金属的肺,呼哧呼哧地呼吸着,众钥匙急风暴雨般的声响,一直滚向天边,又从天边滚滚而来。后来天空被乌云所遮蔽,电闪雷鸣,暴雨随之倾盆而下。雨点打在铁皮棚子的顶上,谈优就再也分不清哪是雨声,哪是钥匙们的乱响了。

既然发生了这样的事,我们夫妇经过严肃认真的研究,最后决定,把刘球找来,大家好好坐下来谈谈。这是一次气氛庄重的家庭会议。所有的人都表情严肃地坐着,这在我们家还是前所未有。我觉得这并非小题大做,因为这确实是一件关系到我们家前途和命运的大事,决不能等闲视之。我首先指出,刘球这样做,无疑是非常错误的。人是感性的,同时也应该是理性的,人不能做感情的奴隶。作为一名男子汉,尽管身有残疾,但精神总应该是健全的吧?人不能首先在精神上被打垮,不能被自己打垮。既是男子汉,就要对自己的行为负责。"现在出了这样的事,你看怎么办?"我们大家都把目光投向了刘球,我们希望他作出合乎情理的解释。刘球沉默了很久,仿佛他的嘴巴是一把特别难修的锁。后来他终于开口说话了,我们的沉默成了一把有力的钥匙。他再三强调了他只是一时冲动。而且他的弦外之音,似乎是想说,主要的责任不在他身上,这件事其实是谈秀主动的。我们因此把目光都转向谈秀。这时候的老二,头几乎埋到了自己的胸口。她确实应该感到羞愧,她这么做,多少辱没了我们的家风。但我知道,在这样的时刻,把批评的矛头转而针对自己的女儿,这显然是不明智的。这将陷我们于不利的境地。我于是有点咄咄逼人地看着刘球,我说:"刘球,这件事已经没有任何退路了。如果你不敢承担责任,想拍拍屁股溜走的话,我会跟你拼命的,你一定不会怀疑我的话吧?"我第一次看到,刘球那条瘦弱不堪的腿,居然在暗暗地打战。我是从他腿管的震动发现这一点的。趁其虚弱之机,我及时地提出,希望他和谈秀,能尽快结婚。"要是在老二怀孕之后再讨论这事,就为时已晚了!"

谈秀这时候把她的头抬起来了,我知道,为什么她的眼里含着泪水,因为她对这刘球爱得深沉。她颊上浮起的红晕,几乎把整个屋子都照亮了。这个可怜的小矮人,她小小的可爱的脸庞,葵花一样朝着刘球那张架着眼镜的脸,她是那么脉脉含情,她几乎要像湖泊里的柔波一样轻轻地荡漾起来。她的模样,看了真是叫人心碎。

然而坐在另一个角落里的老大谈优,却哇的一声哭了起来。她一会儿就哭成了个泪人儿。她的全身都被泪水所打湿。她从湿漉漉的泪水里浮起来,以坚定的口吻表示,她也要嫁给刘球。她说她一点都不在乎刘球已经跟老二有了那种事。她说她不是一个封建时代的女性,对于男女婚前同居,或者有过各种各样的性经历,她完全不会在乎。她虽然是一个小矮人,但也同样是新时代的女性,完全可以划入"新新人类"的范畴。而作为"新新人类"的一员,还为专一啦,贞操啦这些陈腐的问题所困,那就根本不配是什么"新新人类"。她的这番言论,在我听来真是惊世骇俗。想当年,我也一直自以为是一个叛逆的青年,始终保持着前卫和先锋的姿态,总是对传统和保守的观念不屑一顾。谁料想,在我这个小矮人女儿面前,我显得就像一块朽木。现在轮到我的妻子哭了,她抽抽搭搭,不时地用袖口擦泪和鼻涕。她确实有理由感到伤心,作为母亲,谁愿意听到自己的女儿发表如此宏论呢?而谈忧还在滔滔不绝,她说,刘球既然爱谈秀,那就表明也爱她,因为她们两个长得完全一样,就像一个模子里浇铸出来的。"是不是,刘球?"她还不时地把话甩向刘球:"刘球,你爱我吗?"而这时候的刘球,已经完全失去了平时自信、从容的风度,而显得畏畏缩缩、吞吞吐吐。要是他一向就是这副样子,我想我和我的妻子是断不会允许他上门的。矮人又怎么啦?在我们的眼里,这双女儿就是没有翅膀的天使,就是微型的白雪公主,她们活泼可爱,聪明美丽,世间所有的女人都比不上她们,世间所有的男人都配不上她们——虽然理智告诉我,在她们的择偶问题上,一定要务实务实再务实。

"刘球,你说,你说说看,到底应该怎么办?"

刘球清了清嗓子,好像要开口唱一首歌似的。他一定是故意把嗓子弄得更沙哑一些,以显示出他的为难,以博得众人的同情。他动了动他那条坏腿,最后吐出了这么一句话:"我随便。"

他的话不明白,但他的意思非常清楚,他是想说:"既然两个都要嫁给我,那我就听你们的!"

你做梦吧,刘球!现在是什么时代啊,刘球?你虽然是个瘸子,你的心可不小啊,你的贪心比天还要大啊!你竟然想一个人娶两个老婆?你想把我两个女儿一齐霸占了?瞧你想得有多美啊!你以为你是谁啊?你是皇帝啊?你是地主老财啊?你是阿拉伯的大酋长啊?娶两个老婆,你怎么不想三个呢?你怎么不想三宫六院呢?你不想想,谈秀会答应吗?就是谈秀答应,我们会答应吗?再退一步,即使我们答应你,我们是疯子,我们是傻子,我们是地地道道的神经病,答应你把两个女儿都娶了去,但法律也不会允许你这样做啊!法律是神圣的,也是无情的。你要是真的这样做了,你就是触犯了法律,你就是犯了重婚罪,你将会受到法律的严惩!你不仅娶不到两个老婆,就是一个也没有。你也就不用再修什么锁配什么钥匙了,你也不用整天坐在你的铁皮棚子里了,你就去坐牢吧!你以为瘸子就不用坐牢吗?法律是公正的,对谁都一视同仁。天网恢恢疏而不漏,你以为你是一个瘸子就能逃脱法律的制裁吗?你就去劳动改造吧,干你一个瘸子力所能及的劳动吧!

刘球被我说得不安起来,他的全身都颤抖了起来。他解释说:"我,我不是这个意思。"

你是什么意思?我知道你就是这个意思!你可不要人心不足蛇吞象,我的女儿,你能娶上一个,就是你的福分了。你看看我的女儿,长得不赖吧?她们的眼睛有多大?又是双眼皮,是天然的双眼皮,可不是割出来的那种假冒伪劣品。她们的头发,可以去做洗发水广告呢!你看看满大街的女孩子,有几个有这么大的眼睛,有这么好的头发的?即使眼睛有这么大,比如那个"小燕子",眼睛也许比老大老二还大一点,但头发有她们这么好吗?人也没有她们灵气呀!不就是个头矮一点吗?个头矮又怎么啦?她们矮得小巧,矮得匀称,看着就是顺眼。倒是我看着那些时装模特儿不顺眼。女人长那么高,长脚鹭鸶似的,又有什么好看呢?除了打排球打篮球占点儿便宜,其他就没什么好的!要是长得好看,不管高还是矮,都好看;要是长得难看,高的比矮的还要难看。你知道为什么?矮的因为矮小,缺点就不会像高的那么暴露得明显。这就是矮的好处。再说你的个子也不高,你就是腿不瘸,也不过一米六几。而你因为腿瘸,看上去就矮了好几厘米。你去找个高个子女人,人家要你吗?即使人家要你,你一个矮男人,傍着人家高女人,也没有多少美感呀!你能娶到我们家谈秀,就是你的福分。你别不知足!你别以为娶了谈秀,会再生下个小矮人。我们还担心生下个小瘸子呢!要不是你已经野蛮地夺去了谈秀的贞操,我们还考虑不让她嫁给你呢!你是先吃滋味后

261

还钞,这是很恶劣的做法!你这是碰上我们这样的人家,我们好歹是书香门第,我们是讲文明的,通情达理的,不会让你太难堪,原则上要给你出路,给你改过自新的机会。你要是遇上不讲理的人家,你这样做,早就被人家打耳光了。人家也许会把你的另一条腿也打坏,那你就得在轮椅上过下半辈子。说不定还会把你送上法庭,告你一个强奸罪,那你可就吃不了兜着走了!

刘球听了我这一番教训之后,显然态度端正了。他明确表示,那他就娶一个,并保证永远要忠贞不贰。

不是只娶一个,而是要明确下来,就娶老二!你已经跟她有了那种事儿了,你当然就应该娶她。你难道还想娶老大不成?谈优是你什么人?她只能是你的大姨子。她还是个处女,难道你又想打她的主意?即使她答应嫁给你,不计较你的作风问题,那是她风格高,可你不能顺着竿子往上爬呀!你要是娶了老大,你怎么向谈秀交代?你夺了她的贞操,又不娶她,你让她怎么办?这种事其实很简单,想都不用想的,就像一加一就是等于二,答案是脱口而出的。你应该娶谈秀,你也只能跟谈秀结婚。事情就这样定了,希望你不要食言,能像你说的那样,一辈子都对谈秀好,要爱护她,保护她,不要伤害她。

这次家庭会议之后,老大谈优也不上班,一个人在屋子里睡了整整一个星期。因为她们屋里只有一张床,因此谈秀的睡觉问题就显得非常突出。最后大家商议,干脆谈秀就住到刘球那儿去吧,反正他们已经有过那种事了,而且他们很快就要成为正式的夫妻。小房间就让给老大吧,她心里苦闷,一时想不开,就让她安安静静地睡。时间是治疗痛苦的良药,相信大睡几天之后,一切都会好起来的。

从表面上看,事情似乎已经摆平了。但是,我的眼皮却还是跳个不停。不仅眼皮跳,连身上的肉也跟着跳。腰里的肉,手臂上的肉,甚至屁股上的肉,也说跳就跳了起来。这儿跳一下,那儿跳一下,令我心神不宁。结果真的出事了。谈优一个人在她的房间里,一星期吃光了我们送进去的一箱方便面,最后她把方便面的空纸箱点着了。那可是午夜,人们睡得最死的时刻。我们夫妇经过了一周的担惊受怕,身心疲惫,因此这一晚睡得特别死。直到滚滚浓烟从我们家的窗子里涌向黑暗的天空,我们还是浑然不觉。要不是邻居后来大喊救火,并且拨打了119,我们也许就葬身火海了。

火终于在凌晨三时半被扑灭了。一名英勇的消防队员还因此负了伤。我们家的房子,以及我们无辜的邻居家的房子,受损严重。除了门窗这些建筑物上的木质材料被烧坏,两家的部分家具也在大火中沦为废物。为此,肇事的谈优被刑事拘留。她哭着喊着,不愿被警察带走。她将全身的重量,都放在她的臀部,并且紧紧地压着地面,企图让警察无法将她带走。可她真是天真啊,她这么丁点儿的一

263

个小矮人,她能有多少重量呢? 不要说两名警察,就是一个警察,就是一个警察的一只手,也会轻而易举地把她提到半空中。结果她在半空中双脚乱蹬,但这也同样无济于事。结果她把警察的手臂抓破了。她就像一只发疯的小猫,伸出她的利爪,只是挥舞几下,警察略有几根黑毛的手臂上,就出现了几道血印。仿佛她的手指,是红色的笔似的。如果警察发怒,有可能突然松手,从而使她从半空中跌落下来,那就会把她摔痛。说不定还会摔成骨折。但这是一位有爱心的警察,他一定有这样的心理,那就是,他始终把谈优看成是一个孩子,一个幼儿园,最多只是上小学的女孩子,他不会把她当成一般的犯人看待。他只是不顾自己手臂的疼痛,举着谈优,硬把她塞进了警车。面对此情此景,我的心情你也许可以想见。我只觉得我的头一阵阵晕眩,血压一定是嘭嘭嘭嘭地上去了。果然我眼前的天地飞也似的旋转起来,然后就什么也不知道了。我只依稀听到,我的妻子发出一种类似猪的尖叫,仿佛杀猪的尖刀即将刺进她的喉咙。发出如此大声,对她来说并不困难。她是一位小学老师,她每天的工作就是大声训斥那些孩子们,可谓训练有素。只是我不太清楚,她的尖叫,是因为我的突然晕倒呢,还是因女儿谈优被警察带走所起。

谈优纵火的事件,很快就成为当天报纸的新闻。她将面临什么,我们都非常清楚。据说邻居已经把她告上法庭,不仅要让她吃几年官司,还提出要我们赔偿包括精神损失费在内的 380 万元人民币。躺在已经没有了门窗的家里，我心痛欲裂，忧心如焚。我茫然不知所措，觉得就这样躺着，才是我唯一可做的事。我真是想不到，谈优这个孩子竟会做出这种事来。她真是与我们一点情义都没有了。不像谈秀以前割脉自杀，她最多是牺牲她自己呀。可是老大，却想一把火让我们大家都同归于尽。想不到，真是想不到，她小小的脑袋里，会有这么毒的念头。我的心一阵阵战栗，觉得自己这样躺着，也许再也起不来了。

可是我的妻子不依不饶，她显得比平时更精神了。不知她的力量从哪里来。她在我的床前不停地走来走去，在我的印象中，她就是绕着我转圈子，她转啊转啊，一边转，一边让我想想办法，以便尽快将老大营救出来。"他们会不会打她？她会不会吓得生病？她会一时想不开而自寻短见吗？快想想办法呀！从小到大，她可从来没吃过这种苦，可从来没受过这样的委屈啊！"

我能有什么办法？我又不是神，我只是一个人，一个普普通通的人。甚至在人里面，我也不是一个成功人士，算不得一个有能耐的人，我只是一个人老无用门前冷落车马稀的中医，我有什么办法？我把眼睛一闭，让一直吵嚷的妻子立即从眼前消失。但图像消失了，她的声音并不消失。她提高了一倍嗓音，几乎是咆哮起来。她声称，如果我再这样无动于衷，她就要一头撞死在我的面前。我从她的嗓音里，听出了血的意味。我忽然内心一动，对妻子产生了深刻的同情。那时候,她与我谈恋爱,并不是如今这种样子的呀。她也年轻过,也纯情过。那时候的她,是那样的温柔活泼。还记得我们的初夜吗?她始终小猫一样盘在我的怀里吃吃地笑着,她那样子真是让人陶醉!转眼之间,她就变成了这么一副样子。她哭着,咆哮着,但她不哭不咆哮又能怎么样呢?她是一个胸怀宽广心地善良的母亲呀!女儿出了这种事情,你作为丈夫,竟然不吭一声,四脚朝天睡大觉,她是多么孤独无援啊!她说不定真的要一头撞在被烟熏黑的墙上了。她确实是走投无路了。如果她就这么死了,那么你就是害死她的凶手。而失去这样一位与你相濡以沫的妻子,你以后的日子又怎么过?你会像一个孤魂野鬼,一具行尸走肉,最终也将在绝对的孤独中凄惨地死去!我一个鲤鱼打挺,从床上坐起来。我把妻子一把抱在我的怀里。她可真瘦!对她的身体,我已经感到陌生了。她怎么会这么瘦呢?啊,生活,是生活的担子将她的血肉消耗,使她衰老憔悴。这么多年来,她为这对小矮人所操的心,比起普通的母亲来,不知要多多少倍!有谁想过她的内心有多少痛苦?有谁了解她受过多少委屈?她几乎被生活晒成了一条鱼干。如果把她的衣裤全部除去,她的裸体,一定比罗丹斧凿下的老妓女更加触目惊心。如果这样的身体,在平时抱进我的怀里,一定会让我大吃一惊,并因此而在夜间大做噩梦。但是此刻,我只是感到愧疚,心在流泪,心在流血。这么多年来,我有没有对她付出一点儿我所应该付出的爱？我一直把她看作是讨厌的妻子,一直以厌恶的目光看她。现在我把她抱紧,虽然就像抱着一捆干柴,但我内心还是涌上了久违的温情。我决定从此以后要善待这个已经头发花白的妇人,找回那种理想婚姻所应该具备的感觉。如果我这时候不是因为激动而说不出话来,我一定会对她说许多请求原谅的话,说许多甜言蜜语,山盟海誓,让她笑出来,让她所有的皱纹都淹没在笑容之中,让她的脸变成一朵干瘪的花!

我这样做确实有些异常。妻子使劲把我推开了,她大声说:"你干什么? 你要把我勒死了!"接着她认真地打量我,看着我的眼睛,她确实有理由认为我的脑子出了问题。为了免得她过于担心,我及时对她说:"我没有发疯,我很正常。我只是突然觉得很对不起你。多少年来,你为这个家操碎了心,你燃烧了自己,温暖了别人,你毫不利己专门利人,你是世界上最好的妻子,是世界上最伟大的母亲!"妻子听我这么说,有点放下心来,但她还是说了一句"神经病"。

接下来要认真研究的是,如何尽快地将老大营救出来。花钱当然常常是最有效的,即使是找熟人,也免不了要花钱。但是,花再多的钱,也终究不能立即让谈优无罪释放呀! 尽管目前我国的法制还不够健全,但总还是一个大力提倡法治的社会,并且一天天正在朝着健康有序的目标挺进。如果花点钱就能让谈优没事人似的出来,那么法真是一钱不值了。消息都上了各种报纸,广大市民们都在密切关注着事态的发展,谁也不敢冒天下之大不韪将谈优放出来啊。尽管她是一个矮人,但矮人也是人,同样受到法律的约束。如果因为矮就可以为所欲为逍遥法外的话,那么中国将成为矮人的乐园,矮人的豁免地了。那是完全不可能的。即使谈优是一个真正的孩子,她做了这样的事,也照样会被抓起来。而且,说了这么一大通废话之后,要向你交交底,我们家哪有钱去贿赂警方呢? 相信银行也不会有犯罪方面的贷款。即使银行愿意贷款,我们也别无长物去作抵押。唯一值钱的房屋,也已经在大火中失去了抵押的可能。况且,我们还面临着 380 万元的赔偿,其中还不包括诉讼等费用。

在几近绝望的时候,我们的老二谈秀挺身而出了。她提出,唯一的办法,就是由她来替换老大。也就是说,想办法让老大出来,而她谈秀去承担一切! 我们全体都被她的大义凛然震住了。大家很久都说不出一句话来。而这样英勇的壮举,在老二的嘴里说出来,是那么轻描淡写,好像她只是要代替老大去打一瓶酱油似的。她说得那样淡然,其真实性就受到了大家的怀疑。“真的吗?”“真的吗?”“真的吗?”我们,我、妻子,以及提前沉醉在新婚甜蜜中的刘球,每人都问了她一句。我们在谈秀面前,此刻都显得那么矮小,而她绝对高大,是江姐,是刘胡兰。她的高大,使我们变得渺小;而我们的渺小,更衬托出她的高大。

"不！这可不行！房子又不是谈秀烧的，凭什么要她去顶缸？这不公平！这样做太不公平了！"刘球嚷嚷。

"有什么不可以的？"谈秀笑了笑，轻声细语地说："这有什么不可以的？在我看来，这很正常。从小到大，其实这样的事也发生得多了。我早就认了，也早就已经习惯了。不是吗？"谈秀说："小时候，上学的时候，凡是轮到老大做值日生，她总是书包一背就逃走了。而我呢，只得留下来替老大做。谁都没有发现，一次次，一年年，其实一直都是我替她做值日生的。我一个人每周要做两次值日生。我一个人干两个人的活。不仅如此，我还经常帮她做作业。我还顶替她到办公室去挨老师的骂呢！虽然每次都不是我的错。可是每次谈优犯了过错，都是我到办公室去接受老师的教训。老师可没有那个本事，他们当然分辨不出我们俩谁是谁。就是你们，爸爸妈妈，不也经常把我们认错吗？有一次，我还打了两针防疫针呢！老大怕痛，不肯打，就让我再去打一针。那次我发了两天高烧，你们不记得了吗？我认了，早就习惯了，谁让我是谈优的妹妹呢？谁让我们俩长得一模一样呢？现在我替她去蹲拘留所，去替她吃官司，又有什么可奇怪的呢？"

刘球找到一个拘留所的熟人，据说是他们球迷协会的人（刘球说，球迷的心是相通的），通过他，顺利地把谈优和谈秀对调了一下。神不知鬼不觉，就是神鬼知觉了，也无法分清谁是谁了。在进拘留所之前，谈秀对刘球说了一番话。

她让他不要难过。她要他相信,她很快就会出来的。她虽然没有特异功能,不会飞檐走壁,也不能破墙而出,但她一定会很快就出来的。她的理由是,她已经怀上了刘球的孩子,而法律对一位孕妇,却是绝对网开一面的。孕妇就是犯了死罪,也要放出来的,这是人道主义,全世界都一样的,因为不管是什么人,肚子里的孩子是没有罪的,他可没有义务钻在母亲的肚子里跟着一起坐牢。"你怎么知道得那么多?"刘球感到诧异。谈秀说,刚巧她前几天在报上看到这样一个案例。报道说,那个外国女犯肚子里的孩子,是不正宗的,她不是通过那种事而怀上的,她是进牢房的时候,偷偷带了些精子进去,然后用手指自己塞进去的。但即便是这样,她最终还是被放出来了。因为不管怎么样,她总是怀上了孩子。如果关押一个孕妇,那是要受到全世界一致谴责的。说不定还会就此遭到国际社会严厉的制裁呢!

事情果然不出谈秀所料,没过几天,她就出来跟刘球以及我们全家人团聚了。化验结果表明,她确实怀上了孩子,甚至还有双胞胎的嫌疑。为此我们不得不抓紧时间,为谈秀和刘球准备婚事。我们可不希望谈秀届时是个腆着大肚子的新娘,当然更不愿意她抱着孩子在自己的婚礼上出现。

婚礼的排场算不得太大,也不算太小。接新娘的小汽车后头是一辆面包车,一架摄像机伸出面包车的窗子,一步不落地进行跟踪拍摄。这情况让我想起电视里的动物世界。在那些个片子里,对狮虎鹿豹,以及羚羊、野马等野生动物紧追不舍的拍摄,与此情此景真是何等相似!在摄像车的后头,则是一溜五六辆钢蓝色的面的。我的女婿对这类车子真是情有独钟。面的里坐着刘球的各式朋友,他们基本上都是本市的球迷。他们在面的上不说别的,只是为了一个球,或者某个球星而争论得面红耳赤。其中两个朋友,还差一点打了起来。他们完全忘了他们今天到底是来干什么的。从谈秀的婚礼可以看出,刘球是一个广结人缘的人。那些哥们儿都很仗义,他们虽然也不能免俗地变着法儿折腾新娘,比如没完没了地让她点烟,要求她爬到椅子上给大家跳舞(有一个貌若黑旋风李逵的,居然提出,要新娘在他的手掌上跳一段舞)之类,但到了关键时刻,他们的善良就凸现出来了。比方说,当有人硬逼着谈秀喝下一杯白酒的时候,许多人都勇敢地站了出来,抢过她手中的酒杯,将酒一饮而尽。谈秀穿着洁白的婚纱(是去一家童装商店精心挑选的),后来又换上了大红的套装裙,她看上去是那样的幸福。老大谈优的心情看来也不错,这出乎我的意料。她穿着一套鹅黄色的运动装,显得玲珑可爱。在妹妹的婚礼上,她一刻也不安分,在酒桌之间,在人群中,在人们的腋下往来穿梭,跟熟识的人打闹调笑,像一个快乐的小精灵。我的心情,自然比较复杂,可以用"百感交集"来形容。在这热气腾腾的环境中,我居然喝醉了酒。事后妻子告诉我,我竟然一反老实巴交的常态,引吭高歌,当着那么多来宾一气唱了十来曲京剧选段,唱的都是"文革"中的样板戏。据说我的嗓门奇大,我挡开了司仪递上来的话筒,照样声震如雷。妻子说:"你可真是出尽了洋相!"原因是,我不仅唱相不好,龇牙咧嘴青筋暴突,而且严重走调。

婚礼过后,谈秀的肚子日渐鼓胀起来。令人惊诧不已的是,她的姐姐谈优的肚子,竟也不甘示弱地鼓起了。好像就是为了要维持她们一贯的"一模一样"似的。她们尽管长得是那么相像,但她们毕竟不是同一个人,她们毕竟不是"一个"与镜子里的"另一个"的关系。她们是两个完全独立的个体,是两个互不关联的生命。即使是连体儿,其中一位受孕之后,也断不会出现两个都大肚子的情况。我最初的判断是,会不会谈优的腹腔里有了一个肿瘤?在我们的生活中,这样的肿瘤常常会给未婚姑娘造成名誉上的损害。十年前我们医院就救治过一位服毒的少女,她留下"人言可畏"的四字遗书,就将一斤装的农药一气喝下。她当然不治身亡。解剖她的尸体时,结果取出一个六斤重的卵巢肿瘤。难道说这样的悲剧竟要在我们家里重演?我们于是决定立即带谈优去医院检查,确定手术方案。可是谈优却对我说:"什么肿瘤?你怎么就知道它是一个肿瘤?告诉你吧,不是肿瘤,而是一个孩子!我要把他生下来,我就和他相依为命。我相信他一定会是个虎头虎脑的男孩子。我名字都给他起好了,就叫他'谈天',因为我喜欢谈天说地。"

　　我把谈优赶出了家门。这是一个绝对极端的决定。就是她纵火，也没有令我对她如此绝望和愤恨。尽管妻子不同意我这么做，她甚至以死相胁，都没有改变我的决定。我不要谈优这样的女儿了，有她这样的女儿，是我一生的不幸，是我最大的耻辱。我宁肯家破人亡，也要与她彻底断绝父女关系。妻子最后一次劝我不要把谈优赶出家门的时候，她的手上提着一根绳子。此绳是我们家里专门用来晾晒被子的，是一根比小指头略细的尼龙绳。全家对它都很爱惜，只在晒被子时才把它系到阳台上去。现在妻子把它取出来，表示如果我不听从她的劝告，她就要用它来结束自己的生命。而那一刻的我，已经是吃了秤砣铁了心了。她于是将绳子在吊扇上挂起来。除了吊扇，家中确实也没有其他地方可以用来挂一根绳了。正当她要把脑袋钻进绳圈里去的时候，我们单位来了一帮人。这伙以副院长、工会主席、团委书记、门诊部主任、中药房会计，以及我的两名同事组成的医院特别小组，及时地赶到我家。他们不知从何种渠道得知我们家出了事，专门前来进行调解。他们首先把吊扇上的绳子解下来，并且严肃地批评了我的妻子。他们认为，作为一名人民教师，理应有着比一般人更积极的人生观和世界观。而轻生的念头，只能是软弱的表示，与"人类灵魂工程师"的光荣称号相去甚远。接着他们问长问短，要把事情搞个水落石出。我这才知道，其实对这件事

273

情，我都不晓得来龙去脉。比方说，谈优的肚子里，到底是孩子还是肿瘤？光凭她说可不行。如果是孩子，那孩子又是谁的？在这些问题还都没有搞清楚之前，就贸然将女儿扫地出门，这样做是不是过于草率了？也是对谈优极不负责的做法——他们这样批评我，他们说得有理。虽然我心里明白，他们以如此浩浩荡荡的队伍开进我家，其主要目的，还是为了满足他们强烈的好奇心。但是，客观上，他们总是在关心我，帮助我。而且，旁观者清，你看，经他们这么一提醒，我觉得自己确实有点被气昏了头，行事确实是太鲁莽了。

　　我去丝织厂的女工宿舍，要把谈优请回来。我对她说："爸爸确实有点意气用事了。什么事情，都应该先做认真仔细的调查研究，然后再下结论。"谈优坐在双人床的下铺，可她的脚还是离地一尺，她双脚晃晃悠悠地嚷嚷道："调查研究什么，结论不是早已经有了吗！"她从口袋里掏出医院的化验单，扔给我。我觉得在宿舍里，当着这么多女工的面，说话实在是不方便。我于是让谈优到外面谈。她却不肯出来，她说："我喜欢光明正大，不喜欢鬼鬼祟祟！"我真是拿她一点儿办法都没有。我只好拿起她的化验单看。她确实怀孕了，这已经是不争的事实。

　　事情终于弄清楚了。谈优怀上的，也是刘球的孩子。刘球表示，这件事他也实在是出于无奈。就在谈秀去看守所把谈优替出来之后，谈优跑到刘球那儿去，对刘球说，她

274

希望能怀上一个他的孩子。刘球表示,当时他是坚决不答应的。但是,谈优对他说,她是那么爱他,她肯定她的爱一定超过她妹妹。但是,由于各种各样的原因,她谈优今生是不再可能成为刘球的妻子了。她认了,这就是命!谁让自己有这么一条苦命呢?她希望自己能怀上一个刘球的孩子,然后把他生下来,今生也就有个寄托和依靠了,她们母子将相依为命,她将把她全部的爱,把她全部的全部,都倾注到这个孩子的身上。她希望刘球能够满足她这点可怜的要求。她说,如果他不答应,那么她就将彻底毁灭。她相信这个她所深爱着的人,是不会忍心看着她毁灭的。刘球说:"我也是个人,我不是铁石心肠。何况,她长得与谈秀几乎没有两样,因此可以说,面对谈优,要我说对她一点儿爱都没有,那不是真话。她是那么伤心,那么可怜,说得那么真诚感人,我真的没有办法拒绝她。你们要相信我,我绝对不是因为好色,才跟她做了那事的。我是怀着一种行善积德的神圣感情来完成这件事的。我觉得我别无选择,我只有这样做了,才对得起可怜的谈优,才对得起我自己的良心。我想不光是我,要是换了别人,遇到了这样的事,也一定会这样做的。"

现在看起来,老大谈优的肚子,显得比谈秀的还要略大一些。她口口声声说她会生出一个儿子来,看来也不是没有道理的。那么这个孩子到底要不要生下来呢?其实想这样的问题,完全是没有意义的。因为不管我们认为是生

275

还是不生,那都由不得我们。谈优已经明确表示,她死也要把他生下来。即使用她的死来换这个小生命的诞生,也是毫无怨心的。"生吧! 生吧! 就让她生吧!"最后我们只能这么说。连谈秀也这么说。她说,既然事情已经发生了,大家都必须正视它。作为一名妻子,刘球的行为,当然深深地伤害了她。"我总不见得感到高兴吧?"她说。可是,谈秀到底是个通情达理的善良姑娘。在许多时候,她都会站到别人的立场上去想问题。她能够嫁给刘球这样的人为妻,她总觉得是一种幸运,是上苍给她的一份恩赐。她因此而觉得对不起姐姐。当然她嫁给刘球,这不是她的错。她并不是从谈优手里把刘球抢走的。是她先认识了刘球,并且跟他产生感情的。道理是这样,但在感情上,谈秀还是对姐姐有所抱愧。那么刘球让老大也怀上一个孩子,这件事,可以看作是谈秀对姐姐作出的一种补偿。这样一来,谈秀也就心安了。她至少为姐姐作出了一次重大的牺牲,而且这牺牲能够给谈优换来一份实实在在的安慰。这几乎是一件双赢的事情。而刘球,虽然他这样做,使谈秀感到没有尊严,伤害了谈秀,但她还是给予他足够的理解。她相信他做这件事,并非通常意义上的背叛和通奸。说消极些,他是迫于无奈;说积极些,他简直就是在行善。如果他不愿意这么做,也许谈秀还会反过来鼓励他这么做呢!

因为谈秀原谅了姐姐,因此我们大家也都原谅了谈优。于是我们都希望谈优不要再固执己见,希望她尽快从厂里搬回来住。但是谈优并不原谅我们。她说，人家是小时候缺钙长大了缺爱，而她，是不是缺钙不得而知，可以肯定的是，小时候缺爱，长大了还是缺爱。她认为，她的父母一向是偏心眼的，一向是什么事情都护着老二。她说："跟我断绝父女关系？我巴不得这样呢！我早就想像一只自由的小鸟，飞出家庭的牢笼，到自由的天空中翱翔了！"为此，我们动员了许多人，调动了一切可以调动的力量，去谈优那儿做工作，希望她能够理解父母的苦心，希望她不要偏执，要多感念父母的养育之恩，多看到自己的不足，回到温暖的家里，回到亲人们的身边来。大家要她相信，天下只有忤逆的子女，而狠心的父母毕竟是极少数。你的父母将你一把屎一把尿，抚养成如今这么一个可爱的小矮人，那多不容易呀！可千万不要耍小孩子脾气。在这个世界上，最关心你，最疼爱你的人是谁？对你最宽容的人是谁？你没有吃了，他们给你吃；你没有穿了，他们给你穿。你犯了错误，甚至干出了纵火这样为国法所不容的事，他们还是一次次原谅你。反过来想想，你又为他们带去了什么呢？给他们带去的是烦恼、劳累、操心、担忧，甚至打击和伤害。你怎么就不能站到他们那一边，为他们想一想呢？滴水之恩，当涌泉以报。悠悠寸草心，报得三春晖。人生的价值，不在索取，而在于奉献。我们做子女的，能够有三成孝心来回报父母的七成恩典，就是不错了。怕只怕，在父母面前，我们永远扮演着索取者的角色。而父母呢，永远是吃进草去挤出奶来的孺子牛！人们还指出，何况，你怀着身孕呢。怀胎十月，一朝分娩，在外边多不方便？而在家里，你的父母，就会无微不至地照顾你，关怀你。让你坐一个文明卫生安全幸福的月子，同时也能让你的宝宝得到更多的呵护，茁壮成长！

非常不幸的是，谈优浪子回头到家后不久，就小产了。这回她没有呼天抢地地哭，甚至一滴眼泪都没有淌。她只是脸色惨白，神情木然。她能一整天呆呆地坐着，像是一个没有生命的小木偶。而谈秀的肚子，却以正常的速度膨胀，最终瓜熟蒂落，生下一个三斤三两重的小小男婴。大家格外仔细地研究，最终欣喜地确定，小宝宝虽然小得像一只老鼠，但他既不是瘸子，也不是矮人。确定他的腿脚健康，应该说比较方便。而如何判定他长大后是不是矮人，却令产科医生都颇踌躇。最后有人从网上得到一条信息，问题便迎刃而解。这条来自美国俄亥俄州的信息说，鉴别的方法颇为简单，只要让婴儿双手合十，如果中指和无名指无法合拢，那么他长大后必定是矮人无疑。反之，则属正常。

小家伙虽小，但胖得叫人看了都觉得高兴，大家因此都叫他小胖。小胖吃奶的样子十分特别，并且一边吸奶，一边嘴里还会发出吱吱的声音，就像一只老鼠在叫。由于他吸一口奶就发出吱的一声，因此一顿奶吃完，肚子里也吸进了很多的空气。空气吸进去多了，就要冒出来。而随空气一同冒出的，还有白色的乳汁。他在吃奶上头可谓进两步退一步,所以他总是吃不饱。当他的姑姑,也就是谈优把他抱进怀里的时候,小家伙竟会用他的小手,扒开谈优的衣襟,将她的乳房掏出来。我曾亲眼看到,谈优把她的乳头,轻轻地塞进小胖的嘴里。小胖于是吱吱地吸开了。当然他什么都吸不到。但他还是那么执着地吸着,吱,吱,吱,仿佛在吸一颗颗螺蛳。而这时候的谈优,则咯咯咯地笑着,她是感到开心,还是觉得痒痒?大家都注意到了,只要谈优一有空,就把小胖抱在怀里。而显然小家伙也很喜欢她,他在她怀里十分安静,不仅从不哭闹,而且常常很快就甜甜地睡着了。起初我们的理解是,小家伙一定是把谈优认作是他的母亲了,他并不知道这个世界上另有一个与他母亲长得完全一样的人。可是后来,我们知道,我们的想法是错误的。小胖在谈优的怀里,是那么安逸,而到了他母亲谈秀的怀抱中,却显得烦躁不安。他的小腿乱蹬,小手乱舞,甚至还把他妈妈谈秀的乳房都抓破了。在小胖周岁之前,他似乎只喜欢一个人,那就是他的姑姑谈优。只要谈优在场,他就不要其他任何人碰他。他在很快地长大,谈优抱着他,粗一望去,倒像是两个身体差不多大小的人在拥抱。

刘球的父母提出来,要在双休日将小胖接过去。一周之中,和自己的孙子一起过上两天,这样的要求应该说是合理的,并不过分。看得出来,谈秀对于把孩子交给两位老人,有点不太放心。因为据说刘球的父母,不太注意卫生,他们家十天半月不扫地可是常有的事。一个冬天都不洗一次澡,恐怕也是事实。但是,谈秀是个通情达理的媳妇,她还是爽快地同意了。只不过她委婉地叮嘱她的公婆:不能用大人的洗脚水洗孩子的尿布;奶瓶餐具一定要用沸水烫一分钟以上再用;食物不可在大人嘴里嚼烂了再送进孩子口中;尿布不能裹得太紧,以免日后成为罗圈腿;夜里一定要让孩子睡在小床上,而不可与大人同睡,以免大人睡得太死,一翻身把孩子压坏了——即便没有如此严重,在两个大人之间的浑浊空气中睡,也会出现缺氧;不能让孩子靠近电视机,电磁波虽然肉眼不能看见,但它对人有很大伤害——报纸上说,一至七岁的孩子得白血病的,大多与近距离看电视有关;不要给孩子吃果冻,不是经常有这样的报道:某地某小孩子被果冻噎死;不要亲孩子的嘴唇,那样很不卫生……刘球的父母是一对善良的老人,他们对谈秀的嘱咐一连声地允诺。他们表示,他们将像爱护自己的眼睛和心脏一样看护好小胖,他们星期六早上把小胖接去,一定在星期天太阳落山之前把他送回来,毫发都不会少一根,分量也不会少一点点。他去的时候有多胖,回来的时候只会更胖;他去的时候有多干净,回来的时候只会更干净。他们让谈秀放心,他们说,他们对小胖的喜爱,远远超过对儿子刘球的感情。在他们眼里,如果刘球是根草,那么小胖绝对是一个宝。两位老人为了把小胖接回去两天,就差给媳妇写保证书了,就差给谈秀磕头了。但是,可怜的刘球父母,即使这样,他们可怜的要求最终还是没能得到

280

满足。原因是,谈优杀了出来,她坚决不同意。她说,只要她一天见不到小胖,她就会吃不下饭,睡不好觉。同时她也相信,要是一天见不到她,小胖也会寝食难安的,他一定会吵闹不休,一定会瘦掉几两肉。我们可怜的亲家只得悻悻而归,他们的背影是那么苍凉无助。我还注意到,刘球的母亲,一路上不住地用手掌擦泪。谈优这样做,无疑是很不恰当的。她无权干涉这件事。即使小胖是她的儿子,她这样做也显得过于霸道了。可她根本听不进我们的意见,她居然说,小胖就是她的儿子,谁也别想把他从她身边夺走!"你是不是太不讲理了?"我实在有点忍不住了,站起身来大声责问她。"好了,好了,算了算了!"刘球谈秀都过来劝我。但我真的光火了,他们劝不住我。要不是小胖吓哭了,我也许会上去打谈优两个嘴巴呢。小胖哇哇地哭了起来,嘴里的食物因为口腔打开而纷纷落下来。这时候谈优赶紧上去,把小胖抱在怀里。看样子她确实心疼小胖,确实把他看作自己的亲生儿子了。奇怪的是小胖一到谈优怀里,他就不哭了。他破涕为笑,鼻子里吹出一个大泡泡。

值得一提的是,谈秀和刘球结婚以后恩爱有加。他们在红梅小区购买了三室一厅的房子,室内装修也搞得非常雅观。房间里挂着他们的结婚照片,照片上当然一点都看不出刘球有腿疾,也看不出谈秀是个小矮人。他们的表情像天下所有的新人一样幸福。与其他家庭略有不同的是,他们的安乐窝里,多了一架梯子和一副拐杖,这是他们生活的必需品。对谈秀来说,居家生活经常要用到梯子,这并不奇怪。他们一日两餐(早餐自理)都吃在娘家,晚上则抱着他们的宝贝儿子回到自己的家里。他们夫妻相亲相爱,从未有过龃龉。每逢谈秀的生日,或者重要的节假日,刘球都会带回来一份礼物,给她一份欣喜。谈秀生日的那天,她得到的是一枚"谢瑞麟"白金戒指。情人节得到玫瑰,三八节则是精美的比利时巧克力。而谈秀也是个懂爱会爱的女人,她也从不会忘记,在恰当的时候,挑选合适的礼物赠送给亲爱的丈夫。去年春节,她为刘球亲手编织了一个绒线帽子。从此,那个豆沙色的贝雷帽,就一直戴在刘球的头上。直到春夏之交,他也不肯脱掉。还是我的妻子,也就是他的丈母娘,力劝他把帽子脱下来,她对他说:"你要是还戴着它,别人就会以为你是个癞痢头呢!"我的老妻,替她的好女婿把帽子洗了,晒得香喷喷的交还给他。她嘱咐他回去放在樟木箱里,那样就可以不被虫蛀,来年入冬后就能再戴。这对不平凡的小夫妇,他们是那么爱着对方,时时处处替对方着想,关心对方比关心自己为重。他们真是过着童话一般美好的生活。由此可见,衡量生活质量的高低,并不是看物质有多丰富,地位有多显赫。他们的一切,比之常人,并没有什么优越之处。恰恰相反,他们的身体都存在着残疾和缺陷。但他们的生活质量却是那么的高,活得那么快乐,那么充实,那么纯粹。不止于此,他们觉得光是自己生活得幸福,还是远远不够的。一花独放不是春,万紫千红春满园。他们在幸福生活的同时,一刻都没有忘记,在这个世界上,在我们的生活中,还有人生活得并不幸福。他们同样渴望爱,渴望幸福美满的生活。比方说近在眼前的他们的姐姐谈优,至今还过着没有爱情的生活。他们深深理解,她作为一个正常的女孩(只是个头矮小,难道就应该算是不正常吗?),一定对爱有着无比的向往。而这一点,也许刘球的体会更深。老大谈优的内心,一定时常被孤独的毒虫啃噬。他们因此做梦都想能有一只男人有力的臂膀,将他们可怜的姐姐拉出寂寞的深渊。他们觉得责无旁贷。他们觉得,如果光顾了自己的幸福,而对他人漠不关心,不关心其痛痒,不仅渺小,简直是可耻的。刘球于是煞费苦心,在他的众多球迷朋友中为谈优特色了一个对象。这个人虽然离过婚,但没有孩子,其实也就跟没有婚史一样。如果硬要计较他的从前,那么谈优也应该想一想自己,她不也有过婚前性行为吗?她甚至还怀过孕呢!而且这个人的离婚,错并不在他,是他不忠诚的妻子抛弃了他。他单身已有三年,对成立家庭也有足够的热情。刘球对谈优说:"如果你愿意,我找机会去跟他说说。"谈优说:"要是他不肯呢?我不是太没面子了吗?你以为矮人就不要面子吗?"她这么想,应该是有道理的。谈秀对她的丈夫刘球说:"你不该先跟谈优说的嘛!你先跟那个人说,他若同意了,再跟谈优说。"对刘球来说,妻子的话总是有理的。他于是对谈优说:"算了算了,这事以后再说吧!"而事实上,他第二天

283

就去找那个球迷朋友了。朋友听说刘球要介绍一个袖珍姑娘给他做老婆,把头摇得差一点儿颈部脱臼。他说:"刘球,你开什么玩笑? 你知道我有多重吗? 你让我跟一个这么丁点儿的小女人成亲,我一百七十斤的体重,不把她压扁了才怪呢!"刘球于是只得去问另一个朋友,是不是愿意娶他小姨子为妻。他几乎问遍了所有的球迷朋友,最后终于在一个五十岁的男人那里看到了希望。这个男子三十岁就丧妻,用他自己的话来说,想老婆都想了二十年了。"你就是牵一头母猪来,我也肯跟它成亲。"他说。他的话惹得刘球很不高兴。他对这个不嫌弃母猪的人说:"你这样说,对我是极大的侮辱。难道我的小姨子是母猪吗? 如果我的小姨子是母猪的话,我的妻子也是母猪了。如果我妻子是母猪的话,我是什么? 我不就成了一头公猪了?"老男人于是向刘球道歉,他扇了自己一个嘴巴,怪自己不会说话。他说:"我不是这个意思,我的意思是,我太想有一个老婆了。你愿意把你老婆一样的女人给我,我当然是高兴得不得了!"

　　谈优竟然答应跟这个老男人见见面,很出乎我们的意料。刘球更是兴奋得脸泛红光,仿佛就要做成一宗大买卖似的。为了安排谈优跟老男人见面,刘球他们着实费了不少脑子。方案一个个确定,又一个个推翻。最后大家商定,还是安排他们到电影院里去看一场电影。这种见面方式虽然陈旧了一点,缺少创意和时代精神,但比较安全,比较可靠,比较隐蔽,也比较经济实惠。至于看一场什么样的电影,那是根本不重要的。当然最好是言情片。乒乒乓乓的枪战片,或者武打片,显然是不合适的。以我的观察,老大对这次约会应该说是重视的。她吃过晚饭,就进卫生间里去了,而且很长时间才出来。她洗了脸,刷了牙,梳了头(她梳起了一个高髻,至少又使自己看上去高了几厘米),还精心化了点淡妆。看到她面目一新地从卫生间里出来,我们大家都觉得她长得真是挺可爱的。用"精致"两字来形容她,应该说是比较恰当的。她见我们大家都在注意她,显得有点生气。她走进她的房间,把门很响地关上了。她在房间里又待了很长时间。我猜想她一定是在一件件地试衣,她一定会挑选一件效果最好的衣服去赴那个老男人的约会。电影开映的时间近了,我们隔着紧闭的房门,提醒谈优可以出发了。但她却一点反应都没有。后来终于门开了,谈优出来了。她身穿一身鹅黄色运动装,背了一只长及臀部的小包包,脚穿一双鞋底足有十厘米高的"松糕鞋"。她跟谁都招呼也不打一个,就球一样滚出门去了。等她下了楼,我们才想起,她的电影票忘记带了吗?我三步并作两步冲下楼,直到小区值班室那儿才追上她。我气喘吁吁地问她:"老大,老大,你的电影票带了吗?"她像个陌生人似的看了我一眼,也不答话,就坐上一辆出租车走了。

老妻怪我太土,她说:"现在还要什么电影票,手机一刷就是了!"

后来我们从刘球那儿了解到谈优这次约会的详情。"失败了,失败了,没有成功啊!"刘球遗憾地说。刘球告诉我们,那晚他们电影看到一半,老贾(老男人姓贾)就提出来,不看这电影了,还是到街上去走走吧。谈优非常赞同。但她不无顾虑地问老贾:"去逛马路,你不嫌我个头太矮,你不怕别人笑话你吗?"老贾慷慨激昂地说:"怕?我还怕你嫌我太高呢?"这话让谈优听了很受用。她高高兴兴地跟着他走出了电影院。可是到了街上,天下起了毛毛雨。虽然只是毛毛雨,但两人的头发和衣裳一会儿就湿了。老贾于是提议,干脆去他家,他家离这不远,可以坐下来吃杯茶,可以听听音乐。如果有兴趣的话,还可以看一张影碟。老贾说,他有很多很好的影碟。到了老贾家里,老贾也没有征得谈优的同意,自作主张地放影碟给谈优看。"这个老东西,放一张黄碟!"刘球说。起初谈优还一动不动地坐着看,她还表示,她从未看过这样的东西。她还向老贾提出这样的疑问:"那女的怎么会愿意去拍这样的片子?"后来老贾就不老实了,他将谈优洋娃娃一样提起来,把她放到桌子上。接着就扒她的衣裤。"我有责任,我确实有责任,我不知道老贾竟是这样的人!"刘球检讨说。后来的情形,当然我们大家都知道了。谈优跑到老贾家楼下的电话亭,拨打了110报警电话。她告老贾强奸,为此老贾被判刑。

我终于要向你讲述最近发生的事了。最近发生在我们家的事,再一次成为本市各媒体的重要社会新闻,成了市民们普遍关注的焦点。现在距离我的外孙小胖的出生，已经是第五个年头了。也就是说，小家伙已经虚龄五岁了。这个五岁的胖胖的孩子，已经会唱包括《菊花台》在内的十七首歌曲，能够背诵三十来首古诗了。他几乎是一个人见人爱的小家伙。他已经连续两年被幼儿园评为"健康宝宝"，他的照片挂在幼儿园大门口的画廊里，引得无数路人驻足观看。他早已成为我们三户人家的中心。这些天，我只要一闭上眼睛，面前浮现的，就是他圆圆的可爱面容，他漆黑的眼珠，他糯米一样细滑的皮肤。每天下午，去幼儿园接他回家的任务，对我们两亲家而言，已经不再是什么任务，而是一种待遇。我们在轮到接他的日子里感到无比充实，而在不轮到接他的时候黯然神伤。如果说生活还有什么乐趣的话，那么这乐趣就是一眼不眨地看着小家伙。如果说生命真的有什么意义的话，那么其意义就在于发现自己卑微的生命竟然有如此美好的延续。小家伙对谈秀来说，同样也是掌上明珠。自从有了儿子之后，她不再像从前那样注重打扮自己了。用刘球的话来说，她已经有好几年没穿像样的新衣服了。事实上她的衣柜里，挂着不少好看的新衣服，大多是刘球替她精心挑选的。但她总是不穿。她认为，好衣服穿在身上，就不能很好地照顾小胖了。她总是穿着旧衣裳，这样才能无所顾忌，才能一心扑在儿子的身上。她每天晚上，都要教儿子学习很多本领，教他算术啦，教他朗诵啦，给他讲许多好听的童话故事，还教会了他一些简单的英文单词。清晨,则带上他去街心公园,让他呼吸新鲜空气,领着他在红花绿树间晨跑。小家伙看上去个子比他母亲都高了,他总是跑在谈秀的前面。跟在儿子的身后,谈秀为小家伙强健的腿力和奔跑的速度感到惊奇,预测他长大后也许会成为一名优秀的短跑运动员,说不定还能冲击奥运金牌。他们母子俩矫健的身影,已经成为社区一道独特的景观。一位摄影爱好者所拍的题为《春晨》的作品,就是取材于他们的晨跑,这幅照片在"庆祝中华人民共和国成立 65 周年书画作品展"上,还获得了银奖。然而就在一个同样的早晨,厄运却降临到这对晨跑母子的头上。它突如其来,令人至今还怀疑其真实性。它令所有的人都觉得无法接受这一残酷的现实。

那时刻,老大谈优也来到了街心公园。是小胖首先发现了她。他老远就看见了她。为此他兴奋无比地向她跑去,他一边奔跑着,一边用甜甜的嗓音喊着"阿姨"。他一定是作好了这样的打算,他小鸟一样飞过去,是要扑进阿姨的怀抱里去的。他习惯在阿姨的怀里撒娇,他的小脑袋埋在她小小的,却非常柔软的胸前,这样的感觉令他感到非常舒服。他绕过几棵树,绕过一些花花草草,他终于飞到了阿姨的面前。可是,阿姨这回却并没有向他张开怀抱,她只是甩动她手中的玻璃瓶子,向他一扬。他惨叫一声,立即摔倒了。"小胖!怎么啦?小胖,你怎么啦?"谈秀听到这一声惨叫,一边怪声叫着儿子的名字,一边发疯似的向他

288

这儿飞奔过来。她不知道究竟发生了什么，但她知道一定是发生了什么！当她赶到儿子跟前时，她的孪生姐姐谈优又甩动了一下手中的瓶子。一阵深入骨髓的灼烫，立即让谈秀明白发生了什么。她也像她儿子一样，发出了一声惨叫。她的叫声，把一辆途经此地的自行车惊翻在地。

案件的每一个细节都被公开。报纸、电视台都苍蝇一样紧盯着作追踪报道。如此骇人听闻的硫酸毁容案，又是发生在一对孪生姐妹之间，而且是两个小矮人。这比特大腐败案件和爆炸性明星绯闻似乎更引发关注。整个城市都一改以往慵懒没落的面貌，而突然变得亢奋起来。仿佛毒品被刚刚注入城市的肌体。各行各业，每一个角落，人们都在为此而喧哗。他们牛一样反刍着与此有关的种种细枝末节，像给赛马赛狗下赌注一样预测着两个小矮人未来的命运。许多人因为观点不一而发生了争吵，使安睦的家庭陷入危机，令几十年的牢固友谊毁于一旦。而庭审的日子，更是万人空巷，人们放弃了一切应该去做的事情，坐到电视机前，来旁听开庭。整个城市于是变成了一个大法庭。"球迷们也不看球了。"刘球哀伤地说。

而我们，我和我的妻子，则排除了一切杂念，全身心地投入到拯救谈优生命的事业中去了。亲爱的读者，请原谅我们的糊涂，请不要责怪我们不尊重法律、没有良知，甚至没有起码的是非观念。按理说，善良而无辜的谈秀，我们的二女儿，以及同样无辜，并且可爱得像天使一样的小胖，我们比生命更宝贵的外孙,他们的脸部,被硫酸灼伤的程度分别是80%和45%,这一切都是由我们的大女儿谈优一手造成,她简直就是一个恶魔,她理应受到法律的严惩。但是,我们竟然鬼使神差地坚决站到了谈优这一边。我们拼命地要为她开脱。亲爱的读者,可怜天下父母心,当同样是我们亲生骨肉的大女儿谈优面临被问斩的命运时,我们表现出来的这种不理智、这种不公正,也许你们可以给予一定的理解。我们发了疯似的要证明,谈优的精神不太正常,她绝对是在精神失常的情况下做出这种丧心病狂的事情的。因此我们请求法庭不要以"有行为责任能力"来衡量犯罪嫌疑人,希望能对谈优死刑的一审判决进行改判。

我们这样做,无疑更深地伤害了谈秀,以及谈秀的全家。当我们的宝贝外孙长大以后,了解到他的外公外婆当年在这一不幸事件中选择了这样的立场时,他一定不会原谅我们。我们这样做,甚至算得上是一种犯罪的行为,这对谈秀一家实在是太不公平了。谈秀因此拒绝再把我们看作是她的父母,她在法庭上,对我们直呼其名。她孩童一样的声音,在法庭的墙壁上产生了怪怪的回声,听来是那样的陌生。看得出来,她对我们有了刻骨的仇恨,她与我们之间的骨肉之情,真的已经是荡然无存了。为此我心如刀绞,不时感到一阵恍惚,觉得整个世界都已经失去重量,一切都鬼魅一样浮游着。刘球的眼里,也流露出了凶光。而从前,在我的印象中,他的眼光始终是和善的,温柔得像女人一样的。现在他投向我们的目光,就像刀子一样尖锐,闪着令人心惊胆战的寒光。而我们的心肝宝贝,我们的小外孙,也变得像是一个地府的小鬼,他的脸被毁成什么样子了啊!他的脸转向我的时候,我分明听到他在说:"阎王爷盼咐,快快取过你的命来!"

尽管如此,我们还是别无选择。我要努力,我一刻都不能放弃努力,我不能让谈优死。如果终审判决还是死刑,我们就要上诉。我和我的妻子,都相信谈优一定是在精神失常的情况下才做出这种伤天害理的事情来的。我们绝对无法接受医疗部门作出的鉴定。他们说谈优精神正常,实在无法令人信服。你们看看,看看这个身高不到正常人一半的成年人,看看她古怪的四肢,你能说她是一个正常人吗?如果她真的没有什么不正常,她又怎么会放火烧自家的房子?又怎么会对自己的亲妹妹,对自己心爱的外甥下如此毒手?现在在法庭上,我的血压又上来了,我的耳朵里响起了嗡嗡的怪声。我的眼前一片模糊,法官、陪审员、我的分别坐在原告席和被告席上的一双女儿和她们的律师,以及所有的旁听者,他们这是在干什么?他们为什么手拉手儿跳起了华尔兹舞?法庭可是一个严肃的地方,怎么就跳起舞来了呢?他们绕着我旋转,旋转,他们欢快地跳着,嘴里还唱起了儿歌:我们的祖国是花园,花园里花朵真鲜艳,和暖的阳光照耀着我们,每个人脸上都笑开颜。娃哈哈,娃哈哈……

眼　泪

　　住在同一个大院里的人都知道，汪玲是一个不会哭的孩子。谁都没见过她哭，当然也没见过她流眼泪，包括她的父母和姐姐。正因为她不会哭，所以她比姐姐承受了更多的打骂。当她们姐妹犯了什么错的时候，或者当她父母感到不顺心的时候，她就会挨骂，或者挨打。本来应该由姐妹俩共同接受的打骂，因为姐姐很快就哭了起来，所以最终总是落到了汪玲一个人身上。她显得那么倔强，任凭她父母怎么骂怎么打，她都不哭。她只是低着头，一声不吭。仿佛她的身体就是这样长的，她的头就是向下弯着长的。李一中心里很不平，他看着口角生沫的汪玲父母，看着他们凶恶而歇斯底里的样子，恨不得对准他们吐一口唾沫。他同情地看着汪玲。她始终不把头抬起来。有几次，他几乎要怀疑她其实是在偷偷地流泪。

　　但是第二天，她总是回答他说："没有！没有！"

　　"你真的没哭吗？"

　　"真的没有！"

有时候,大家坐在院子里的玉兰树下聊天的时候,汪玲的母亲会说:"我们家玲玲生下来就不会哭。"李一中每次都要盯着问:"真的吗? 她真的不会哭吗?"汪玲的母亲就说:"当然是真的! 护士抓住她两只脚,把她倒提起来,在她屁股上打了两巴掌,她还是不哭。"

　　读小学三年级的时候,李一中去汪玲家,看到汪玲的母亲用一根棕毛为汪玲通泪腺。人眼的两个内角处,各有一个针尖大的小孔,人的眼泪,就是从这里流出来的。它像一个泉眼,当人感到悲伤的时候,身体里清澈的水,就从这里汩汩而出。"她的泪腺一定是堵住了!"汪玲的母亲说。但是捻了一通,汪玲还是不流泪。

　　汪玲的母亲对李一中说:"你过来,你坐下,我帮你通通。"

　　他和汪玲的母亲靠得那么近,他闻到了她身上温暖而芳香的气息。他忽然很奇怪地想叫她一声"妈妈"。他为什么要叫她"妈妈"呢? 他自己不是有妈妈吗?

　　"痒不痒?"汪玲的母亲问他。

　　她特意从棕刷上扯下一根新的棕毛。比针还细的棕毛刚刺入他的眼腺,他就感到痒极了。她不断地捻,棕毛不断地深入,他感到了一阵难言的快意。他的泪水,伴随着这阵奇怪的快意,禁不住流了出来。他从未想到,泪会流得如此酣畅,也从不知道,流泪会是一件如此痛快的事。

　　那天,汪玲的母亲还教会了李一中如何通泪腺。她拉过汪玲,把她当作试验品。她撑大汪玲的眼睛,让李一中看那眼角一个细微的小孔。"就是这里!"她递给李一中一根棕毛,让他将棕毛刺入汪玲的眼腺。"不会弄痛眼睛的,你放心好了!"她鼓励他。

汪玲没有鼓励李一中。但她显然并不反对他们把她当作试验品。她很顺从地在李一中面前的小凳子上坐下,很安静地仰着头,呼吸是轻匀的。

李一中有些紧张。尤其是当他的手指触到汪玲的脸颊时,他发现自己拿着棕毛的手在抖。不过很快,他就平静下来了。当他发现了汪玲眼睑处那个细小的泪腺孔时,他的注意力便完全集中于那粉红黏膜上细微的小孔了。他是一个认真的人,有时候近乎执拗。此刻,要将手上针一样细小的棕毛捅进汪玲的眼腺,成了他必须要达到的目的。他屏住呼吸,为的是使棕毛准确地刺入小孔。他已经完全在意识上协调好了自己的动作,一旦棕毛刺入,他便要捻动棕毛,让它像针灸大夫手上的银针一样,深入汪玲的泪腺。

这是一个干枯的泉眼吗?

棕毛刺入的一瞬,李一中感觉到汪玲的身子颤动了一下。她的眼皮,也似乎眨动了一下。但是,她没能将眼睛闭上。因为李一中左手的中指和拇指,将汪玲的眼皮撑开。他多么希望,这根棕毛,能将汪玲的泪泉打开。就像一把钥匙,将一把锁咔嗒一声打开了。或者像一把铁锹,在一个堤坝上猛捅一个洞,河水便从这个洞里奔突而出了。

"痒吗?"这句话几乎已经从他的嘴里滚出来了。但不知为什么,又被他吞了回去。

他发现她的脸上突然泛起了红晕。

他右手的食指和拇指不停地动弹,他捻动棕毛,令它不断地深入。人的泪腺到底有多长?这根一寸多长的棕毛,会全部钻进她的泪腺中吗?

"你捅得真好,肯定很舒服!"汪玲的母亲在一边评价说。

汪玲的嘴唇微微张开,他闻到了她吐出来的热气。她的腿也悄悄地伸直了。眼角微痛奇痒的快意,让她不禁要舒展自己的身体。

当李一中将棕毛最终拔出来的时候,汪玲无比陶醉地叹了一口气。

"她就是没有眼泪,真奇怪!"汪玲的母亲说,"等我死的那一天,她也不会哭!"

汪玲的母亲对李一中说:"好了,你学会了!以后家里有人长偷针眼,你就帮他们捅一下,包好的。"

她还说:"没有棕毛,猪毛也好。要黑猪毛,白猪毛拿在手里看不清。"

可是,到哪里去弄到黑猪毛呢?李一中感到很迷惑。

读初中的时候,李一中家搬到了镇西头。住进新家一个星期了,他还是感到不习惯。他觉得若有所失。住在镇东的时候,离他们家院子不远,有一座宝塔,塔有七层,每一层的檐角上,都装着铜铃。每当有风的时候,塔铃就叮叮地响。李一中非常喜欢听这声音。每晚每晚,他都是枕着塔铃声入梦的。那些个无风的夜晚,没有铃声,就像是宝塔在黑暗中消失了一样,李一中就觉得有点难以入睡。好在,绝对无风的日子实在很少。只要有一点点风,塔铃就会清脆地歌唱。空灵的叮叮声传到李一中的耳朵里,让他感到身子越来越轻越来越轻,渐渐失去重量,最终在黑夜里飘浮起来。

他睡不着,就胡思乱想。想得最多的,还是镇东头的老房子,以及不远处的宝塔。当然还有汪玲。

李一中认为,他天天约汪玲同去上学,并不是因为喜欢和汪玲在一起。他是要去看一看老房子。李一中骑车来到镇西头,他听到了清脆的塔铃声,他闻到了空气中熟悉而亲切的气息。

汪玲轻轻一跳,坐到自行车的后架上。李一中轻松地踩着,他觉得自己就像一只鸟,展翅滑翔,划破早晨无比清新的空气。

有一些同学,知道李一中天天带汪玲上学,就起哄。在教室里,竟然有人把李一中猛地一推,往汪玲的身上推。当李一中和汪玲撞到一起的时候,全班都欢呼了起来。

李一中很愤怒,站定脚跟后,突然发力,把肇事者推倒在地。

老师专门把李一中和汪玲叫去,和他们谈了一次。

老师说:"你们是不是谈恋爱了?"

李一中说:"没有!"

老师问汪玲:"你呢,你说说,有没有?"

汪玲低着头,不回答。

老师说:"不管你们是不是谈恋爱,都应该有则改之,无则加勉。"

李一中说:"我们没有!"

老师说:"但愿没有。要是真有,你们的思想品质就太有问题了,是道德败坏,不仅要被学校开除,还会被全社会唾弃!"

老师说:"无风不起浪,不管怎么说,你们现在已经不是邻居了,还天天约了一起上学,影响总是不太好。学生,学生,学习是生命,要把全部精力放在学习上!"

因为汪玲始终不说一句话,老师很光火。最后她摔了一下办公桌上的茶杯,把汪玲吓了一跳。李一中看到,汪玲的身子明显颤抖了一下。她抬起头来,吃惊地看着老师。从她的眼睛里,李一中看到了恐惧。

李一中突然感到内心有一种十分复杂的感受。好像是同情,又好像是委屈。他竟然当着老师和汪玲的面哭了起来。其实更应该哭的是汪玲,她是一个娇弱的女孩子。但她没哭。她是一个不会流泪的女孩。相比之下,李一中显得有些没出息。

从那以后,李一中仍然每天去约汪玲上学。她跳上自行车后座,他便轻快地踩了起来。只不过,在距离学校一百米的晓庵桥上,他们分开了。汪玲从后座上跳下来,李一中头也不回,继续向学校骑去。他感到自行车变得轻了,但他骑车的速度,却反而比刚才慢了。

汪玲外婆死的时候,汪玲来找李一中。她让李一中想个办法,怎样才能让她在她外婆的丧礼上哭出来。李一中说:"你外婆死了,你真的一点都不伤心吗?"汪玲说:"怎么不伤心!她是这个世界上最喜欢我的人,她死了肯定比我妈妈死了更让我伤心!"李一中说:"那你只要想想她的好,就自然会哭了。"

汪玲说:"我一直在想她的好,想她活着的时候对我怎样怎样好。每次我妈妈要打我的时候,她都挺身而出,将我护住。她总是对我妈妈说,你要打孩子,你就先把我打死!"

李一中说:"你想这些,心里还不感动吗?"

汪玲说:"我还想,从此以后,我就没有外婆了,再要有人欺侮我,就没有人来帮我,护着我了。可是这样想我还是哭不出来!"

李一中说:"你不要急。越是急,越是哭不出来的。这有点像大便,越是要把大便拉出来,就越是拉不出来。"

汪玲说:"你这个人真邋遢,什么大便不大便的!"

李一中说:"那就像睡觉,睡不着的时候,心里不能急,越是急着想快点儿睡着,就越睡不着。"

汪玲说:"要想办法你快想,别废话了!外婆对我那么好,她死了我要是不流几滴眼泪,就对不起她。而且,别人也要说我,说这个小姑娘,心肠这么硬,她外婆是白待她好了!"

既然这样,就只有一个办法了。李一中听说演员在拍电影的时候,如果需要哭,却哭不出来,就在眼睛上抹一点清凉油。"到时候你也弄点试试吧,眼泪也许就会出来了!"李一中说。

把老人家抬出去火化的时候,李一中也到场了。他把一盒清凉油递到汪玲的手上。但是,汪玲的脸上,仍然见不到一滴泪水。他只看见,她不停地眨巴眼睛。他知道,她已经把清凉油抹到眼睛里了,否则她就不会不停地眨眼睛。难道说,抹了清凉油还是不管用吗?李一中也着急起来了,他弄了一点清凉油,抹到了自己的眼睛里。

结果,李一中泪流满面。直到装着汪玲外婆的遗体和汪玲一家的汽车开远,他的泪还在酣畅地流着,无法制止。

李一中的母亲说:"汪玲的外婆死了,你哭这么厉害干吗?"

李一中想对母亲说:"当年住在一个院子里的时候,汪玲的外婆对我也是很好的。她老人家是那么慈祥!每次你打我,其他人都袖手旁观,只有她出面劝阻。因为她,我少挨了你多少打啊。她可是我的大救星!"

可是,他嘴里却说:"我眼睛里弄了清凉油。"

"你有神经病啊?把清凉油涂到眼睛里去干吗?"

李一中结婚的时候,汪玲也来喝喜酒。她给了一个很重的红包。李一中借上厕所之机,独自打开汪玲的红包,发现里面的钱,是婚宴来宾中数额最大的。敬酒敬到汪玲的时候,李一中说:"谢谢你!等你结婚的时候,我会还给你更多!"

他看到汪玲的脸腾地红了,比新娘抹了腮红的脸还要红。

新娘说:"汪玲和你什么关系啊?她为什么见了你脸会那么红?"

李一中说:"新婚之夜,你说这种话,是不是很没劲呢?"

新娘说:"你回答我,她为什么见了你就脸红?"

李一中说:"我要是和她有什么,也不会和你结婚了!"

新娘说:"她给我们的红包,你为什么一个人拆开了?里面是不是写了什么字,被你藏起来了?"

李一中说:"根本没有什么字!我只是觉得她给的红包特别厚,心里好奇,所以上厕所的时候先睹为快了。"

新娘说:"她为什么要给得特别多?你们两个之间到底有什么不可告人的秘密?"

李一中说:"你这样蛮,我们还怎么在一起过日子?"

新娘说:"好哇,新婚之夜,你就说这样的话,你是不是看见汪玲比我漂亮,后悔了? 你现在就滚,还来得及呀!"

新娘哭得非常伤心,她简直是在挥霍眼泪。李一中看着她,看她的泪水欢腾而铺张,心想,人和人真是不一样,汪玲的眼睛里,为什么一滴水都淌不出来呢?

出门半个月,新婚旅行回来,李一中碰见汪玲,她对他说:"你瘦了很多。"李一中觉得有点不好意思,仿佛是赶紧解释:"在外面水土不服,一直拉肚子,还感冒了。"

汪玲说:"你要当心身体!"

李一中突然觉得自己很委屈,有一肚子的委屈,要向汪玲倾诉。他很明确地告诉汪玲,他结婚之后一点都不幸福,他们的新婚旅行,天天都是在争吵和赌气中度过的。他认为,婚姻生活才刚刚开始,就这样,非常可怕。这样下去,迟早是要离婚的。他还责怪他的母亲,说他其实根本就不想结婚,都是她逼的,他只是迫于无奈才结婚的。并且,他的老婆,也是他母亲托人介绍来的,她根本就不是他喜欢和欣赏的女人。

李一中说这些的时候,汪玲走在他边上。他越说话越多,而她,步子越走越慢,渐渐落到了他的身后。等他说得口干舌燥,突然发现汪玲不在身边。他左顾右盼,发现她真的不见了。到处都是陌生和漠然的脸。

没隔多久,李一中的妻子被一辆汽车撞了。这一撞,把她撞残了。她变成了一个智商只有两岁孩子大的人。李一中的父母为她打官司,官司打得很漂亮,得到了很大一笔赔偿。所有的钱,李家一分不拿,都给了女方。女方因此就同意了李家的离婚请求。

某天深夜,李一中打电话给汪玲,告诉她,自己离婚了。

汪玲说:"我早就知道了。"

李一中说:"我现在感到很自由。"

汪玲不说话。

李一中说:"喂,听见我说话吗?"

汪玲说:"听见。"

李一中说:"不管有没有爱情,婚姻都是一个坟墓。"

李一中说:"你在听我说吗?"

汪玲说:"听着呢。"

"你怎么不说话呢?"李一中问。

"我不知道说什么好。"汪玲回答说。

李一中很快就第二次走进"坟墓"。这次他和一个小学教师结了婚。办喜酒的时候,没有请汪玲出席。李一中是个好人,他第二次办喜酒,大部分参加他第一次婚礼的人都没请。他觉得不好意思。自己不断地当新郎,让别人一次次掏钱送红包,说不过去的。让别人送一次礼,那没关系,等他们结婚的时候,李一中可以还这个礼。或者有的结婚在先,李一中已经送过礼了,请人家来,理所当然。若第二次再请人家来,就不太好了,等于是借结婚而敛财,李一中脸皮没这么厚。因此他只请了几个必须请的人,大部分参加婚宴的人,都是女方的亲朋好友。他的小学教师妻子是第一次结婚。

但汪玲还是来了,她不请自到。她依然带来红包,交给李一中,说:"祝福你们!"李一中不肯收。两个人态度都很坚决,一时形成了你推我拉僵持不下的局面。最后,汪玲绕过李一中,把红包塞到了新娘子的手上。

李一中想夺过妻子手上的红包去追汪玲,可是新娘子把红包抓得紧紧的。

有天李一中在外地巧遇汪玲,她正在绿扬馄饨店吃小馄饨。当然他也是去吃小馄饨的,否则就不会在馄饨店遇见她。两个人一起吃了三碗馄饨,李一中付了账。李一中对汪玲说:"我做乌龟了!"

汪玲说:"你说得那么难听干什么!"

李一中说:"是真的。"

汪玲说:"是真的也不用说这么难听。"

李一中说:"她给我戴了绿帽子!"

汪玲说:"你就不能小声点吗?"

李一中没出息地哭了起来,他的眼泪,滴进碗里,滴落在小馄饨的汤里,似乎把汤水都溅了起来。汪玲感到自己的手背上,溅到了一滴水,热乎乎的,不知是李一中的眼泪呢,还是小馄饨的汤水。

他们在街上走,李一中已经不哭了,他把手帕还给了汪玲。汪玲让李一中不要太难过,她安慰他说,这种事,多半是别人造谣,不可轻信的。李一中说:"我都亲眼看见了,怎么是造谣?"

汪玲说:"想不到她居然这样。"

李一中说:"她搭上的几个人,他们都是无耻流氓!"

李一中乱抓自己的头发,做出万分痛苦的样子。汪玲说:"你是不是觉得很没面子?"

李一中说:"哪一个男人做了乌龟会有面子,而且是戴了好几顶绿帽子?"

汪玲说:"你也不要太难过,大不了和她离婚。"

李一中不吱声,但汪玲看得出来,他不愿采纳她的建议。

"你是不是舍不得离开她?"汪玲说。

李一中抬起泪眼,看着汪玲,点了点头。

汪玲叹了一口气,说:"你们男人呀,对爱你们的人,反而不在乎;但是对背叛你们的女人,却特别珍惜。"

李一中认真想了汪玲的话,觉得她说得是有一定道理的。怎么会这样呢? 他想,男人真的很贱吗?

哭也哭了,说也说了,李一中终于感到内心平静了。他忽然想到也应该关心一下汪玲:"你呢,你怎么样?"

"我还那样。"

李一中说:"我听说,有人给你介绍了一个对象,是银行的副行长,是不是?"

汪玲说:"只见了一面。"

李一中说:"是他不要你,还是你看不中他?"

汪玲说:"不晓得。"

李一中说:"等你结婚的时候,我要给你两个红包。"

汪玲说:"你这个人,把钱看得很重的!"

李一中五十岁的时候,和小学教师离婚了。后者对他说:"要不是为了女儿,我早就跟你离了!现在好了,女儿上大学了,长大成人了,我们离吧!"

李一中专门去了一趟北京,找到在中国人民大学读书的女儿,希望她出面为他求情。他对女儿说:"你跟妈妈说,不要离婚。年纪半百了,说出去难听的。"

他又说:"要是离了,你就没有爸爸了!"

女儿说:"我可以跟你的。"

李一中说:"那你就没有妈妈了!"

女儿说:"这种事,我不好劝的。离还是不离,是她的权利,我不能干涉,否则就是侵犯人权。"

李一中对汪玲说:"想不到我李一中会落得这样的下场。真是想不到!"

汪玲说:"你不要哭。我看见你哭,心里特别难受。"

李一中说:"你也想哭吗?"

汪玲点点头,又摇摇头。

李一中说:"你是不是因为自己哭不出来,所以心里难受?"

汪玲说:"我妈死的时候,我吐了几口血。"

李一中说:"你怎么会吐血的呢?是不是肺有毛病

呀?"

汪玲说:"我咬破了自己的舌头,让它出血。"

"我对得起我妈了。"汪玲说。

李一中说:"你一辈子都不会哭,真是一件遗憾的事。其实,哭是很舒服的。一个人,心里有了什么不痛快,悲伤啊,郁闷啊,只要哭一哭,流一通泪,就舒畅了。想不通的事情,也就容易想通了。像你这样就是不哭,什么事都郁结在心里,对身体不好。"

汪玲说:"我有什么办法!"

李一中说:"不过有时候,我是很羡慕你的。一直一个人,自由自在,无牵无挂。我几十年前就说过,婚姻真的是个坟墓。结了婚,生活就不快乐了,受牵制,受气,一天到晚忙忙碌碌,不知道是在为谁忙,不知道忙得有什么意义。而且还忙出无穷的烦恼来。"

汪玲说:"你现在不是重新变成一个人了吗?不是很好吗?"

李一中说:"不一样的。经历了那么多,内心有很多创伤。许多事,想忘了忘不了。"

汪玲说:"你是不是还是舍不得离婚?"

李一中说:"婚姻这个东西,真的是很伤人的!"

汪玲从口袋里掏出一个小铜铃,递给李一中。"这是什么?"李一中问。

汪玲说:"宝塔重修的时候,檐角上的风铃,都被他们拆下来扔掉了。我正巧路过,就捡了两个。送一个给你吧。"

李一中接过风铃,摇了摇,发现它的声音没有挂在宝塔的檐角上好听。挂在宝塔上的时候,它发出的声音是清脆的,空灵的,传得很远的。而在自己手上,摇摇它,它的声响,闷闷的,就像某些破自行车的铃声。

"他们为什么要把它扔掉?"他有点愤怒。

汪玲也摇了摇她手上的一只风铃,说:"我也不晓得。"

李一中的女儿上大三的时候,有一年回家过年,突然对李一中说:"爸,你怎么老跟汪玲阿姨在一起啊?"

李一中觉得自己有点脸红,说:"没有啊!"

女儿说:"还说没有?我听说,你们小时候就经常在一起,黏黏糊糊的。"

李一中说:"小时候是小时候。"

女儿说:"你干脆跟她结婚就是了,我不会反对的。"

李一中说:"你在说什么呀!"

女儿说:"有什么关系呢?你没老婆,她呢,是个老姑娘,老处女,你们结婚,是合情合理合法的呀!"

李一中说:"我要跟她,老早就跟她了,也不会和你妈结婚了,也不会有你了。"

女儿说:"从前是从前,现在是现在。从前没感觉,现在我看你们是有感觉的。"

李一中说:"小孩子别管大人的事!"

女儿说:"真是笑话! 我还是小孩子? 我实话告诉你吧,我早就不是小孩子了,我都谈过八个男朋友了!"

李一中觉得很意外:"你这孩子怎么这样? 你就不知道羞耻吗?"

女儿说:"我羞什么耻呀? 交男朋友羞耻吗? 谁不做爱呀? 不做爱人类不就消亡了吗!"

李一中再见到汪玲的时候,发现她虽然老了,头发花白了,脸上的皱纹也不少,但是,身材不错,充满了女人味。毕竟是一个没结过婚的女人啊! 他想。

他又想:她为什么一直不结婚呢? 甚至恋爱都没有正经地谈过一回。这究竟是为什么? 她是一个很有女人味的女人,不会没男人追。难道说,她不会哭,也不会爱吗?

她会不会是一直在等我? 几乎等了一辈子?

"我怎么这么傻,直到五十几岁,才明白这一点呢?"李一中这么想的时候,心像年轻人一样怦怦跳了起来。

李一中打了一个电话给汪玲,要请她到"吴门人家"吃饭。汪玲说:"我现在一点都不喜欢吃苏帮菜,又甜又腻,而且老是那几样菜。"

李一中说:"那我们就吃川菜好了。"

汪玲说:"麻辣我也吃不进的。"

李一中说:"我们去'润记',吃广东菜。"

汪玲说:"我不去。"

李一中说:"那你说,你要到哪里吃?"

汪玲说:"我哪里也不吃。"

李一中说:"你这个人倒难服侍的,什么都不要吃吗?"

汪玲说:"为什么一定要吃饭呢?"

李一中说:"那你说干什么?"

汪玲说:"我也不晓得。"

李一中说:"要不,我们去看电影吧?"

汪玲想了想,最后说:"我们还是吃过晚饭去登宝塔吧!"

太阳刚刚落下地平线的时候,天空的色彩,真是美得无法形容。大地上的光线,似暗若明,许多事物变得模糊了,而另外一些,却变得格外清晰,近乎透明。站在宝塔的最高层,视野里的一切,与平日都是那么的不同。就像画儿,仿佛是梦。"夕阳无限好,只是近黄昏!"李一中感叹地吟诵道。他为自己说出这两句诗而得意。他觉得,自己不仅描绘出了当下的风景,还隐喻了他和汪玲的处境。是啊,他们都已经是年逾半百的人了,即将步入人生的黄昏。而这段岁月,乐观点看,景色还非常美丽,特别的美丽。但人活到了这个份上,就应该抓紧了,要加倍地珍惜!

可是,汪玲却说:"哪有夕阳?太阳不是早就落下去了吗?现在呀,已经是黄昏了。"

李一中好像看到了宝塔下他们的老屋,那个四四方方的院子,有些破旧,却那么温馨。如果越过栏杆,跳下去,能够落到老屋的四方院子里吗?如果背上系着一顶降落伞,李一中真想跳一下试试。他已经五十多岁了,爬到宝塔的最顶层,气喘吁吁,中途停下来休息了好几次。但是现在,他已经一点都不感到累了。面对广阔而绮丽的风景,他感到自己像一个年轻人。

他放眼望去,似乎还看到了他现在居住的房子。在远处,很远的地方,有一些排得整整齐齐的楼房,第几幢的第几层,就是他的家。那是他一个人的家。

他仿佛还看到了另外一些房子,这些房子似乎是透明的,能清楚地看见里面的人,他的女儿,他的两个前妻,还有皱着眉头的他,坐在一台无声的电视机前。

他觉得自己此刻成了另外一个人,从地面升到如此的高度,简直就是在天空深处俯视人间。大地上的一切,是那么渺小。渺小而无声地拥挤着,铺展着。光线越来越暗,起了点风。天空好像悄悄地来了一些乌云。宝塔檐角的风铃,开始时有时无地发出清脆的声响。

李一中感到一切都是那么的恍惚,又是那么的美好。他伸出手来,将汪玲的手拉住了。她的手缩了一下,但最后并没有挣脱。

他于是用另一只手,来拥抱她的身体。

他感到自己的热血,突然都涌上了头。他的手臂,是那么有力。他要把汪玲抱住。她是他的夕阳,他要将自己的美丽黄昏抱紧,不让其溜走。塔角的风铃,这时候也仿佛与他一样激动,叮叮地响得热闹。

汪玲也反过来抱她。她的力气之大,令他吃惊。他甚至突然有了一点儿恐惧,心想,要是这样任她紧抱着,自己会不会窒息呢?他真的感到呼吸越来越吃力了。

李一中说:"你抱得太紧了!"

他觉得自己说这句话,实在是很可笑。如果边上有人听到,他们不知道会笑成什么样子。

汪玲的手,于是松下来。她在黑暗中轻轻地笑了一声。

两个人的脸,温柔地贴在一起。

汪玲说:"起风了。"

李一中说:"是啊,你听,塔铃在叮叮当当地响。"

汪玲说:"真好听。"

李一中说:"这些新装上去的小铜铃,比以前老的好像要好听呢!"

汪玲从口袋里掏出捡来的老塔铃,在李一中耳朵边摇摇。声音闷闷的。李一中也把自己的一只掏出来,摇了摇,声音也是闷闷的。

汪玲说:"只有挂上去,声音才好听。"

李一中说:"那我把它们挂上去吧!"

汪玲说:"你敢爬到宝塔角上去吗?"

李一中迟疑了一下,说:"我敢!"

汪玲再次把李一中箍紧,说:"我不让你去!"

她说:"万一你掉下去,我怎么办?"

李一中感到,有一滴液体,滴到了他的脸上。接着,手上也有了一滴。"你哭了?"他吃惊得几乎大喊。

汪玲去摸李一中的脸和手,确实有点湿。接着她又摸自己的眼睛,却并没有摸到泪。她眨巴了几下眼睛,觉得有点痒。

"应该是下雨了吧!"她怅怅地说。

他们的手,向外面伸出去,尽量地伸到宝塔的外面。天上果然飘下雨来了,一点,又一点,飘在他们的手心里、手臂上,有点凉。

"我真想哭!"李一中听到汪玲这么说。

他们结婚的夜里,李一中被一阵哭声吵醒。"你哭了吗?"他把新娘摇醒。汪玲说:"没有啊,不会的呀,我做梦在唱卡拉 OK 呀!"

这对老新人,竖起耳朵,要在无边的黑夜中捕捉哭声。结果,他们听到了远处一只猫的叫声。

李一中重新入睡后,做了一个梦,梦见汪玲站在卫生间的镜子前,泪水从她的眼睛里哗哗地流出来。他站在她的身后,两个人都看到了镜子里的汪玲:源源不断地从她的眼睛里冒出的泪水,在她小巧的下巴处汇聚,最后落进台盆里,发出了叮咚叮咚的声响。

毕业生

　　我在震泽中学教地理的时候,史地办公室漏雨严重,
水渍在墙上画出了许多怪诞的地图。甚至有一滴水,滴进
了我的鼻孔,引起了嘹亮的喷嚏。大家说:"难道你的鼻孔
是朝天生的?"我的鼻孔并不朝天,与普通人无异。之所以
滴进雨水,是因为我抬头研究天花板。天花板上出现了智
利地图,又似一条游龙。由于漏雨严重,校长就决定让我们
暂时搬到高一年级办公室去。那儿非但不漏雨,而且冬暖
夏凉。原因是,这间办公室正好位于一棵巨大的古樟树下。
有人说,在飞机上一定看不到这间办公室。说这个话的,是
一名政治教师,他经常把这句话挂在嘴边。这也许和他当
兵的经历有关吧。在军事行动中,部队总是要注意隐蔽自
己,不让敌人发现。如果高一年级办公室是一辆坦克,那
么,敌机在空中,是不会发现它的。因为香樟树掩护了它。
政治教师说此话的时候,脸上堆满了笑。这使我想象一只
鼹鼠躲进安全的土洞里是如何发出快乐的笑声的。

　　通常,担任主课的老师,喜欢把一些学生叫到办公室

里来。经常进教师办公室的学生,大体有两种。一种是好学生。他们或者是班长、学习委员,或者就是课代表。他们前来向有关老师汇报有关情况,或者就是把全班的作业本交到有关老师这里。他们虽然也总是来去匆匆,但是,他们的身姿是挺拔的,步伐是雄赳赳的。他们常常以故作的羞涩,来掩饰内心的自信和优越感。而另一种经常光临教师办公室的,就是差生。或者是彻头彻尾的差生,那些门门功课都跟不上大家的学生,或者就是有一门功课比较差的学生。

我不太喜欢有学生进进出出我们的办公室。我宁肯办公室里冷冷清清的,让我无聊的时候看看窗外那些古樟树,粗糙的树干,和橄榄状的叶子,都很好看。连日阴雨之后,我似乎还发现树干上有了木耳。然而办公室里清静的时候很少,就是学生不来的时候也是这样。我发现,高一的任课教师特别喜欢聊天。他们高谈阔论,都是时事评论家和民间政治家。当然他们也喜欢八卦,娱乐明星们的私生活,总是在他们嘴里口香糖一样嚼。

只有一个学生,经常来,我非但不讨厌他,反而每次都饶有兴致地关注他。

他是个差生,这是显而易见的。

我听到语文老师对他说,门闯,你说说看,你这次语文测试又不及格,这究竟是怎么搞的吗?!

门闯不说话。

语文老师又说,你连语文都不及格,你还能干别的什么呢？你将来恐怕连一封信都写不好呢！

语文老师的话有点问题。"连语文都不及格"，这是什么话！难道语文是吃饭睡觉一样容易的事吗？他身为语文老师，如此轻视语文，着实让人觉得不可思议。至于他提到写信的问题，似乎也并不恰当。难道说，写信是生存的必要技能吗？

门闯说，我不写信。

不写信就有理由不学好语文了吗？语文老师火了起来。

"我不得不罚你抄课文！"语文老师让出了办公桌的一角，让门闯抄五遍课文。

在门闯弯腰抄课文的时候，我发现，他是一个非常英俊的男孩子。他长得多好啊，我还没见到过一个男孩子长得这么细皮白肉英俊漂亮的呢！我不由得内心里为他而感到遗憾。

所有的老师，仿佛是有了一份约定，大家都把目标对准了门闯。这节课的课间张三把他叫来，下节课之后便轮到李四叫他来。高一年级办公室成了门闯的第二教室。

这么说起来，语文老师"连语文都不及格"之说，并非全无道理。几乎所有的任课老师，都盯上了门闯。他连语文都不及格，还有什么是及格的呢？

门闯一般不顶嘴，但他也并非总是一声不吭。只有物理教师训他的时候，他坚决不说话。物理教师再怎么训斥他，他都不吭声。物理老师是个喜欢用刻薄语言进行人身攻击的人。他似乎上辈子与门闯有仇,训起他来,叫人觉得残忍。而门闯站在办公室的中央,面无表情,一动不动,像一件艺术品。后来物理教师不再训他,只是在他面前叹息。物理老师一定是训得自己也累了,并且讽刺挖苦的才华也似乎耗尽了。他于是长长地叹息,像一个擅长吹气的物品。他这样做,一方面是出于自身的生理需要;另一方面,他是要让门闯知道,他这个差生可气可悲到几乎已经是无可救药的地步了。

外语教师比较年轻,刚从师大毕业不久。她也凑一份热闹,平均每天一次传唤门闯。她非常学生气地对门闯说,马克思说过,外国语是人生斗争的一种武器,你不掌握一件武器,怎么自卫和战斗呢?她又说,你成绩这么不好,门门功课都不好,你要是以后当了教师,怎么教学生呢?要给人一杯水,自己必须得有一桶水,你连一杯水都没有,怎么可以给人一杯水?

门闯对外语教师说他以后不想当老师。他说,当老师很辛苦。

他这么说,引起了全体教师的好感。此话看似瞧不起老师,但是,话中有话,他充分肯定了老师的劳动,劳苦功高的。

那么你想干什么呢?外语教师语气温柔地问。

我想当厨师。

当厨师也要有文化的。外语教师说。她这话显然不太

316

有说服力，当厨师要文化干什么呢？是写菜单吗？还是要用英语向外国食客介绍中国烹饪？这也无须厨师出面呀，服务员懂点英语就行了嘛！

要不是自己也是一名教师，我真想出面为门闯辩护。但我不便说什么，我只是在心里希望门闯自己能说些什么，以驳斥英语老师的谬论。

一个疑问在我心中始终挥之不去。那就是，经过各任课教师如此决不善罢甘休的强化训练，门闯的成绩怎么还是那么差呢？他总该有所进步才对啊！我看他几乎所有的课余时间都被剥夺了。同学们在外头嬉戏，在操场上奔跑、踢球，门闯却在教师办公室里当他的西西弗斯。我估计他连小便的时间都没有。同时我还有另外一个疑问，那就是，所有的任课教师，似乎没有一个最终对门闯丧失信心的。语重心长地谈心的、喋喋不休地数落的，以及为他而唉声叹气的，没有一个放弃的。我倒是发现，有教师（大概是化学教师吧）因为课间把门闯叫来打阵地战而耽误了自己的小便——当我走过高一（3）班教室，化学老师遇见救星似的叫住了我，她求我代她看一会儿课堂，以便她去厕所方便一下。其实，她只管去方便，要找个人看着干吗？学生又不是羊群，会跑散了？

门闯的父亲让人感到疑惑。他个头不高，虽然穿着西服，头发梳理得纹丝不乱，但看上去还是有点猥琐。说话的时候，总像是在咬什么东西。他这副尊容，怎能生出门闯这样的美少年？面对这对父子，我的想象力开始活跃起来。我有理由猜测，门闯其实不是这个丑陋的中年男人所生。至少，门闯的母亲得美若天仙才成。我听到他跟门闯的班主任商量，要让门闯休学。他的理由看起来比较充分，既然门闯读不好书，那就干脆不读吧！他经营着一家酱菜厂，据说是国家绿色免检产品，是政府饭店接待专用酱菜，远销东南亚及港澳台地区。小子跟我回去，还可做个帮手！他说。

可是大家怎么能答应！任课教师们纷纷表示，他们为这个学生付出得实在是太多太多了，如果他中途辍学，大家在他身上付出的几倍于普通学生的努力，就是付诸东流了。你不能剥夺他受教育的权利！

令我吃惊的是，门闯自己竟也不愿意跟父亲回去。其实像他这样的学生，在学校还有什么乐趣可言呢？倒不如回去做酱菜。

深秋的校园真的是非常的美好。各种树都变了颜色。阳光照在上头，就像是吹动了树叶，让它们动人地摇响。空气清朗，皮肤干爽，让人觉得世界是清洁的。而人也从内到外是清爽的。在这个美好的季节，门闯竟然因为一封情书而被叫到了办公室。

你竟然有空写一封情书！你真是脑袋发昏了！昏得不轻，要去医院做一个脑电图了！你不想想，对你来说，时间是最宝贵的，精力是最宝贵的！笨鸟先飞，你比笨鸟还要笨，你不抓紧一切时间把功课学好，跟上其他同学，你竟然写起情书来了!

你说说看,你为什么要写情书?

门闯不言。这个问题确实不太容易回答。

突然,提问的班主任发现了问题:你会写情书了?你的作文水平那么差,语句不通,错别字连篇,你怎么会写情书?

门闯还是不回答。这个问题确实也并不太好回答。

你说,你是不是抄来的?

抄一封情书,也许比独立写作一封,性质没那么严重。班主任这么问,既有瞧不起门闯的意思,也不排除在为他开脱一点的善意。

但是门闯不承认他是抄的。

语文老师兼班主任无论如何也不相信门闯能独立完成这么一封情真意切的情书。他会同其他任课教师一起,分析了语气,研究了笔迹。笔迹没什么问题,抄嘛,当然是他的字。这一点,其实无须研究就可以确定。那么内容呢,抄还是没抄?直到今天,这还是一宗悬案。既没有证据来证明它不是门闯写的,也不能证明它确系门闯所写。

私下里我们议论,撇开情书不论,即使门闯不写情书,有人愿意跟他谈恋爱,也是毫不奇怪的。可以说,只要门闯愿意,相信班上所有的女生都会和他谈恋爱的。是不是这样?有人不怀好意地问年轻的外语教师。

外语老师的脸很不应该地红了。

那个扎着香蕉辫的女学生终于也被叫到办公室来了。

她长得不好看,天晓得门闯怎么会把情书写给她。其实老师们有所不知,在中小学,这样的事其实是很普遍的。特别英俊的男生的早恋,常常发生在和相貌极其平平的女生之间。其中原委,不得而知。有待心理学家研究。香蕉瓣肤色很黑,脸上满是青春疙瘩。嘴唇厚厚的,还有些塌鼻。她的左眉里,有着一颗很大的痣。我读过一些关于面相的书,知道这颗痣,叫"草里藏珠",表明她是一个有心计有能耐的人。但是,她却很诚实,诚实得让人掉眼镜。她非常坦率地说,门闯之所以写情书给她,完全是因为她率先给他写了一封。办公室里所有的老师,因此都将脸对着这位诚实的女学生,大家都看着她。年长的历史教师,为了看得更清楚,把他的老花镜也除了下来。香蕉瓣落落大方地在办公室中央站着,孤独站在这舞台。

你知不知道中学生是不应该谈恋爱的?

我没有谈恋爱。

你还说没有?你给他写了情书,而他也给你写了一封,你还说没有?

我并不爱他。

你不爱他为什么要给他写情书呢?写着玩吗?

不是写着玩,我是跟米建芳打赌。

米建芳认为,凭香蕉瓣这样的长相,是根本不可能被门闯看上的。"看上我还差不多!"米建芳羞涩地说。"那你为什么不写信给他?"香蕉瓣问。米建芳说:"我是怕他不肯。要是他收到我的情书不回,这不羞死人了吗?"香蕉瓣说:"那怕什么呀?"米建芳说:"你敢给他写吗?"香蕉瓣说:"那有什么不敢的?"米建芳说:"那你就写!"香蕉瓣说:"写就写!"

其实香蕉瓣也不是没有犹豫。她后来又对米建芳说,还是不写吧!"你不敢了吧?"不是不敢,是怕他没空给我写回信呢!话说得没错,大家都知道门闯太忙了,他的所有课余时间,都被剥夺了去,老师们玩着车轮大战。

你为什么要给她回信呢?

门闯站在刚才香蕉瓣站立的地方,他可没有香蕉瓣那么镇定自若,他比平时要显得局促不安。

你知不知道,中学生是不可以谈恋爱的?

你知不知道,她其实根本不爱你? 她说,她对一个门门功课都是"老末拖"的人是不可能有兴趣的。她说你是"绣花枕头一包草",她说她崇拜那些长相不好,但是脑子聪明的男生。

门闯看上去很沮丧。

你知不知道,你的学习成绩是班里最差的? 最差,你知道不知道? 最差是什么概念? 最差就是所有的人都比你好! 当然,也不能说你一点进步都没有,但你的进步很慢,很慢很慢,打个比方,就像乌龟爬行一样。你也知道,龟兔赛跑,乌龟是怎么赢了兔子的呢? 就是不停地爬,人家休息的时候它不休息。而你却谈起恋爱来了,兔子不睡觉,乌龟倒睡起觉来了。你要是用写情书的时间做几道习题,那不就好了吗?

本来,你是应该写份检查的。你要深刻检讨自己。你脑子里不健康的思想,是不应该有的。作为一个学生,除了学习,所有的事,都是应该放在一边的。天大的事也都应该放在一边!特别是谈恋爱。谈恋爱这种事,是中学生应该做的吗?尤其是一个成绩最差,门门功课都不及格的学生应该做的吗?你要深刻检查,认识自己的错误。只有彻底认识了,才可能改正。所有犯了错误的人,都应该写书面检查,这是学校的规矩。但是,考虑到你需要大量的时间来补习功课,就算了吧。有这点时间让你去写检查,还不如多做几道练习题呢!你要心里清楚,并不是你的错误不严重,而是给你机会。你要将功赎罪,在学习上投入加倍的时间和精力,争取进步。

别以为香樟是常绿树,常绿树也落叶呢。所不同的是,它并不将全身的叶子一下子抖落,它只是悄悄地用新鲜的叶子,将那些老了的叶子替换掉。这样的交替,在雨中是不会有人去注意的。雨打在古老樟树新鲜的叶片上,发出很好听的声音,但这样的声音也是不会有人去聆听它的。办公室里海人不倦的高一老师们,包括一位生物教师,关心的只是门闯的失踪。

一定要把他找回来!一个人,没有一点本领,他怎么走向社会呢?我们要对他负责,对他的未来负责。我们不能让他成为一个废物。一个没有知识文化的人,一定会被社会抛弃,被时代抛弃,被生活抛弃。他刚刚有了一点进步,绝对不能半途而废。

香蕉辫的女学生站在办公室的中央,这次她流泪了。她简直是泪流满面。她说,我没想到他会失踪,我只是对他说了实话。他一连问我好几遍,那封写给他的情书是不是仅仅是因为跟米建芳打赌而写? 我只是说了实话。要是我知道他会因此而失踪,我就……不,我也不会对他说我爱他,我真的不爱他,他看上去一点也不可爱。

什么都别说了,说什么都是没有意义的,现在最要紧的就是把门闯找回来。

门闯仅仅失踪了三天,他就回来了。孤独地站在这舞台,所有的人都不说话。办公室的窗子外,悬挂着许多学生的脸。他们嘴里呵出的热气,使窗子玻璃变得模糊,变成了毛玻璃。但很快又能看到悬挂着的脸了,悬挂着的眼睛。窗玻璃被手指擦成了各种形态。

这三天,你到什么地方去了?

这三天,你去了什么地方?

这三天,你在哪里?

我记得我当时的想法,当时我根据门闯的表情,作出了这样的结论:就是给他上老虎凳,就是给他灌辣椒水,就是用竹签子钉他的指甲缝,他也是不会说的。他这三天究竟去了哪里,干了些什么,他是不会道出真相的。

上课铃响了,外面窗子上贴着的一张张脸都飘散了。一些任课老师夹着讲义,拿着粉笔盒和教鞭,离开年级办公室去教室了。办公室里这才真正地安静下来。算了,算了,不再问你去了哪里了,班主任兼语文老师愁眉苦脸地说,不问你了,也不要你写检查了,你还是赶快把这三天落下的功课好好补起来吧!三天,多可惜啊!三天对于一个学习成绩最差需要奋起直追的学生来说,比黄金还要宝贵,宝贵得胜过人间一切的珍宝!

门闯坐到英语教师的位子上用起功来。粗一眼去看,他有点像一位老师了。他发育了,长魁梧了,像个真正的男子汉了。语文老师倒了一杯水,悄悄地递过去。我仔细看看门闯,他的嘴唇确实有些开裂。我没想到班主任兼语文老师也会显出如此柔情。"以后别再跑了!"他语重心长地对门闯说,声音似乎有些哽咽。

振奋人心的消息在临近期末的时候传来:门闯终于有一门功课考了70多分。宣布这个消息的物理老师十分激动,他的声音都有些颤抖。会不会批错了卷子?有人提出。物理老师说,不会不会,我反复核对了几遍,我简直不敢相信自己的眼睛!74,没错,是74,他这次居然考出了74分的好成绩,真是让人不敢相信!

我们的汗水没有白流,我们的心血没有白费。

现在,你的物理成绩上去了,接下来呢?除了要使物理更上一层楼,还要把语文搞上去,把数学搞上去,把化学搞上去,把英语搞上去,把所有的功课都搞上去! 你将会成为一个高尚的人,一个纯粹的人,一个有益于人民的人。考上大学,走上工作岗位,报效祖国报效人民,成为未来的栋梁,成为革命事业的接班人! 你可以当医生,当科学家,当翻译,当干部,当工程师,或者就是当教师。干哪一样不需要科学文化知识? 好好努力吧,像乌龟一样步步不松劲。虽然你休息了三天,但只要从今以后不放松,你还是有可能赶上兔子的。

老师,我……我想……我不想活了!

门闯啊门闯! 你这话是什么意思? 说这样的话难道是应该的吗? 你不为你自己着想,也要为我们想一想。为了把你的学习成绩搞上去,我们付出了多少,你难道不知道吗? 你的成绩上去了,我们就身上多块肉了吗? 工资就涨一级了吗? 为了你,我们几乎搭进了所有的休息时间。一个人要讲良心,要分清是非。为了你的前途,为了你的未来,为了你能够成为一个对现代化建设的有用人才,我们费尽心血。我们是奴隶主? 是工头拿摩温? 我们逼得你活不下去了? 这么多同学,他们都在勤奋学习,你为什么不能? 他们不想死,你为什么要死? 好的好的,你要死,也没人拦你。但是,我要告诉你,你死得轻于鸿毛!

班主任气得直拍桌子。他第一次拍桌子的时候,把门闯吓了一跳。

大家谁也没想到的是,班主任老师突然哭了起来。一

325

位老师,一个大男人,因为学生的学习,因为恨铁不成钢,竟然在办公室里当着这么多人的面哭了起来。这不说是天下奇闻,至少也是一件极难得发生的事。他哭得极其伤心,泪流满面。他撕下一页备课纸,擦拭自己的眼泪。

大家都有点惊呆了,没人去劝慰,也没人向他提供一片纸巾。

门闯跪了下来。老师,你不要哭了!老师,你不要哭了!他像个女孩子一样,乖巧温顺,喃喃劝着班主任老师。班主任哭得更凶了,伤心和委屈的泪水,奔泻而出。

转眼到了第二年的夏天,门闯他们这一届学生就要毕业了。年级办公室外高大古老的樟树上,暗暗地栖息着成百上千只知了。它们欢乐地鸣唱着,使办公室里的任何对话都变得有些费劲。知了——知了——要知道教师们是非常反感这样的声音的,知了,知了,你真的什么都知道了?要知道学海无涯,古往今来,还没有一个人能做到全知全能呢!谦虚使人进步,骄傲使人落后,嘴上不停说"知了"的人,要学的东西其实还多着呢!

门闯他们就要毕业了,许多人内心无比惆怅。

可喜的是,门闯的成绩单上,居然没有一盏红灯。像他这样一个学生,要做到这一点,真是蜀道难难于上青天呢。让他作为一名真正合格的高中生走出校园,走向社会,其间凝聚着老师们多少心血啊。还有眼泪。老师们准备了一些最美好、最富有哲理的话,百感交集地写在学生们的毕业纪念册上。那些精美的本子,被学生们青春的手递上来,递到老师的手上,老师,老师,给我写!给我写!很多学生是眼含热泪这样做的。这使得许多老师像是喝了酒一样,脸色泛红,内心醺然。行得春风有夏雨,一分耕耘一分收获,辛勤的园丁,太阳底下最光辉的事业,对于老师来说,幸福莫过于此了。

就像天下父母,常常会偏爱有缺陷的孩子。老师们对门闯的感情,是有些特殊的。三年高中,对于门闯这个学生,付出的实在是太多了。教他一个,比教三个,甚至十个还累。帮他提高一分成绩,比攻打一个敌人的碉堡还要艰难。简直是血与火的考验。在这临别之际,门闯这个名字,这张英俊的脸,让老师,尤其是班主任老师,内心涌上了别样的感觉。是欣慰,还是离愁?许多老师都说,要留着一句最美好最富有哲理的话,就像口袋里悄悄留下一颗最好的奶糖,这颗特别的糖,不是可以随便给哪个的,而是专门为门闯留着的。

我没有忘记,那些日子,办公室里不断地有学生进进出出。这与平时可不一样,平时的气氛多少有些沉闷。而现在,洋溢着火热的情怀。虽然在这火热之中,掺杂着一丝伤感。学生们拿着自己精美的本子,来请老师们一一赠言留念。他们像快乐的鱼儿,穿梭不息。

作为一名局外人,我仔细地观察着这些任课教师的脸。他们的脸被欢乐烧红了。他们看上去有点像大红大紫的明星,被狂热的少男少女包围着,追逐着。他们兴奋得眼里都能淌出酒来。但我也看出来了,他们中大部分人,还是在有所期待。这份期待简直是急切的。我的猜测一定没错,他们一定是在等待门闯的到来。是啊,门闯,这个少见的美男子,他怎么不到办公室来呢?他为什么还不来呢?难道他没有像其他同学一样,准备一个精美的本子?难道他在这样的时刻一点离愁都没有吗?他不想让亲爱的老师们在他的本子上写下一段话,以激励他未来的人生吗?

知了——知了——

在所有老师写下临别赠言之后,这些本子将在同学之间传递。最后将在感情微妙的异性之间传递。这样的事每年都在发生,那最后一页的赠言,有时候简直就是一篇暧昧的微型情书。

知了——知了——

知道就好。

门闯最终都没有手持赠言簿走进办公室来。这个他曾无数遍进进出出的办公室,被知了的声浪淹没了。

他在离校较远的一家文具商店,挑选了一本带锁的心形笔记本。那是因为,他在其他的店里,没有选到中意的本子。心形的、玻璃封面的、带锁的笔记本,价格不菲,相当于他们家出品的 15 瓶精装酱菜。他捧着它往学校方向疾走,他要让老师和同学在这本子上写上一句句祝福和鼓励的话。他相信班主任老师的赠言,一定会很长,很深情。既让

328

他感动,但肯定不免啰唆。还有香蕉辫,她会写些什么呢?大部分同学的赠言,都会有一个共性,那就是时尚和流行,甚至干脆引用一句歌词。但香蕉辫不会,她一定是自己的原创。她是个才女,她除了长得难看,有无数的优点。捧着心形的笔记本,门闯发现自己对香蕉辫同学已经恨意全无。只有温馨和惜别之情。而他,又将在她的本子上写一句什么话呢?女人是因为可爱而美丽?这样写,她会不会觉得他就是嫌她不漂亮?那么,海内存知己,天涯若比邻,可以吗?不行啊,太俗了!门闯没有才华,他自己都很清楚。

一辆卡车,从右侧的马路上飞驰而出,撞上了门闯。他的脑浆当场飞溅而出。

带锁的心形笔记本,打开破碎的玻璃封面,可以看到里面写满了师生们发自肺腑的赠言。一句句,一行行,无不催人泪下。

那带血的一页,是班主任兼语文老师的题词:亲爱的门闯同学,一路走好!愿你在天堂认真学习,成绩优良。我们永远爱你!

班主任老师想了想,翻过一页,重新写了一段:亲爱的门闯同学,你和我们大家流的汗吃的苦,全都付诸东流!愿你在天堂不考试,没有作业,也不用天天进办公室。愿你快乐地唱歌、踢球,写情书也不用吃批评。

写着写着,他的泪水又淌下来了。